看守の流儀

城山真一

宝島社
文庫

宝島社

［目次］

看守の流儀

第一話
ヨンピン

刑務所手記『プリズン・ダイアリー（完全版）』（三上順太郎《みかみじゅんたろう》著／リアルジャーナル）

P5　自己紹介と手記発表の理由

私、三上順太郎と申します。年齢は三十一歳です。二年前に逮捕されるまで芸名で歌手活動をしていました。そう「歌手」です。最近はそんな呼び方はあまり聞きませんよね。アーティストという呼び方が長く定着していますが、私はあえて歌手という看板を掲げて歌うことにすべてをささげてきました。そんな私に共感してくださったのか、あるいはただ運がよかったのか、ネットの動画にアップした曲をたくさんの方が再生してくださいました。そして歌手としてプロデビューし、紅白歌合戦にまで出場させていただきました。しかし私は、ある罪を犯して懲役刑を受けることになりました。私に下された判決は二年三か月。服役した私は、三か月の仮出所をいただいて二年で刑務所を出ました。私が服役していた加賀《かが》刑務所では、それまで私のような人間の服役はなかったので、刑務官の方々はいろいろと準備が大変だったり、苦労もなさったとうかがいました。

（中略）……自分の身の回りのことを久しぶりに自分ですることになりました。シャバでは歌うこと以外、すべてマネージャーまかせだったので、当たり前のことができずに苦労もしました。一人部屋では話し相手がいないので、時間のあるときはマネージャーあてに手紙を書きました。刑務所でのできごと、感じたことを書き綴《つづ》ったものです。ところが手紙を書き始めてすぐ思わぬことがありました。外に出そうとした手紙が私の手元に戻ってきたのです。刑務官から見せられたのは、半分以上が真っ黒に塗られた手紙でした。どうやら書いてはいけないことがあるようでした。手紙自体は投かんしてもらえたのですが、刑務官が黒塗りした箇所を受刑者に確認させるルールがあるとのこと。その後、手紙を書いては黒塗りされてを繰り返すうちに、セーフとアウトの線引きがなんとなくわかるようになってきました。

（中略）……逮捕されたときに世間をお騒がせしたことはとても反省しています。私なども う誰も相手にしてくれないのではないかと思う気持ちもありました。ところが、私の手紙をもとにした刑務所手記が出版されると、手記に多くの反響があったと聞きました。それなら全部伝えたい。刑期を終えてシャバに戻ったときに、自分の思いが全部詰まった手記を書きたいと思いました。そして、私は出所しました。もう刑務官の「検閲」はありません。表現の自由が守られています。この手記では、服役中に黒塗りされてしまったところを中心にみなさんに私の刑務所生活をお伝えしたいと思います。

（中略）……実は刑が確定した直後、拘置所で面接があり、「希望の刑務所はあるか」と訊《き》かれました。私はある刑務所を希望しました。希望がかなうよう弁護士の先生が頑張ってくれたようですが、結局、希望はかないませんでした。そのかわり私には専属の刑務官がつくことになりました。その刑務官はほかの刑務所から私のために派遣されました。ここではイニシャルで書きますがそれがＨＴさんでした。

1

夜、八時をまわっていた。

副看守長の宗片秋広《むなかたあきひろ》は、管理棟の一室で受刑者の私物をチェックしていた。

「財布、現金八千二百十一円、運転免許証、腕時計……」

宗片が、台帳に記された内容物リストを読み上げる。机の向かい側では、新人刑務官の奥井《おくい》が、領置箱と呼ばれるプラスチック製の箱のなかを指さして、「確認」、「確認」と機械のように繰り返していた。

机には三つの領置箱が並んでいる。明日は、三名の受刑者が仮出所する予定だ。

隣の物置には、背の高いスチール棚が部屋の奥まで並んでいる。棚の各段には、領置箱が整然と並び、私物や入所するときに着ていた洋服などがなかに入っている。

受刑者一人一人、逮捕時の所持品は違う。領置箱には、時計や財布だけではなく、ガラクタのような古いカメラやポケットティッシュまである。

一箱目のチェックが終わった。台帳と現物は一致した。

「この点検って意味あるんですかね」

奥井が不満顔で、次の箱に視線を落とす。

「加賀に配属されたことを不運だと思ってあきらめろ」

数年前、法務省の通達により、受刑者は、生活する居室で私物を保管できるようになった。だが、ここ加賀刑務所では、今も管理棟にある領置物置で、受刑者の私物を保管している。居室での保管を認めた直後、受刑者の私物の紛失が相次いだため、前のやり方に戻したのだ。

加賀刑務所の前身である金沢《かなざわ》監獄は、日本の五大監獄と呼ばれる大きな刑務所のひとつだった。第二次世界大戦終了後、街なかにあったものが廃止され、南東の山間部、医王山《いおうぜん》と呼ばれるなだらかな山の中腹に、加賀刑務所として新たに設けられた。現在の受刑者数はおよそ五百人。刑務官数は百三十人。規模としては小型の地方刑務所になる。

ここは、犯罪傾向の進んでいない「A指標」と呼ばれる受刑者と比較的犯罪傾向の進んだ「B指標」と呼ばれる受刑者の両方を収容している全国でも珍しい刑務所だ。ただ、A指標のなかでも、軽犯罪者は少なく、初犯で重い罪を犯した受刑者がほとんどである。

宗片は四十二歳。ここに来て四年目になる。十数名いる統括官のなかでも筆頭格にあたるため、処遇部所属ではあるが、総務部の下請けのような仕事もする。特に最近は、受刑者の矯正よりも下請けの仕事が比重を増していた。

そんな日々だからこそ、若い刑務官と一緒に仕事をする時間は、自分が刑務官であることを認識する貴重な時間でもあった。

「じゃあ、次」

台帳の読み上げ作業を続ける。

二人目。百八十二番、源田陽一《げんだよういち》の分だ。宗片が担当する受刑者で、年齢は三十七歳。罪状は傷害だった。箱のなかの源田の持ち物は少なかった。運転免許証、財布、わずかな現金……携帯電話は持っていない。確認はすぐに終わった。

「次、三百六十三番」

「あ、ちょっと待ってください。これ……」

奥井が、源田の領置箱から封筒をつまみあげた。源田あての手紙のようだ。「台帳に記載はありますか」

宗片は台帳を確かめる。「いや、ない」

「台帳の記載漏れですかね」

そうじゃない。おそらく——。

「裏を見てみろ」

奥井が封筒を裏返した。何も書いてない。差出人不明——思ったとおりだ。

「差出人不明の手紙は、受刑者の私物とみなさない。だから台帳にも記載しない」

「なら、どうして受刑者の領置箱のなかにあるんですか」

「受刑者は、誰からの手紙でも受け取ることができる。もちろん知っているよな」

「研修で習いました」

「なら、例外があることも知ってるな」

「更生を妨げるおそれのある手紙の場合、ですよね」

その場合、刑務所の判断で受刑者に渡さず、差出人に返すことができる。

「これはそのたぐいの手紙とみなされる。しかし、手紙の差出人が誰かわからないから、手紙を返そうにも返せないし、勝手に処分することもできない」

「じゃあ、どうするんですか」

「受刑者が出所するときに、領置品と一緒に渡すことになる」

「届くまでにずいぶん時間のかかる手紙ですね」

「差出人は、出所するときに届けばいいくらいの気持ちで書いているんだろう。なにせ、悪の声であったり、悪の営業だったりするからな」

「悪の営業って、もしかして、闇金のご案内とかですか」

「それもあるし、ヤバイ仕事のあっせんのときもある」

「マジっすか」

「ためしに、封筒を開けてみろ」

刑務所に届く受刑者あての手紙は、必ず刑務官が確認しているので、すでに一度開封されている。刑務官が見ることに問題はない。

奥井が封筒の中身を取り出すと、便せんが一枚入っていた。内容は一行だけ。携帯電話の番号が記されていた。

「出所したら、ここへ電話してくれってメッセージですかね」

手紙を眺めていると、宗片の脳裏に苦い思い出がよみがえってくる。

前に勤務していた刑務所で、出所日に差出人不明の手紙を出所者に渡した。その二か月後、出所した男は強盗殺人未遂事件を起こしてしまった。

闇金業者の厳しい取り立てにあい、たった一万円を返すために人を刺したという。手紙の電話番号に連絡を取り、金を借りたのがことの発端だった。

シャバに戻ったはいいが、一度堕《お》ちた人間が這《は》い上がるのは、容易ではない。塀のなかより厳しい世界が待っている。悪い連中はそこにつけこんでくるのだ。

「よくない誘いだとわかっているなら、我々にもできることがあるんじゃないですか」

「できるって何をだ」

「この電話番号から、悪い奴《やつ》を突き止めるんですよ」

「突き止めてどうするんだ？　電話越しにガツンと注意でもするのか」

「もちろんです。そのあとは、携帯電話会社に連絡して契約を解除させればいいんです」

軽く興奮しているのか、奥井の頰には少し赤みが差している。

宗片は、若い刑務官の熱い思いを感じても、冷静だった。発想は悪くない。受刑者にも、再び犯罪に走らないようにするためには悪い連中とは付き合わないことだと何度も伝えている。

「ただ、この携帯番号を携帯会社に照会したって、空振りだろうな。悪い連中は、足がつかない人間に契約させている。簡単にしっぽを出さない」

「そっか、そうですよね」

「なあ、奥井。いずれシャバに戻る受刑者が間違った選択をしないよう、俺たちは矯正に取り組んでいるんじゃないのか。手紙が来たからといって、悪の誘いになびいてしまうとは限らないだろ」

「まあ、そうですが」

奥井はまだ不満な顔で携帯番号を見ている。

「どうしてもっていうなら、試しにかけてみたらどうだ」

奥井は、えっと声を出し、少し黙考してから「遠慮しておきます」といった。

「受刑者は塀のなかでただぼうっとしてたわけじゃない。犯罪の誘惑になびくと考えるのは、彼らを信じていないことになる。違うか」

「そうですね」

「しかも、この源田はヨンピンだ。信じてやらないでどうする」

服役期間の残り四分の一を残して仮出所することをヨンピンと呼ぶが、簡単に認められるものではない。源田が真面目な服役生活を送ってきたという証しだ。

源田は大丈夫——その姿を思い浮かべる。

休憩時間に運動場の隅の木陰でよく腕立て伏せや腹筋運動をしていた。高校を中退し、親戚の家で農業を手伝っていた源田は、細い体の割に下半身はがっしりしていた。

「いつも精が出るな」

運動後に一人たたずむ源田に声をかけたことがあった。

源田は立ち上がって〝気をつけ〟の姿勢をとった。その額から汗が流れ落ちていく。

「出所してからのことを考えていますので」

「建設関係か、それとも農業か」

「配送の仕事をやろうかと」

「そうか、宅配業者か」

「いえ。もうちょっと、デリケートなやつです」

「デリケート?」

「生き物です——」

源田との会話の記憶が急に途切れた。

刑務所内に、けたたましい警報音が鳴り響いている。

刑務官の誰かが非常ボタンを押したのだ。この音が鳴れば、所内の刑務官は、非常ボタンが押された場所に急行しなくてはいけない。

部屋のドアを開け放ち、廊下に飛び出した。奥井も続く。

どこかと視線を走らせたとき、目の前を官服が右から左に走り抜けた。

その背中に「場所は？」と声をかける。

「第三です」

すぐに奥井が駆け出す。

宗片は急いでドアを施錠して、奥井のあとを追いかけた。

2

渡り廊下を走り、コンクリートの建物が並ぶ受刑者の居住区へと向かった。

警報音の震源地は、第三生活棟の一階だった。

受刑者が刑務作業以外の時間を過ごす生活棟には、受刑者が共同で生活を営む共同室と呼ばれる雑居房と、一人だけの単独室と呼ばれる独居房がある。

第三生活棟の一階はすべて単独室だ。長く延びる廊下の片側に、広さにして四畳ほどの細長い部屋が並んでいる。

警報音が鳴り響くなか、各部屋の受刑者たちがドア横の鉄格子の窓から廊下の様子をうかがおうとしていた。

「部屋の奥にすっこんでろ」

宗片の前を行く刑務官の怒声が響き、受刑者たちは一斉にドアから顔を離した。

広い廊下の奥には、すでに七、八人の刑務官が集まっていた。

駆け足で進んでいくと、鉄製の白いドアがひとつだけ開いているのが目に入った。

あの部屋で何か起きたのか。

あと三室ほど先というところで、刑務官たちが廊下の脇に退いた。

開いていたドアから細身の官服姿がぬっと現れた。

警備指導官の火石司《ひいしつかさ》だった。

刑務官では数少ない上級試験合格組だから、階級の割に歳はかなり若い。はっきりとした年齢は知らないが、まだ三十代半ばくらいだろう。

階級は看守長。いわゆる課長クラスで、課長補佐クラスの宗片よりひとつ上の階級となる。警備指導官というポストは刑務所全体を横断的に管理する役割を担っている。

火石は刑務官にしては長めの髪型と歌舞伎の女形のような整った顔をしていた。ただし、その顔には、横一本の傷跡が鼻梁《びりょう》を中心にして両頬までまっすぐに走っている。傷の理由は知らない。

そんな火石には、わからないことが多い。ひとつだけたしかなことがあるが、口にするなと上から厳命されている。

警報音が鳴りやんだ。

「救急車を呼んでください」

火石の指示に、若い刑務官の一人が宗片の脇を走り抜けていく。

宗片は火石の横で立ち止まり、部屋のなかをのぞき込んだ。

受刑者が横向きで倒れていた。体は動いていない。足が手前で、頭は部屋の奥のほうにある。顔を見ようとしたが、あごの先しか見えなかった。

「受刑者は誰ですか」

「蛭川《ひるかわ》です」

蛭川幸三《こうぞう》、六十一歳。B指標。罪状は窃盗の累犯だ。富山県出身で、シャバでは越中のルパンと呼ばれた、ちょっと名の知れた宝石専門の窃盗犯だった。

蛭川のそばには、折れ曲がったアルミ製のケースが落ちていた。

「何があったんですか」

尋ねながら火石の手元に目がいき、ハッとした。手の甲に血がついている。指先は濡《ぬ》れて光っていた。

暴れる受刑者を素手で殴り倒して制圧したのか。いや、上級職の火石に限ってそんなことをするはずがない。

「薬をアルミケースごと飲んだようです。口の中の分だけは、なんとか取り出しましたが」

火石は蛭川の口に指を突っ込み、異物を取り出したようだ。手の甲についた血は、蛭川の歯に当たって切れたせいだろう。

異物が喉の奥に詰まっている場合、指を入れ過ぎると、さらに押しこんでしまうおそれがある。口内のものを除去するだけにとどめた火石の判断は賢明だった。

「どうですか。助かりますか」

「脈はありますが、呼びかけても反応しません。喉の奥に異物が詰まったままなので、気道を完全に確保できたともいいがたいです」

淡々とした口調で話す火石は、取り出したハンカチで指先を丁寧に拭っている。

悠然としたその動作に思わず見入っていると、

「あの、宗片統括」と背後から声をかけられた。

奥井だった。顔色がよくない。事故発生の騒然とした雰囲気に完全にのまれている。

「自分はどうすれば……」

廊下にいる刑務官の数がさらに増えていた。廊下は広いとはいえ、十人を超えると、さすがに狭苦しく感じられる。

若い奥井はここにいても役に立たないだろう。管理棟へ戻って領置品の確認作業を続けるようにと指示をした。

奥井は、渡された鍵を握りしめると、安堵《あんど》の表情を浮かべて早足に戻っていった。

倒れている蛭川に改めて目を向ける。体はぴくりとも動かない。

「宗片統括は――」火石が平板な声でいう。「第三生活棟の責任者でしたよね。あとの対応、お任せします。私は、所長と両部長に報告しなくてはいけないので」

火石がきびすを返すと、集まっていた刑務官が慌てて道を空けた。火石の姿はすぐに見えなくなった。

房のなかに入って蛭川に近づいた。意識のない表情が、しわだらけの別の老人の顔に変わっていく。それは、ひと月前に見た死に顔だった。

――頼む、死なないでくれ。

救急車のサイレンの音が、かすかに聞こえてきた。

3

事故が起きてから三時間が経過していた。

宗片は、西門隆介《にしかどりゅうすけ》と向き合っていた。数秒おきに窓からサーチライトの光が差し込み、西門の顔を白く照らしていく。

そろそろ日付が変わろうとしていた。普段、こんな時間に面談室で部下と向き合うことはない。

西門は、任官二年目で二十四歳。蛭川の異変に気づき、現場で非常ボタンを押した刑務官だ。

大学病院に搬送された蛭川はすぐに集中治療室に入った。心臓は動いているが、意識は戻らないという。

蛭川が運び出されると、総務部から現場責任者の宗片に、速やかに事実関係を把握せよと指示がとんだ。

上層部が恐れているのは、蛭川の容体が急変して死亡した場合だ。刑務所は間を置かずプレスリリースしなくてはいけなくなる。総務部はすでに最悪の事態を念頭に置いているにちがいない。

宗片は話を聞くために西門を面談室に連れて行った。

西門は何度も言葉につかえながら当時の様子を語った。

蛭川は毎食後、三種類の薬を計五錠服用していた。今晩もいつもどおり廊下から薬を渡したという。

そのあとは、ほかの受刑者に薬を渡したり、請願を聞いたりと、各房をまわっていた。

突然、どすんと大きな音が廊下に響いた。音のした部屋を探しまわると、ある部屋で、受刑者が体をけいれんさせていた。それが蛭川だった。

何が起きたのかわからなかった。蛭川に声をかけたが反応はない。部屋に入ろうにも、鍵は携帯していないので入ることはできない。西門は急いで非常ボタンを押し、管理棟へ電話をかけた。

そこまで話を聞いたところで、面談室のドアがノックされた。

ノート型パソコンを手にした刑務官が入ってきた。「ビデオの準備ができました」

パソコンを受け取ると、宗片はさっそくビデオを再生した。

天井のカメラからの映像だった。映っているのは蛭川の部屋だ。生活棟のすべての部屋にこうしてカメラが設置されている。

しばらく早送りして、蛭川がドア横の窓から薬を受け取るところで通常再生に戻した。窓の外にいるのは西門だろう。

部屋の中央に戻った蛭川は、うつむいていた。どうやら手のひらにある薬に見入っているようだ。その薬はアルミケースに入ったままだ。

突然、蛭川が手のひらを口元に押し当てた。

顔を天井に向けた。蛭川と目が合ったような気がした。

うっ、と声が聞こえた。蛭川の声かと思ったが、そうではなかった。うめき声をあげたのは、映像を見ていた西門だった。

蛭川が顔をゆがめて上半身を前後に動かし始めた。やがて肩口から床に倒れ込んだ。

西門が耳にした音というのはこのときの音だろう。

数分後、二人の刑務官が部屋に入ってきた。一人は西門。もう一人の刑務官は鍵を手にしている。

後ろから火石が現れた。火石は蛭川の口をこじ開けて素早く手を突っ込んだ。

すぐに抜き出された指の間には、きらりと光るものが挟まっていた。手の甲の赤くなっているところは、おそらく血だろう。

さらに火石は蛭川に覆いかぶさるようにして背中を叩《たた》いた。だが、吐き出させるのは無理だと悟ったらしく、あきらめて立ち上がった。

火石が部屋を出た。おそらく、ここで宗片は現場に到着した。

ビデオを止めた。

「どうして蛭川はこんなことをしたんだと思う？」

「……わかりません」

「事故の前に変わった様子はなかったか」

「注意して見ていたわけではないので……」

歯切れが悪い。正直な思いだろうが、これでは困る。

どうしたものかと考えあぐねていると、面談室のドアが勢いよく開いた。

首席処遇官の蒲田《かまだ》だった。首席処遇官は統括官を束ねる管理職で、宗片の上司に当たる。警備指導官の火石と同じ課長クラスだ。蒲田は五十歳。小柄で神経質そうな細い目を動かしている。その姿は爬虫類《はちゆうるい》を思わせた。

「蛭川のです。見てください」

蒲田がクリアファイルに挟んだ書類を机の上に放る。

宗片はファイルを手に取り、書類を取り出した。医務室で保管しているカルテだった。

ある記述が目に留まった。――若年性認知症の兆候あり。

その文章が不意にゆがんだ。

刑務所は病気治療ではなく刑に服するための施設だ。よほどの病気でないかぎり、受刑者一人一人の状態をしっかりと把握しているわけではない。

だが、蛭川は注意を払っておくべき受刑者の一人だった。

「困りましたね」

蒲田のいつもの丁寧口調が一オクターブ高くなる。部下を責めるとき、自然とそうなることに蒲田本人は気づいていない。

「蛭川が認知症を発症しているときに、薬を誤飲したのだとしたら、担当刑務官は何をやってたんだという話になりますね」

かりに正気のときの自殺であったとしても、刑務所に管理責任がないとはいえない。だが、認知症を発症している状態で薬を誤飲したのなら、責任はより重いものとなる。

――刑務官の不注意が原因なんじゃないですか。

ひと月前の会見で刑務所長の久世橋《くぜはし》を責め立てた記者の声が耳元によみがえる。

先月、七十六歳の受刑者が食事中に食べ物を喉に詰まらせて窒息する事故が起きた。その高齢受刑者は、救急車の到着前に息を引き取った。

刑務所には絶対的に防がなくてはいけないことが三つある。

受刑者による暴動、逃走、そして事故死だ。なかでも、事故死の予防には細心の注意を払う。受刑者を社会に復帰させることが永遠にできなくなるからだ。これは刑務所としての最大級の失敗とみなされる。

それが二か月続けてとなれば……。

——本当に安全管理に問題はなかったのですか。

全国紙のＫ新聞と民放テレビ局のＧ放送、この二社の記者は、先月の事故でも、何度も食い下がってきた。

あのとき宗片は、会見場の後方で記者の後ろ姿を眺めながら、奥歯をかみしめていた。この連中は、粗探しをして批判さえすればいいと思っている。人の命がひとつ消えたことの重みを感じていない。

日々接してきた受刑者の死に、刑務官は沈痛な思いを抱く。だが、会見では、刑務官のそうした部分に焦点が当たることはない。

メディアは、刑務所の過失しか見ようとしない。会見は、弥《いや》が上にも、責めるメディアと守る役所という図式になる。先月もまさにそうだった。

——適切な受刑者管理に努めております。刑務官に落ち度はございません。

所長は、その言葉一辺倒で会見をかろうじて乗り切った。

実際、先月の死亡事故では、刑務所に落ち度はなかったと宗片も思っている。

事故調査を担ったが、高齢受刑者の健康状態に異常は見受けられなかった。ビデオ映像の確認や担当者へのヒアリングもしたが、問題と思われる点もなかった。

だが、同じ原因で連続して事故が発生したとなれば、メディアはいぶかしむ。会見で説明しても簡単にはひかないことが予想される。

ダンッと大きな音が響いた。蒲田が両手を机に置いて、身を乗り出している。

「西門さん、あなたのせいですよ。しっかり注意していれば、こんなことにならなかったのに」

西門がうなだれた。

その後も蒲田は言葉を替えて、延々と責め続けた。

「なあ、西門」

見かねた宗片は、機関銃のように喚《わめ》き散らす蒲田をさりげなく遮った。「蛭川の様子でおかしなところはなかったか、ゆっくりでいいから思い出してみてくれ。なかったら、なかったとはっきりいってくれればいい」

西門をただ助けようとしたわけではない。真実が知りたかった。

認知症は波がある病気だ。正気のときとそうでないときがある。薬をアルミケースごと飲み込んだ蛭川が正気であったなら、明確な自殺の意思を有していた、いい換えれば、認知症が引き起こした偶発の出来事ではない、といえる。

西門は、事故当時の様子を思い出そうとしているのか、眉をきつく寄せて机の一点を見つめていた。

宗片は、西門が口を開くのを待った。だが——。

蒲田がまたも机を叩いた。

「思い出してください。ほんの数時間前のことでしょうが!」

西門が、ぎゅっと目をつぶる。緊張感が頂点に達しつつある。蒲田が問い詰めるほど、西門は冷静さを取り戻せない。

蒲田の頭をつかんで、しゃしゃり出るなとぶっ飛ばしたくなるが、想像の中にとどめておく。縦社会の刑務官の世界で上司に逆らうのは、退職を覚悟したときだけだ。

「……すみません。思い出せません」

薄く目を開いた西門が、座ったまま頭を下げる。

見下ろす蒲田は、大げさにため息をついた。

「もういいです。宗片さん、あとはよろしく」

蒲田が部屋を出て行き、大きな音とともにドアが閉まる。

嵐のあとのような静けさが室内に残った。

すぐに声はかけずに、西門の様子を見守る。

そのとき、スマートフォンが振動した。蛭川に付き添っている刑務官からのメールだった。

『蛭川の容体について報告します。意識は回復していませんが、心拍は安定しています。医師の見立てによれば当面このままとのことです』

すっと息を吐いた。蛭川が生きている限り、事故の公表はない。

頃合いを見計らって、「今日はもういいから官舎に帰れ」と西門に指示した。

西門は緩慢な動作で立ち上がると、部屋を出て行った。

宗片も帰ることにした。明日は午前に行われる受刑者三名の出所式に立ち会わなければならない。

病院からメール連絡をくれた刑務官に、慰労の文章を打ち返して、宗片は管理棟の暗い廊下を進んだ。

4

睡眠不足のせいか、朝の光が目に痛かった。

午前八時四十五分、宗片は卯辰《うたつ》寮の前にいた。建ってまだ間もないプレハブの卯辰寮は、通常の生活棟とは独立したアパート型の単独室である。出所予定日の二週間前から受刑者はここで一人暮らしをする。

宗片は、寮の各部屋にいる出所予定の受刑者を呼び出した。三人の受刑者がそれぞれの部屋から姿を現して、〝気をつけ〟の姿勢をする。

「これより出所式の会場に移動します」

進め、の命令で三人が番号順に並んで歩きだす。

屋根付きの渡り廊下を管理棟へ向かって歩く。宗片は、受刑者の最後尾の斜め後ろを歩いた。

真ん中の源田だけは背筋がぴんと伸びている。前後の二人は五十代。歩き方だけ見ると、もっと歳をとっているようにも感じられる。二人は愛着でも感じているのか、ときどき背後の生活棟を振り返っていた。

歩いていると、軽い睡魔に襲われた。抗《あらが》うように目頭をつまむ。やはり疲れている。蛭川の事故があったせいで、昨晩、領置箱の確認をしていたのが、だいぶ前のことのように感じられる。

――領置箱といえば。

悪の声かもしれぬ、差出人不明の手紙が源田の箱から見つかったことを思い出した。奥井は心配そうにしていた。若い刑務官の手前、受刑者の矯正が進んだことを信じろといった。だが、そこには本音と建前が交錯している。仮出所を得る模範的な受刑者でも、シャバに出ると、一瞬にして、黒く染まることもあるのは事実だ。

目の前を歩く源田は、ほかの二人と比べて無駄のない所作で歩を進めていく。

こいつは大丈夫だと思いたいが、不安が全くないとはいい切れない。

もうすぐ踏み絵のような場面があることに気づく。肝心なのは、手紙を受け取るときの表情だ。手紙の存在を知った源田はどんな反応を示すか。何かしらの心情が顔に現れるのではないか。

　管理棟の広い部屋に着いた。領置品の入ったケースが等間隔で三箱、机の上に並んでいる。

「まずは、作業報奨金を渡します」

　部屋で待っていた奥井が出所予定者三人に作業報奨金の入った封筒を渡した。

　受刑者が次々と封筒から金を取り出す。一人が報奨金の受領確認書類に署名をしながら、ため息を漏らした。金額は四万円と少し。わかってはいても、真面目に二年服役して得た金の少なさに落胆しているのだろう。

「では、次に服を着替えてください。そのあと、番号順に領置品を渡します」

　着替えを終えた一人目の受刑者が、箱の中の領置品を確かめた。

「確認が終わりましたら、書類に署名をしてください」

　指示された受刑者が見かけによらずきれいな字を受領書にしたため、宗片に差し出した。

「達筆ですね」

「火石指導官から教わったんです」

　受刑者が嬉《うれ》しそうにニッと歯を見せる。「字がきれいなほうが人生楽しいからといわれまして」

次、源田の番だった。

――さあ、おまえはどんな反応をする。

領置箱を挟んで源田と向き合う。その瞬間、室内に電話のベルの音が響いた。

壁かけの内線電話だ。奥井が慌てて、電話を取る。かしこまった返事をしたあと、宗片のほうを向いた。

「蒲田首席からお電話です」

「あとにしてもらえないか」

奥井が顔をしかめて、顔を横に振った。無理です、というサインだ。

蒲田め。不満が顔に出ないようにしながら、「領置品の手続きは、おまえが続けてくれ」と奥井にいって、受話器を受け取った。

「宗片です」

〈西門への事情聴取ですが、昨晩は私が帰ったあと、切り上げたそうですね〉

早口のトーンが蒲田のイラついた気持ちを表している。相変わらず面倒な上司だ。

「彼の精神状態を考えると、時間を空けたほうがいいと思いまして」

電話しながらも半分以上、神経は源田に向いていた。その源田は領置箱をのぞき込んでいる。

〈少しでも早く西門から事実を聞き出してほしいのです。今、西門を会議室に呼び出しましたので、宗片さんもすぐにこちらへ来てください〉

源田が、箱から、ひとつひとつ所持品を取り出している。

「今、仮出所の手続きの途中ですので、もうしばらく――」

〈そんなの誰でもできるでしょう！〉

蒲田のキンキン声に思わず顔をしかめた。目の前では、奥井の背中が邪魔になって源田が視界から消えた。少しだけ体を動かして、再び源田をとらえる。

〈そこに奥井もいるんでしょ。統括官のあなたが優先する仕事は、事故の状況確認ですよ。いいですか。なんなら、宗片さんの代わりに誰かをそっちに行かせますが〉

「もう少しだけ時間をください。終わり次第、そちらへ向かいますから」

源田が白い紙きれのようなものを摑《つか》んでズボンのポケットに押し込んだのが見えた。

今のは手紙か？　おそらく、そうだ。源田の表情に見入るも、変化はない。

源田の分が終わり、最後の受刑者の確認に移った。受話器の向こうでは、蒲田の甲高い声がまだ続いているが、内容は耳を通り過ぎていった。

「領置物の受け渡し、完了」奥井の声が室内に響いた。

あとで怒られるのを覚悟で宗片は受話器を置いた。

奥井の指示に従い、先に出所予定者たちが部屋を出ていく。宗片と奥井は、そのあとに続いた。これから向かう先は、出所式の会場だ。

「おい」奥井に小声で訊いた。「源田は例の手紙を見て、どんな反応だった？」

「特に、これといった反応はなかったですね」

奥井が前を向いたまま、そっけなくこたえる。

「そうか」

前を行く源田の背中を眺めながら、ひとつ息を吐いた。

昨夜からずっと重かった体が、ほんの少し軽くなった気がした。


出所式では所長の久世橋が仮出所する三人に仮釈放証明書を手渡した。そのあとの訓示はいつもよりも短かった。久世橋は、蛭川の事故が今後どう展開していくか、気が気でないのだろう。

出所式が終わると、刑務所の正門まで仮出所者を引率した。

宗片はいつもこの時間が大切だと感じていた。ムショからシャバに戻る変換点がここだ。出所式の直後は、学校の卒業式のような高揚感を抱く出所者が多い。ここで彼らにかける言葉ひとつで、刑務所とはこれで縁切りで、社会でまっとうに生きようとする気持ちに弾みがつく。言葉は短くても、心から伝える。現場の刑務官にとって、受刑者と別れるこの時間こそが真の出所式であるともいえる。

しかし今日は思わぬことが起きた。

仮出所者たちを引き連れて、玄関に向かう途中、蒲田が急ぎ足で現れた。

宗片に近づき、耳打ちをする。「こっちはもういいでしょう」

「あと少しで終わりますので」

蒲田が爬虫類のような目をキュッとつり上げた。「西門さんに話を聞こうとしたんですけど、私だと彼はどうもだめなようでして」

想像はついた。朝から西門を呼び出して、恫喝《どうかつ》まがいに聞き取りをした。耐えられなくなった西門は殻に閉じこもった。その態度がさらに蒲田の怒りに火をつけた。

「わかりました。昨日の部屋ですよね。この三人を見送ってから……」

「ほかの刑務官に任せて、すぐ来てください」蒲田が早口になる。「蛭川に何か起きてからでは遅いんですよ」

この場面の大切さがわからないのか。あんただって刑務官だろ。

しかし、そんな思いは口に出さず、宗片は平面を保った。心残りだが仕方ない。

「早く、早く」と蒲田がせかす。

宗片は、源田に一瞬目を向けたあと、足早に建物に戻っていった。

5

出所式から二日が過ぎた。病院の蛭川の容体に変化はなかった。

宗片は処遇部長室に呼び出された。部屋には、処遇部長の乙丸《おとまる》、ほかに蒲田と火石がいた。

蛭川のことかと思ったが、そうではなかった。

「一昨日出所した源田が更生施設からいなくなったそうです」

蒲田が神経質な口調でいった。

嘘《うそ》だ――思わず出そうになったセリフを飲み込む。

身元引受先や更生施設にほんの少し腰を落ち着けただけで、出奔する人間はいる。しかし、ヨンピンの模範囚がいなくなるなど前代未聞だ。

「警察から」乙丸が重い口を開く。「刑務所も源田陽一の行方を追ってほしいと要請があった」

「宗片さんは奥井と一緒に源田を探してください。その間、通常の業務を免除します」

「承知しました」

ふと頭をよぎったのは、手紙のことだった。だが、手紙を手にしたときの源田に不穏な様子は感じられなかった。手紙の存在が犯罪につながったとは思えない。

——では、ほかにどんな理由でいなくなった？　犯罪がらみでなければいいが……。

万が一、源田が犯罪に走れば、刑務所での更生がうまくいっていなかった、刑務所は、すぐに出奔するような人間を仮出所させたことになる。

なんとしても源田を探さなくてはいけない。異例の業務命令だが、重要度は高い。

「部長。蛭川の件は、どうしますか」

蒲田が乙丸に尋ねる。この男は上司に対して自分から案を出すことはない。

「薬を飲み込んだときの蛭川の状況は、はっきりしたのか」

「あの場にいた西門があいまいなことしかいわないので、わかりかねます」

二日前、出所者の見送りを抜け出して、西門と面談したが、新しい情報は出てこなかった。

認知症がもたらした偶発的な事故なのか、あるいは覚悟の自殺なのか。

肝心なのは、飲み込む際、蛭川が認知症を発症していたかどうかだが、そこがわからない。ビデオ映像でも判断はつかなかった。

しばしの間、何かを考えていた乙丸が火石に顔を向けた。

「火石指導官が対応してくれ」

部下とはいえ、上級職採用の火石への指示はどこかぎこちない。

「わかりました」

火石があっさりと返事をした。重い仕事を背負わされたという感じはない。

今回も、火石には何かしらの腹案があるとでもいうのか——。

半年ほど前のことだった。受刑者への日用品の販売価格が高すぎると関西地方の弁護士会が管内の刑務所へ勧告書を提出し、そのニュースは全国でも大きく取り上げられた。

日用品の価格が高いのは関西地区の刑務所に限ったことではない。全国の刑務所が一括契約しているので、いずれこの問題はほかの刑務所にも波及する可能性があった。

官僚出身の所長、久世橋はこうした話に敏感で、「加賀はすぐに一括契約から抜けて、別の業者と契約しろ」と総務部に指示をした。

総務部は困惑した。長年、天下り先の矯正協会や本省に物品調達を任せていたので、ルート開拓の方法そのものがわからなかった。

総務部が知恵を出せないなか、火石が動いた。結果、加賀刑務所は新たな業者と契約にこぎつけ、日用品の販売価格は、市場価格並みどころか、それより低い価格となった。

契約の実務を担った会計課の職員によれば、火石が金沢にある自衛隊地方本部の調達部門とかけあい、共同で物品を購入する道筋を立てたという。

目をつけたのは、自衛官が利用する日用品は受刑者と重なるものが多いという点だった。しかも自衛官の場合、ほとんどが官費でまかなわれるため、少しでも安価となるよう普段から腐心している。そんなとき加賀刑務所から「共同契約をしないか」ともちかけられた。調達量が増えれば、業者は価格を下げる。自衛隊側に断る理由はなく、共同契約はすんなり実現した。

この話を聞いて宗片は舌を巻いた。他省庁の地方組織との共同契約など理論上可能といえども、普通は思いつかない発想だった。

火石のことだ。今回もきっと何かしら考えているにちがいない。とはいえ、蛭川の行動の真相が刑務所にとって都合のいい結果になるとは限らない。

火石はどうするつもりなのだろうか。

6

宗片と奥井の二人は、官服からスーツに着替えて刑務所が所有するトヨタカローラに乗り込んだ。

「どうやって探すんですか。俺たち、警察でも探偵でもないんですよ」

「やれることをやるしかないだろう」

まず向かったのは、源田の叔父、剛男《たけお》のところだ。剛男は金沢の郊外で農業を営んでいる。

源田の両親はすでに他界していた。親類は少なく疎遠だとも聞いていたが、剛男は源田の入所直後に面会に来ていた。一度見たら忘れない風貌だった。髪を金髪に染めた中年男で、一般人とは思えない剣呑《けんのん》な空気を放っていた。その剛男に前科があることは、あとで知った。

三十分ほど車を走らせると、広大な畑にたどり着いた。畑の真ん中に麦わら帽子をかぶった巨体を見つけた。おそらく剛男だ。

宗片と奥井は、車を停《と》めてあぜ道を進み、剛男に近づいた。

剛男が手を止めて振り向いた。四角い顔で両目が離れている。

「突然、失礼します。我々は加賀刑務所の者です」

剛男の目が険しくなった。悪党顔、ガンを飛ばすチンピラのような目つきだ。

出所した源田がいなくなったので、行方を捜していると宗片は伝えた。

「もし何かご存知なら協力していただきたいのですが」

「あんたたちに教えなきゃいけない義務なんてあるのか」

剛男は、手にしていた鎌を振って、付着していた土を払い落とした。土が宗片の革靴に降りかかる。

「刑務官は、サツより嫌いだ。警棒で殴られた痛みは今も忘れん」

刑務所への恨みか。剛男の露骨に尖《とが》った態度からそんな気はしていた。刑務官に理不尽な懲罰でも受けて、恨みを今も引きずっているのだろう。

「帰れ」剛男が太い声を発して横を向いた。

奥井が、こりゃだめですねと目で合図を送ってくる。この剛男の態度では、源田について知っていることがあるのか、ないのかもわからない。

だが、このまま帰るわけにもいかない。どうしたものかと考えながら、広い畑を見渡した。青々とした苗が遠くまで整然と並んでいる。

畑の様子からふと気づく。剛男は風貌のわりに丁寧な野菜作りをしているようだ。

宗片はしゃがみこんで苗に顔を近づけた。

「これは五郎島金時ですか」

剛男が宗片のほうを向いた。ほう、という顔をしている。

「……わかるのか」

「金時豆のような甘みを持ったサツマイモですよね。加賀刑務所に赴任してすぐ好物になりました」

剛男の表情がわずかに動いた。

「実家が農家なんですけど、五郎島金時を送ったら、どうすればこんな甘いサツマイモができるんだって驚いていました」

「ふん」

剛男が鼻を鳴らして鎌を持った手を動かし始めた。しかしその横顔は、幾分か険が弱くなったように見えた。

もう一押しか。言葉を探していると、

「――あんたか」

剛男がつぶやいた。

「えっ?」

「今回の懲役は、いい刑務官にあたった。陽一の手紙にそう書いてあった」

剛男の手が止まる。

「――陽一はここに来ていない。連絡もない」

剛男はそれだけいうと、再び手を動かした。

7

源田が服役前に住んでいたアパート周辺を探した。さらには、近隣の大型のショッピングセンターや公園など、金をかけずに滞在できる場所を思いつくままに見てまわった。だが、源田の姿は見当たらなかった。

助手席の宗片は、ネクタイを緩めて首周りをほぐした。ハンドルを握る奥井も疲れたのか、いつもの無駄口をほとんど発しなかった。

車は、金沢市内の旧北國《ほっこく》街道の狭い道を進んだ。夕陽で赤く染まっていた空もいつのまにか紫色に変わっている。

夕食をとろうという話になり、通り沿いのうどん屋に入った。

店はカウンターにワイシャツ姿の客が一人だけ。テーブル席に座った宗片たちは、二人とも、かつ丼とうどんのセットを注文した。

五分ほどで二つの盆がテーブルに運ばれてきた。食べ始めてしばらくすると、宗片のスマートフォンが振動した。

病院で蛭川に付き添っている刑務官からのメールだった。今日はずっと外にいるので、蛭川の容体をときどきメールで教えて欲しいと頼んであった。

『――依然として意識不明です』

二時間前と同じ文面だった。見るたびに、まだ生きているという安堵と今後どうなるのかという不安が胸を交錯した。

西門の沈んだ表情が浮かぶ。あいつの精神状態は持ち直しただろうか。

怖いのは負の連鎖だ。刑務官は公務員のなかでも離職率が高い。組織にとって、若手刑務官は貴重な財産である。生真面目な西門の心理状態が悪いほうに傾いて、万が一、退官したいという話になっては困る。

乙丸が火石に対応を任せたことで、蒲田の呪縛から解かれて少しは落ち着いてくれればいいが。

「今のメール、蛭川の容体ですか」

丼をかきこんでいた奥井が箸《はし》を止めて顔を上げた。口元についた米粒を舌先でペロッとなめる。この奥井は、西門とは対照的な男だ。生真面目に悩んで心を壊すことはないだろう。

「ああ。変わらずだ」

「西門さん、寮にいるときもヘコんでます」

奥井と西門は歳が近く、寮でもたしか隣同士だ。話もするだろう。

「もともとマジメな方っすけど、蒲田首席にガンガンやられたせいですよね」

「蒲田首席は厳しいからな」

「ガムダの野郎……」奥井がつぶやくようにいい、再び丼をかきこんだ。

若い刑務官の間では、陰でガムダと呼ばれている。ガムのように粘着質に延々と説教を続ける。しかも、ガムを噛《か》んでいるわけでもないのに、あごをくちゃくちゃと動かす癖があるからだ。

「蛭川の件は蒲田首席ではなく、火石指導官が担当することになった。これで西門も楽になるんじゃないか」

「火石指導官かあ、いいっすねー」奥井が能天気な声を出す。「若い刑務官には優しいし、受刑者思いでもありますし。やっぱり……」

「おい。そこまでだ」

「あ、すみません」

奥井はまだわかっていない。普段の火石は悠然としているが、ときに凄《すご》みのようなものを感じさせることがある。蛭川の事故当時も血のついた手先をハンカチで平然と拭いていた。あの姿はどこか普通とは思えなかった。

「あ、そうだ。宗片統括は、〝火石マジック〟って言葉、聞いたことあります？」

「なんだそれは」初耳だった。

「自分も最近耳にしただけなので、内容までは知りませんけど……」

奥井が箸を持った手を宙で動かした。「受刑者にペン習字を教えたりしているらしいですから、もしかして、そのことかな」

「ペン習字を教えるときにマジックペンなんて使わないだろ」

「たしかに、そうっすよね」

この前の出所式の日、仮出所者がペン習字の話をしていた。きれいな字で履歴書を書けるようになれば、就職できる確率が上がる。感情が抑えきれなくなりそうなときは字を書けば気持ちが楽になる。受刑者にそんな話をしている火石を、宗片も見かけたことがある。

「ま、ペンでもマジックでもいいんですけど、自分は火石指導官のファンですから。一方のガムダときたら、口ばっかりで何もしないくせにどうして偉くなれたんですかね。たしか、あの人バツイチでしたよね。やっぱ奥さんに逃げられたのかな」

奥井のエンジンがかかり始めた。悪い奴じゃないが、こういうところがまだ青い。宗片は聞き流しながら、音を立ててうどんをすすった。

その後も、奥井は蒲田の評判を語り続けていたが、宗片が反応しない理由を察したのか、しゃべりもようやく収まったと思いきや、

「バツイチっていえば、刑務官って離婚が多いんですよね」

「そうだな」

話を聞き流すのも面倒になって、宗片も言葉を返した。「官舎での生活になじめない奥さんだと、離婚の確率が高くなるらしい。単身赴任の長い俺にはよくわからないが」

刑務官のほとんどは、刑務所の敷地内にある官舎で生活している。結婚すればたいてい家族で官舎に住む。公営団地のような無機的なブロックの建物では、壁ひとつ隔

てた他人の家のこともすぐに伝わってくる。そんな生活にストレスを感じる人間は少なくない。

蒲田は、三年ほど前に歳が離れた若い女性と結婚した。官舎で新婚生活を始めたが、しばらくして別居することになり、やがて離婚に至ったという噂《うわさ》を耳にした。

「今日はもう引き揚げますよね」

食べ終わった奥井はスマートフォンをもてあそんでいる。早く解放されたいのだろう。今日のシフトだと、宗片も奥井も夜勤はない。

自分たちは警察ではない。刑務官が簡単に人探しなどできるわけがない。それは宗片も自覚していた。だが何もしないわけにはいかない。

源田はどこへ行ったのだろうか。何か事情があったのか。まさか犯罪を企てているなんてことはないだろうと信じたかった。

だが、犯罪の可能性もゼロとはいい切れない。理由は悪の声——。そう、あの手紙だ。

「誰かに誘われたか」宗片は無意識に声を発していた。

「それはないでしょう」

スマートフォンの画面に目を向けたまま、奥井がさらっとこたえる。

奥井の言葉に引っかかりを覚えた。

「どうして、そういえる」

奥井は、一瞬、しまったという顔をして、目を伏せた。

「おまえ、何か知っているのか」

「いえ。何も知りませんよ」奥井の目が泳ぐ。

「何かあるなら、いえよ」

黙って奥井をじっと見る。圧に耐えかねた奥井が落ち着きを失っていく。

「……たいしたことじゃないですよ。心配の材料をひとつ減らしただけです」

「どういう意味だ」

奥井はしばらく口を閉ざしたが、観念したように口を開いた。

「源田あての手紙があったでしょ。あれを箱から抜き取りました」

「なんだって？　いつ、やった」

「蛭川の事故の晩です」

奥井一人を管理棟に戻した。あのときか。だが——。

「源田に手紙を返したとき、変わった様子はなかったといってたよな」

「……すみません。嘘をつきました」

「じゃあ、源田がポケットに入れたのは」

宗片自身、源田が手紙を入れるのをこの目で見た。

「あれはポケットティッシュです」

「なに」

思考が吹き飛んだ。

電話の蒲田の声に耳を傾けつつも、源田を凝視していたつもりだった。だが、見ているようで、見えていなかったのだ。

「どうして、そんなことをした」

「源田が悪い連中の誘いに乗らないようにと思ったからです」

領置品の現物チェックのとき、差出人不明の手紙は悪い誘いの可能性が高いと教えた。

「だからといって、受刑者の手に渡らないように抜き取っていいとはいってないぞ」

「悪い芽を潰《つぶ》したいと思って……」

たしかに、そうだ。奥井をにらみつけながらも思い直す。

手紙が手元に届いていないなら、源田は手紙の存在も電話番号も知らない。

では源田はどんな理由があって姿を消したのだろうか。

8

帰り道、宗片の怒りは収まらなかった。

刑務官として許されないことをしたと奥井に何度もいった。

刑務所に車を置いたあと、独身寮に行き、例の手紙を奥井から受け取った。

「今日はもういい。部屋でおとなしくしていろ」

「俺、処分されますかね」

「なんともいえん」

うなだれる奥井を置いて独身寮を出た。すぐ隣の棟が、宗片の住む2DKの世帯用官舎だ。

部屋に入って、いつものように冷蔵庫からビールを取り出そうとしてやめた。源田失踪の手がかりさえ見つからないのに、酒など口にできない。

グラスに氷を入れて、炭酸水を注ぐ。

何気なくテレビをつけて、奥井に提出させた手紙をテーブルに置いた。

——この手紙、どうする。

手紙抜き取りの件は、明日、蒲田へ報告するべきだろう。粘着質の蒲田の長い小言がすでに聞こえてきそうだ。想像するだけで気持ちが沈んでいく。

ある考えが脳をかすめた。――腹にしまうのも一手か。

奥井には十分説諭した。本人も反省している。手紙の存在自体、なかったことにしてしまえばいい。それが最善かもしれない。

ただし、その場合、何かあったときは、宗片が責任をとらなくてはいけなくなる。

何かあったときとは、何だ？　たとえば、この手紙が――。

瞬間、ざわりと心が波立った。

源田は、手紙が届かなかったからこそ、出奔したのではないか。

仮出所したらすぐに連絡をとりたい人間がいた。事情があって、その人物は名前を明かせないが、源田には手紙さえ届けばそれが誰かわかるはずだった。ところが、手紙は届いていなかった。源田は、相手に何かがあったと考えて、探しまわっている。

だとすれば、この手紙の差出人は誰なのか――。

テレビでは、夜のニュース番組が始まっていた。

〈――今日、集団で窃盗を繰り返していたグループのリーダーが逮捕されました。逮捕されたのは福井県の――〉

目を凝らしてテレビを見る。映像のテロップに主犯格の名前が表示された。知らない名前だった。ほっとしたと同時に、三か月前に出所した森嶋伸治《もりしましんじ》のことがぱっと頭に浮かんだ。

森嶋は窃盗グループのリーダー格で入所中もどこか斜に構えた男だった。刑務作業中、態度が悪く無駄口も多かった。注意し懲罰を与えても、森嶋の態度は改善しなかった。

出所式のあとの森嶋の目つきは、今も記憶に残っている。

——お世話になりました。

一礼して頭を上げたとき、目を細めて口元を歪《ゆが》ませていた。長く刑務官をやっているからわかる。森嶋の目は、更生した人間のそれではなかった。いずれまた塀の中に戻ってくる。ムショとシャバを行ったり来たりする人生。森嶋は間違いなくそんな道を歩む一人だった。

森嶋は源田と同じ工場で刑務作業をしていた。真面目な源田と反抗的な森嶋。対照的な二人だが、休憩時間や昼食のときに親しげに話している場面を何度も見かけた。

グラスの氷が解けて、カチンと音がした。

——この手紙を書いたのは、森嶋なのか。

源田は、森嶋からの連絡を待っていた。出所しても、たいした仕事にありつけない。源田は、森嶋のグループに加わるつもりだった。模範囚としてヨンピンで仮出所したのは、早く森嶋と合流したかったから——。

運動場で汗を流していた源田から聞いた言葉を思い出す。

――配送業、デリケートなやつです。

窃盗や強盗ではないのかもしれない。源田は生き物だといっていた。希少動物の違法な取引は金になると聞いたことがある。その運び屋にでもなるつもりか。

炭酸水を口に含み、ありえないと、悪い想像を打ち消す。

源田の更生はうまくいった。源田に限って再犯なんてことは。

だが、受刑者に裏切られた過去の経験が悪い想像を膨らませる。ヨンピンの模範囚だったからといって、必ず更生するとは限らない。模範囚ほど、シャバに放り出されたとき、自分への低い評価に落胆を感じ、犯罪に走るという説もある。

源田。おまえはそうじゃないだろ――。

源田あての手紙を手に取る。日付は約二か月前。金沢中央の消印がついた封筒から中身を取り出した。

これは森嶋からの手紙なのか。電話番号一行だけのメッセージには、出たら一緒になんかやろうぜという森嶋の思いが込められているのか。

テレビでは、窃盗グループのリーダー逮捕のニュースがまだ続いていた。犯人の顔が大写しになっていた。ぶすっとして感情を殺した顔は、森嶋のようにも、源田のようにも見える。

手紙の十一桁の番号を眺める。

——試しにかけてみたらどうだ。

領置品の確認をしていたときに、奥井に冗談半分で投げかけた言葉だった。

今はその言葉を自分に本気で投げかける。

すでに源田が森嶋のところにいるとしたら——。

森嶋が源田を本気で誘うつもりなら、電話だけではなく別の接触方法も用意していたのではないか。源田はその方法で森嶋の居場所を知り、合流したということもありえる。

たとえそうだとしても、まだ間に合う。森嶋にくぎを刺す。源田を誘って何かやろうなんて考えるな。そこにいる源田に更生施設へ戻るようにいえ。

そのとき、テーブルの上のスマートフォンが振動した。

宗片は反射的に手に取った。電子メールの受信——蛭川に付き添っている刑務官からの状況報告だった。

『おつかれさまです。蛭川の心臓の動きが弱くなっている、よくない状況だと医師から説明がありました』

よくないとはどういう意味だ？　とメールを打つ。

すぐにメールが返ってくる。

『容体が急変するおそれもあると』

思わず目をつぶった。先月亡くなった受刑者の死に顔がまぶたの裏をよぎる。

蛭川よ、何としても生きてくれ。おまえは死を選ぶために、刑務所にいたわけじゃないだろう。

そう念じつつも、別の思いが脳を重くする。蛭川が死亡すれば即、記者会見だ。今、源田が何かやらかせば、会見で話す悪い内容がさらに増える。

会見場で記者たちが勢いづく様子が頭に浮かび、宗片は思わず顔をしかめた。

——源田のことは、まだ何とかできる。

決意して目を開いた。手紙に記された十一桁の数字を携帯電話に打ちこんでいく。

電話の相手が、森嶋本人なら声ですぐにわかる。

発信音が繰り返される。

じっと待つ。もうコールは十回近い。知らない番号が表示されて、警戒しているのだろうか。

発信音が鳴り続ける。

あきらめて電話を切ろうとしたとき、発信音が途切れ、誰かが電話に出た。

声は聞こえない。息遣いだけがかすかに聞こえてくる。

宗片も黙った。森嶋か。ほかの誰かか。

不意に沈黙が途切れた。

〈……もしもし〉

宗片の心臓がはねた。思いがけず女の声だった。

顔が熱くなる。予想外の展開だ。女は三十代から四十代くらいだろうか。

どうする？　伝える言葉が思いつかない。

数秒考えて、自分の素性を話そうとしたとき――。

〈源田さん？〉と女が声を発した。

「……いえ、違います」

〈では、刑務所の方ですか〉

「はい。そうです」

〈このお電話は、どこからおかけですか〉

「自宅におりまして、自分の携帯からかけています。刑務官の宗片と申します」

〈宗片さんは、今はご自宅にいらっしゃるということなのですね〉

「はい」

どうしてそんなことを確かめるのか。しかし、それ以上に気になったのは、女の声に、ひどく切実なものが含まれているように聞こえたことだった。

「失礼ですが、あなたはどちらさまですか」

女は少し逡巡《しゅんじゅん》してから、〈ミカゲと申します〉とこたえた。

ミカゲ……苗字《みょうじ》なのか名前なのか、わからない。もしかしたら偽名かもしれない。

ただ、宗片の勘だが、このミカゲという女は森嶋とは関係ないように思えた。

「二か月前に源田受刑者あてに差出人不明の手紙が届きました。今、私の手元にあるこれはあなたが書いたものですか」

〈はい〉

「失礼ですが、源田受刑者とミカゲさんのご関係は？」

〈――〉

ミカゲは黙った。

「源田は先日出所しました。ご存知でしたか」

〈いいえ。……もう出られたんですね〉

仮出所のことは親族には伝えてある。知らないということは、ミカゲは家族関係者ではない。源田の情報をどこまで語っていいものかと一瞬迷ったが、ここでひいては何も進まない。

「聞いていただきたいことがあります――」

源田が更生施設からいなくなったことを話した。罪を犯すようなことになれば、仮出所は取り消しになる。源田の居場所を見つけ出したい。手がかりになるような情報があればありがたいと。

　ミカゲはすぐには反応しなかった。

　宗片は、テーブルの上の封筒を見ながら問いかけた。

「なぜ、手紙に名前を書かなかったのですか」

〈それは……〉

　語ってもいいのか、迷っている気配が伝わってくる。語ることをためらわせているのは、おそらくミカゲと源田の関係だろう。

「源田を見つけ出すヒントになるかもしれません。お二人のことを話してください」

〈……わかりました〉

　こわごわした口調でミカゲが語りだした。

　ミカゲは二年前に離婚していた。原因は夫の経済的ＤＶだった。専業主婦のミカゲに夫は生活費をほとんど渡さなかった。夫は細かい性格でミカゲの行動にことあるごとに難癖をつけた。ミカゲは次第に精神的に追い込まれていった。

　結婚は失敗。ミカゲは離婚を前提に別居に踏み切り、働くことにした。

　アルバイトをしていたネットカフェに、源田が客として訪れるようになった。無精ひげに作業着。しかし、風貌とは反対に礼儀正しく、印象は悪くなかった。ときどき世間話をするようになった。店内が閑散としていたある日、付き合ってほしいといわれた。夫との離婚は成立していた。二人の交際に何も支障はなかった。

　そんなとき、源田が傷害事件で逮捕された。建設作業員の懇親会があり、二次会のスナックでほかのグループの客と喧嘩《けんか》をした。因縁をつけてきたのは相手のほうだが、源田に殴られた相手は、頭を強く打ちつけ、今後の生活に支障をきたす大けがを負った。若いころに窃盗の前科があった源田には、実刑判決が下った。

　裁判のあと、源田の国選弁護人から連絡があり、加賀刑務所に収監されたと聞いた。ミカゲは弁護士を通じて、「出所するのを待ちます。そのときが近づいたら連絡します」と伝えた。

〈――源田さんが服役してしばらくたった頃でした。日々の生活で誰かに見られているような感覚を味わうことがあって。最初は気のせいかと思ったのですが、そうではなかったんです〉

　ある晩、仕事を終えて一人暮らしのアパートへ帰る途中、目の前に人影が現れた。息が止まりそうになった。元夫だった。

　もう一度やり直したいと元夫はいった。いかに自分が悪かったかを路上で延々と語った。元夫が必死で話す姿を見ても、心は動かなかった。声や話し方には、別居直前に感じていたのと同じ嫌悪感しか抱けなかった。

　よりを戻す気はないと告げた。しかし、元夫はあきらめなかった。そればかりか、ミカゲのほうにまだ気があると勝手に解釈して、その後も不意に現れてはつきまとった。

警察へ相談する気にはなれなかった。婚姻中、一度、警察にＤＶ相談で訪れたが、親身になってくれなかったからだ。

ミカゲは元夫から逃げるために、細心の注意を払って引っ越した。

〈——差出人名を書かなかったのは、住所を誰にも知られたくなかったからです。引っ越したあとも、何かのきっかけで探し出されるんじゃないかと心配だったので〉

刑務所の源田へ出す手紙で、ミカゲの現住所や名前が誰かに漏れることはありえない。だが、ストーカー被害は、被害者の精神状態を極度に追い詰める。被害者だったミカゲは、少しの可能性も消してしまいたいと思ったのだろう。

〈源田さんが模範囚でヨンピンなら、そろそろ仮出所かもしれない。電話番号さえ書いておけば、わかってもらえる。そう思って二か月前に手紙を出したんです〉

ミカゲの言葉が耳に引っかかった。模範囚でヨンピンなら……。

「今は、どちらのほうに？」

〈石川県を離れて遠くで暮らしています。幸い、仕事もすぐに見つかって〉

仕事——運動場で汗を流していた源田との会話の断片が脳裏をよぎった。

配送、デリケート、生き物……。

「失礼ですが、どんなお仕事ですか」

「花屋です」

腑《ふ》に落ちた。源田が目指していた仕事は、花屋の配送のことだったのか。

「二人で店を開こうって、源田さんと約束したんです。今はそのために勉強中です」

スマホを握り直した宗片は、指先で眉間を強く押さえた。

失踪の理由は、ミカゲと連絡が取れないからだ。ミカゲの居場所を探そうとして更生施設を抜け出したにちがいない。

源田を見つけ出して手紙を渡さなくてはいけない。

行きそうな場所は――。

「ミカゲさん、前に働いていたネットカフェの場所を教えてください」

9

真夜中、官舎を出て自分の車に乗り込んだ。

宗片はハンドルを握りながら、ミカゲを探す源田の姿を想像した。

――すまん、源田。

源田は真面目な服役生活を送っていた。ヨンピンで最短出所を目指したのは、悪い仲間と合流したいためではなく、好きな女に早く会いたいのが理由だった。

奥井が手紙を持ち出したりしなければ、こんなことにはならなかった。しかし、今さら後悔しても遅い。

金沢市内の主要道を南へ向かって車を走らせた。深夜とはいえ、道はそれなりに車が行き交っている。やがて白いライトに照らされた大きな箱型の看板が目に入った。ミカゲが前に働いていたネットカフェだった。

広い駐車場は半分以上が埋まっていた。車を停めて店に入る。照明を暗く落とした店内は静かだが、狭い空間には大勢の人の気配が感じられた。

「いらっしゃいませ」

受付の店員が小声でいった。年齢不詳の小柄な男だった。ネームプレートには、「立花」と書いてある。

「人を探しています」

「申し訳ありませんが、そういうのはちょっと……」

立花は、困惑した表情を見せる。

役に立つかどうかわからないが、携帯していた身分証明書を提示した。加賀刑務所刑務官　宗片秋広――。

身分証明書を確かめた立花は、一瞬、ぎょっとした様子で、「名前を書いていただければ、こちらで確認いたします」といった。

　メモに源田陽一と書いて立花に見せた。

　立花は手元の受付表を眺める。「お名前の方はいらっしゃいませんね」

「今日の日中は？」

　調べてくれたが、そこにも名前はなかった。

「一応、店のなかを見せてもらえませんか」

　立花は少しためらったあと、「廊下を歩くだけなら」といった。

　店内を奥へと進む。ほとんどのブースが埋まっている。扉の小窓がわずかに開いているのでなかの様子が見えた。客の年齢は様々で、意外に女性が多かった。ほとんどが寝ているが、ゲームをしている人間もいる。あるブースの茶髪の女と目が合い、女が露骨に舌打ちをした。

　受付に戻り、立花に「もうひとつだけ、教えてください」といった。源田は名乗らずに、店に来た可能性もある。その部分は押さえておきたかった。

「今日の日中、人を探している男が現れませんでしたか」

「私は昼のシフトではないので」

「昼のシフトの方にお電話して確かめてもらえませんか」

　立花の顔が曇ったので、宗片は「大事なことなんです」と語気を強めた。

立花が昼の店員に電話をした。幸い、電話の向こうの人物はすぐに電話に出たようだ。立花は二言、三言やり取りをして電話を切った。

「昼に三十代くらいの男性が現れて、誰かを探すようにして、店の中をぐるっとまわって出て行ったそうです」

おそらく源田だ。ミカゲがいないか確かめるためにここにやってきたのだろう。

宗片は礼をいって外に出た。運転席に座り、考えを巡らせる。

源田の目的はミカゲを探すこと。だが見つからない。探し疲れたら、どこへ行く?

ミカゲに電話をした。すぐにコール音が途切れる。

〈源田さんは〉

「まだ発見できません。源田のお気に入りの場所とか、どこかご存知ないですか。たとえば一緒にドライブしたところで印象に残っている場所などはありませんか」

〈ネットカフェの近くでお茶をするくらいで、どこかへ行ったことはほとんどないんです。二人とも時間もお金も余裕はありませんでしたから〉

「親しい人がいるとか聞いたことはありませんか」

〈そういう話は特に……。家族のことも、ご両親がいないとしか聞いていませんでしたし〉

「そうですか」

電話を切った。情報は得られなかったが、両親がいないという言葉から源田の叔父、剛男のことを思い出した。

スマホに「源田剛男」「五郎島金時」「電話番号」の三つのワードを同時に入力して、検索した。「源田農園」の表示と、携帯電話の番号が表示された。

発信ボタンを押す。五回ほどコール音が鳴って〈はい〉と不愛想な声がした。

「夜分遅くすみません。加賀刑務所の宗片です」

〈ああ。あんたか。陽一、まだ見つからないのか〉

「はい」

どう思われてもいい。剛男には正直に話すと決めた。

「実は、陽一さんがいなくなったのは、我々のせいかもしれません」

〈そうなのか?〉剛男の声がにわかに強張《こわば》った。

「陽一さんを探し出して、謝罪します。陽一さんが気に入っていた場所など、ご存知ないですか」

〈……〉

「お願いします」

電話の向こうでは沈黙が続いた。身勝手な刑務官に剛男はまたも怒りを覚えたか。

宗片はスマホを握りしめて、ひたすら祈る思いで言葉を待ち続けた。

やがて電話の向こうから低い声が聞こえた。

金沢の南部にある野田山墓地に向かって車を飛ばした。

ネットカフェからそう遠くはない場所だった。受刑者が刑務所で亡くなり、遺骨の引き取り手がいない場合、その墓地に無縁仏として納められる。

電話での剛男の話を思い出す。

〈墓地の一番奥に、雨風をしのげる小屋がある。そこから見える夜景がきれいでな。あいつがちっちゃい頃、何度か連れて行った。気に入ったのか、俺んとこで働いてたときも、夜、バイクに乗ってよく一人で行ってたな〉

霊園は小高い山の上にあった。坂道をのぼり、駐車場にたどり着いた。

車は一台も停まっていない。外に出ると、空気がひんやりとしていた。

霊園に入り、少し歩を進めたところで足を止めた。

眼下にパノラマの夜景が広がっていた。天の川が街に降りかかっている。墓地だということを差し引いても、絶好の場所だ。源田が気に入っている場所というのもうなずける。

しかし、ただ眺めているわけにもいかない。墓地のなかをなるべく足音を立てずに進んだ。縦横の碁盤の目状の墓地のなかを、視線を左右に動かしながら歩きまわった。

時折、緩い風が吹いて木々の揺れる音がする。

　墓地の端まで来た。低いブロック塀の先は、高い木が茂っていた。木々の間から夜景が光を放っている。剛男の話ではこの方向でいいはずだった。

　静かに塀を越えた。なだらかな下りの山道が続いている。十メートルほど下ったところで四角いシルエットが見えた。例の小屋に違いないと思った。

　なるべく音を立てないよう注意しながら近づいていく。小屋は三方と天井をトタンで囲っただけの粗末なものだった。

　あと数メートルのところで立ち止まり、横から小屋の中を覗《のぞ》き込んだ。

　源田がいた。夜景を見下ろしているその表情は、どこか所在なげだった。

　思い切って声をかけた。

「源田」

　ハッとした様子で源田が宗片を見る。

　宗片は、すばやく腕を上げて手紙をかざした。「ミカゲさんからだ」

　源田の動きが止まった。数秒、二人の間を沈黙が流れた。

「……本当ですか」

「ああ。おまえに渡したい。だからこっちにこい」

　源田が警戒した様子で近づいてくる。宗片が手紙を差し出すと、源田は手を伸ばして受け取った。同時に、宗片の肩から力が抜けた。

源田は一行だけの手紙を食い入るように見つめていた。宗片は申し訳ない気持ちでいっぱいになった。

「これはどこに」

「実はな――」

正直に話すことに、一瞬、ためらいが生じたが、悪いのはこっちだと胸にいい聞かせた。

「差出人の書いてない手紙は、刑務官の判断で渡さないことがある。実は、最近、こういう手紙が受刑者に多く届いていてな。よくない類のものかもしれないと思って、渡さないようにしていたんだ。だが、おまえが施設からいなくなったと聞いて、もしかして手紙と関係があるんじゃないかと思って。それで手紙の番号に電話をして、事情を知ることになった。……すまなかった」

源田は「こちらこそ、ご迷惑をおかけしました」と頭を下げた。

「施設に戻らず、ここにいたのはどうしてだ」

「森嶋がいたんです」

「施設にか?」

「はい」

しかし、それだけでは出奔してもいい理由にはならない。

「あいつ……」源田が顔をゆがめた。「つるまないかって、誘ってきたんです」

誘いの中身は、まっとうなものではないのだろう。

「断ってもしつこくて。かといって、施設でもめごとは起こしたくないし。それで、あそこにいるのが嫌になって」

「わかった。とりあえず施設に戻れ。森嶋のことは、保護観察所と相談してこっちでなんとかする」

「ありがとうございます。ただ……」

源田は、何かを考えている様子だった。「宗片先生にお願いがあります」

「なんだ」

「施設には戻ります。ですが、宗片先生とは会わなかったことにしてもらえませんか」

「――」

「それと、この手紙のことも誰にもいわないでほしいんです」

おおごとにしたくないという源田の気持ちを察した。同時にほっとした。源田がおとなしく更生施設に戻り、手紙のことを蒲田に報告しなくても済むなら、全部収まる。

「ああ。わかった」宗片は静かにうなずいた。

深夜一時を過ぎていた。源田を更生施設の近くまで車で送った。

暗い夜道で二人は車から降りた。

「もう会うことはないな」

「はい。ムショにはもう戻りません。お世話になりました」

源田が頭を下げて歩き出そうとした。

「待て」宗片の声に源田が立ち止まる。「出所式のあとは、こっちの都合でできなかったからな」

「え？」源田がけげんそうな顔をする。

宗片が右足を軽く上げて地面を力強く踏む。乾いた音が深夜の路上に鳴り響く。右腕を上げ、いつもの角度で指先を止める。敬礼――。

「源田陽一、仮出所おめでとう。貴殿の前途に幸多からんことを祈る」

源田の背筋がピンと張る。深く息を吸い込んだ源田が、深々と頭を下げた。

「宗片先生、ありがとうございました」

深夜、二人だけの出所式が終わった。

10

官舎に戻った。

テーブルのグラスは、氷がすべて溶けていた。グラスの表面の水滴が流れ落ちて、テーブルを濡らしている。

奥井が抜き取った手紙のせいでひと騒動だった。ため息を吐《つ》くと疲れが押し寄せてきた。

思えば、生活棟を巡視していると、受刑者が手紙を読んでいるのをよく見かける。受刑者にとって、手紙は塀の外とのつながりを実感できる大切な印だと改めて思い知った。たとえそれが仮出所の近いヨンピンであってもだ。

水を飲もうとして、グラスを持ち上げた手が止まった。

――模範囚でヨンピンなら、そろそろ仮出所かもしれない。

ミカゲはヨンピンという言葉をどうして知っていたのか。犯罪関係者が身近にいるのか。たとえば、服役経験のある……。

閃《ひらめ》いた。元夫は加賀刑務所で服役中なのではないか。

元夫は源田と同じ居室にいた。そこにミカゲの名前入りの手紙が届けば、元夫と源田の間にトラブルが起きる。そうなると源田の仮出所が遠のく。それでミカゲは手紙を出す際、名前を伏せた――。

想像を止めて、まさかなと一人苦笑いをした。ないとはいえないが、小さな可能性だ。

炭酸の抜けた水を口に運んだ。力が抜け、睡魔が襲ってきた。

寝る前にシャワーを浴びようとして立ち上がった。ズボンのポケットからスマホを取り出すと、通知ランプが点滅していた。

メールを見ようと画面に触れる。浮き上がった一文に眠気が一瞬にして失《う》せた。


『蛭川が亡くなりました』

11

メールを見た直後、病院にいる刑務官に電話をした。

「親族への連絡は」

〈しましたが、遺体を引き取る気はないといわれまして〉

やはり、そうかとの思いに至る。蛭川の兄に、入院したと伝えたときも、「何かあっても弟とは関わりたくない」といっていた。こうなると、告別式から納骨まで刑務所が手配しなくてはいけなくなる。

追い立てられるように、すぐに刑務所に向かった。蛭川死亡の報は、刑務所にも伝わったばかりの様子だった。処遇部の部屋にいた数名の刑務官は、宗片を見てほっとした表情を浮かべた。夜勤は最小限の人数しか配置されていない。こうした場面では、何を優先していいかわからないとの不安があったのだろう。

宗片は彼らに「蛭川の件は、俺が引き受ける」と伝え、葬儀屋に連絡を取ると、官用車を運転して病院へと向かった。

遺体はまだ集中治療室にあった。目を閉じた蛭川は穏やかな顔をしていた。受刑者の死に顔を拝むのはいつも心が痛むが、穏やかに見える顔がつらい気持ちに拍車をかけた。

葬儀屋の用意した車で遺体を刑務所へと運び、体育館の裏にある半地下の部屋に置いた。受刑者の遺体を一時的に安置したり、引き取り手がなく刑務所で告別式を行ったりするときに使う場所だった。

簡素な祭壇を作り、やるべきことをひとまず終えたころには、夜が明けていた。

自分の席に着いてほっとしていると、刑務官の一人が近づいてきた。

「源田が更生施設に戻ったと連絡がありました」

「それはよかった」

何も知らないふりをして、安堵の表情を作った。「どこにいたんだ」

「詳しくはわかりませんが、街をふらついていたようです」

昨晩遅くに、二人だけの出所式をしたことを思い出す。もう源田は心配ない。あの男はしっかりと次の人生を進んでいくだろう。

——それよりも、今はこっちだ。

重体だった蛭川が死亡した。午前中は記者会見になる。

「宗片統括、おはようございます」

火石が近づいてきた。宗片が源田の捜索を受け持っていた昨日一日、火石が蛭川に関する対応を担っていた。蛭川死亡の連絡を受けて、宗片は朝まで忙しく動いたが、おそらく火石のほうも、刑務所内のどこかで徹夜で仕事をしていたに違いない。

だが、その表情は、徹夜明けの疲れをみじんも感じさせなかった。

「源田の件、すぐに解決してよかったですね。これ、蛭川受刑者に関する今日のリリース原稿です」

原稿を渡された。「宗片統括がまとめてくださった事故報告書を下地に作りました。細かい事実関係に誤りがないか、今、確認していただけませんか」

所長が記者に説明する際の手持ちだ。警備指導官という立場の火石は、処遇部の所属ながら、宗片以上に総務部の仕事も横断的にこなしている。

A４の横書きの文書に視線を走らせた。火石の作ったペーパーの文章は、さすがに上級職だけあって、無駄なところはなく、それでいてわかりやすかった。事故の日時、状況、受刑者の容体などが平易な文章で書かれている。ただし、個人情報保護の観点から実名は伏せられていた。会見でも六十代、男性とだけ明かされる。

文章の途中、事故の原因のところは丁寧に読み込んだ。

〈――受刑者の居室には遺書のようなメモが残されており、包装された服用薬を死ぬ目的を持って飲み込んだものと思われます。つまり、本事案は受刑者の覚悟の自殺であり、現場の刑務官の安全管理には問題はなかったと――〉

文面から顔を上げる。火石と目が合った。

「蛭川はメモを残していたのですか」

「所有していた文庫本の間に挟まっていたのを、昨日、見つけました。認知症が進行する前に死にたいという思いが記してありました。これです」

火石が机の上に透明のナイロン袋を置いた。なかに紙切れが入っている。


『正気のうちに終わりたい』


「症状が進めば、異常な言動が今よりも多くなる。その姿を他人に見られるのが耐えられなかったのかもしれませんね」

火石が同情を含んだ声を発した。

「筆跡は蛭川のもので間違いないのですか？」

「蛭川の領置品の手帳と照らしてみました。蛭川の筆跡で間違いないと思います」

これで自殺で確定だ。刑務所の上層部は胸をなでおろしているだろう。だが、宗片の気持ちは晴れなかった。更生の現場にいる人間としては複雑な思いだ。

刑務所は更生の最後の砦《とりで》である。その先にあるのが死であってはならない。刑務所の責任の有無にかかわらず、受刑者の死は更生に失敗したことになんらかわりはない。

そして、もうひとつ。あの場に遭遇した若い刑務官は心に傷を負った。しばらくは夜勤のたびに、蛭川の死を思い出すだろう。

「原稿の説明をしに、私は所長室に行きます。失礼」

火石が事務室を出て行った。

宗片は席に着こうとして立ち止まった。どうにかしないといけない刑務官が一人いたことを思い出した。

広い事務室を見渡した。部屋の片隅にいた奥井を捕らえて、来いと指先で合図をした。

奥井を連れて廊下に出た。角を曲がり、ひとけのないところで立ち止まる。

「源田が見つかったらしいな」

墓地で見つけて更生施設まで送り届けたことはもちろんいわない。源田との約束は守るつもりだった。

「自分もさっき聞きました。これでひと仕事終わりましたね」

奥井の顔はまだどこか不安げだ。勝手に持ち出した手紙のことが気になっているのだろう。

「手紙の件ですが……」

「手紙などなかった」

「えっ」

「そんなものは存在しなかった」

奥井の両目をじっと見る。奥井は瞳に戸惑いの色を浮かべていたが、宗片の意図が伝わったのか、静かに頭を下げた。

「ありがとうございます」

「戻るぞ」この件は終わりだ。

宗片は早足に廊下を歩いた。午前は、会見とその準備で忙しくなる。

「蛭川は正気のときに決意した自殺だったと聞きました。動機は何だったんでしょう」

「認知症の姿を他人にさらすのが耐えられなかったって話だ」

「それって本当ですかね」

奥井が疑《うたぐ》り深い声を出した。「おかしな言動をしても、見てるのは受刑者と刑務官くらいでしょ。ましてや越中のルパンといわれたバリバリの累犯受刑者なら、恥ずかしいなんて気持ちになりますかね」

「おい」宗片は立ち止まった。「おまえ、今なんといった」

またひとこと余計だったのかと奥井がびくっと肩を動かした。

蛭川のことではなかった。ミカゲのことが脳裏に浮かんでいた。


ヨンピンという言葉を使うのは受刑者だけじゃない。俺たち刑務官も。そして――。


刑務官と一緒に暮らす家族も言葉の意味を聞いて知っているかもしれない。

ミカゲは、電話に出たのが源田ではなく刑務官の宗片だとわかると、真っ先に宗片のいる場所を尋ねた。

宗片が電話をしている場所を気にしたのは、周囲にほかの刑務官が、正しくいうと、元夫がいることをおそれたからではないのか。

この刑務所にいる刑務官の誰かが……。

刹那《せつな》、ある人物が鮮明に浮かび上がった。

「宗片さん、どうかしたんですか」

「いや、なんでもない」

この推理が正しいかどうか確かめたかった。座席に着き、机の一番下の引き出しの奥から紙箱を引っ張り出す。写真入りのカラフルなはがきが無造作に束ねてあった。輪ゴムを外して、一枚ずつめくっていく。

手が止まる。息を呑《の》んだ。

三年前の日付。私たち結婚しました。幸せな家庭を築いていきます。

年かさの和装の新郎と若い新婦が微笑んでいる写真だった。その下には、二人の名前が記されていた。

『新郎　蒲田潤一《じゅんいち》
新婦　　美景《みかげ》』

「宗片さん。あと、西門さんも！」

甲高い声が広い室内に響き、心臓が止まりそうになった。

蒲田が小型の爬虫類のような顔をして近づいてくる。

宗片は慌ててはがきを紙箱にしまった。

「あなたがたお二人は会見場の準備に行ってください。総務部にまかせっきりにしてはいけませんよ」

はい、と返事をして西門がすぐに立ち上がった。宗片のほうは、すぐに席を立てなかった。推測が当たったとはいえ、ミカゲが蒲田の妻だったことにしばし呆然《ぼうぜん》とした。

深呼吸をしてなんとか席を立つ。秘密を知ってしまった後ろめたさから、蒲田のほうを見ないようにして事務室を出た。

西門の背中を追いかけて声をかけた。「蛭川の件、これで決着だな」

「それはそうなんですが」西門の顔はどこか曇っていた。

「どうかしたのか」

「見つかったメモのことですが、最初、自分が蛭川の居室を探したときは、なかったんです」

西門は、誰かがメモを偽造して文庫本に差し込んだと思っている。その誰かとは火石のことだ。

「メモは蛭川のだ。筆跡も間違いなかったそうだ」

「そうですか」

西門が安堵のため息をついた。「なら、自分がメモの存在を見落としたわけですね」

「まあ、そういうことになるな」

「宗片統括はメモを見ましたか」

「ああ、見た」

きれいな字だった。火石は蛭川にもペン習字を教えていたのかもしれない。仮出所の予定者も流麗な字を書いていた。あれも火石の指導によるものだった。

——感情が抑えきれなくなりそうなときは字を書けば気持ちが楽になります。

正気のうちに終わりたい――。蛭川はこう書いた。短い文章だったが、気持ちが込められていた。

そう考えて、宗片はふと疑念を覚えた。蛭川の思いは、火石の解釈で正しかったのだろうか。《終わりたい》は、死にたいではなく、刑期を全うしたいという意味ともとれるのではないか。だとしたら、正気の時間が多いうちに出所したいという意味だとも考えられやしないか。

――認知症が進行する前に死にたいという思いが記してありました。

火石からそう説明を受けてメモを見せられた。あれで先入観を植え付けられたのではないか。宗片がメモを読み終えたとき、火石はこうもいった。

――症状が進めば、異常な言動が今よりも多くなる。その姿を他人に見られるのが耐えられなかったのかもしれませんね。

自殺には動機があった。そう印象づける説明に思わず納得してしまった。

メモを書いたのはたしかに蛭川だ。だが、文庫本の間に挟んだのは火石ではないのか。ペン習字の練習で受刑者たちに書かせていた文章を火石は保管していた。蛭川が書いた文章のなかに遺書とも読み取れる文面を見つけて、その箇所を切り取り、蛭川の意思でもあるかのように文庫本に挟んだのではないか。

会見場では総務部の職員が机や椅子を並べていた。宗片も準備を手伝った。マイクのセットが終わる頃には、記者が一人二人と現れた。

部屋の隅に立ち、記者たちを座席に誘導する。やがて刑務所の幹部たちが部屋に入ってきた。記者会見が始まる時間だ。

蛭川のメモのことがまだひっかかっていた。今となっては真相はわからない。蛭川の意思は、火石が語ったとおりかもしれない。

もし火石の作ったシナリオだったとしても、今さら異論を挟む余地はない。誰かが損をするわけでも何かを失うわけでもない。所長の久世橋は、メディアからの厳しい質問攻めにも「刑務所側に問題はなかった」と胸を張って主張できる。

もしかしてこれが――。

ある言葉が宗片の頭に浮かんできた。〝火石マジック〟

火石はどこにいる？　見渡すもその姿はどこにも見当たらなかった。

廊下につながるドアの隙間が少し開いていた。火石だった。気配を消して会見場のなかをそっと覗いている。

そんな火石を見ていて思い出した。

――加賀刑務所では目立つな。

加賀行きを命じられた際、火石は法務省上層部からこういわれたという。

顔の大きな傷が理由ではない。本当の理由、それは――。

所内の誰もが知っていながら、口を閉ざしている。そこには、火石が加賀に赴任することになった、ある特殊な事情が絡んでいた。

「定刻になりましたので、会見を始めます」

司会役の総務課長の声が会見場に響き渡ると、わずかに開いていたドアは音もなく閉まったのだった。

第二話
Gとれ

刑務所手記『プリズン・ダイアリー（完全版）』

Ｐ２０　事件を解決するＨマジック！

刑務所に入った直後に面接があって、どの刑務作業につきたいか希望を訊かれました。私はずっと料理を覚えたいと思っていたので炊事係を希望しました。しかしかなわず。私が配属されたのは介護補助でした。刑務官と一緒に介護が必要な受刑者のお世話をする仕事です。

（中略）……刑務所ではいろいろな事件や事故が起きます。私がいたときも、受刑者の自殺や別件逮捕など、まるでテレビドラマのような事件がありました。担当刑務官のＨＴさんは階級の高い刑務官だったので、私の監視以外にも難しい仕事を抱えていたようです。普段、私の作業中は近くで付き添ってくれるＨＴさんでしたが、「しばらく不在にするから」といってどこかへ行ってしまうことが何度もありました。そんなＨＴさんは、〝Ｈマジック〟という言葉があるくらい、難問を片付ける名人だったようです。私が驚いた〝Ｈマジック〟をここでみなさんにご披露します。あれは梅雨どきだったと思います。ある介護受刑者の方ですが、おなかの調子が悪かったせいか、何度も粗相をしたことがありました。梅雨のじとじとした時期で、床をきれいにしても匂いが染みついて消えません。それどころか匂いはひどくなるばかりで、その頃には受刑者の世話に慣れていた私でさえも、こんなところにいたら病気になるんじゃないかと思うくらいひどい匂いでした。あるときHTさんに「匂いがちょっと……」と訴えると、HTさんも「これはたしかにひどいな」とうなずいています。刑務所は服役のための場所でありケア施設ではないので、匂い消しスプレーなんてものはありません。少し考え込んでいたHTさんは「ちょっと待ってろ」といってどこかに行き、しばらくして大きめのビニール袋を持って戻ってきました。袋の中身はなんとミカンの皮。針と糸も手にしています。HTさんは私に「このミカンの皮に糸を通して部屋の中に吊《つ》るせ」と命じました。なんのおまじないだろう？　私はいわれるままにミカンの皮に糸を通して天井から吊るしました。さらに同じものを十本ほど作って同じように吊るしました。部屋の宙には、オレンジ色の皮が幾重にも垂れ下がっています。まるでパーティーの飾りつけのような光景です。で、その効果ですけど、たしかに嫌な匂いが消えたのです！　かわりに柑橘《かんきつ》系の匂いがかすかに漂ってきて、アロマ効果でなんとなく気分もいい。まさに〝Hマジック〟でした。私はHTさんに「どこでこんなことを覚えたんですか」と尋ねたら、HTさんいわくフランスで知ったとのこと。私もフランスへは行ったことがありますが、こんなものは見たことがありませんでした。そういうとHTさん、「パリにある刑務所では昔からの風習だ。あそこは日本の刑務所とは比べものにならないくらい汚くて、匂いもひどい。どの牢獄《ろうごく》にも窓のそばにオレンジの皮が吊ってある」どうやらパリの刑務所で見たものを取り入れたようでした。

（中略）……海外での勤務経験もあるHTさんはとにかく経験や知識が豊富でした。そんなHTさんは、私の服役期間中、休みを取っていませんでした。一度、「お休みを取らないのですか」と尋ねたことがあったのですが、「おまえが出所したときにまとめて取るんだ」といってました。今思い出してもHTさんは隙がなくてかっこよかった。同性でも惚《ほ》れてしまう〝ザ・刑務官〟といった感じでした。

1

徐々に秋が深まり、朝晩は肌寒さを感じるようになった。

朝、看守部長の及川恭也《おいかわきようや》は運動場や建物の周辺を巡回していた。

塀の付近では、数名の受刑者がゴミ袋を手に腰を折っている。

朝食後の十五分間が外の清掃時間だ。軽い懲罰を科されて参加している者がほとんどだが、なかには自ら手を挙げて参加している者もいる。当然、そこには打算がある。多くは進級のためだ。進級すれば、塀の外への手紙や面会の回数を増やすことができる。

一人、落ち葉を熱心に拾う姿が目に入った。勝田亮二《かつだりようじ》だ。

及川はスラックスのポケットに手を突っ込んで勝田に近づいた。

「うす」

「おはようございます」

及川に気づいた勝田が体を起こした。

勝田は五十二歳。及川よりも二十ほど上だ。警察がリストアップしている広域暴力団の構成員である。

刑務官は、ときに勝田たちのような暴力団構成員のことを〝G〟と呼ぶ。極道、グレるという言葉がその由来だ。

Gは懲罰でも科されない限り、清掃活動には参加しない。だが、勝田は、ある理由があって自らの意思で参加していた。

「あいかわらず熱心だな」

「ありがとうございます」

すでに勝田が手にしているビニール袋には落ち葉が半分ほど溜《た》まっている。

及川は、周囲に刑務官や受刑者がいないことを確かめてから、「もっと手を抜いたっていいんだぞ。参加するのも週に二回くらいでもいい」と勝田にこそっと伝えた。

しかし勝田のほうは「いえ、いえ」と首を振った。「習慣ってやつですかね。毎日参加するほうが体の調子もよくて。この季節は、放っておくと落ち葉が増えていきますから」

「冷える季節だから、ほどほどにしとけよ」

「はい。ありがとうございます」勝田が頭を下げて再びゴミを拾い始めた。

「及川看守部長」遠くから声がした。

受刑者ではなく先輩刑務官の亀尾《かめお》だった。管理棟に続く渡り廊下からこちらに向かって手招きをしている。

スラックスから手を出して、急いで渡り廊下に戻った。

「なんでしょうか」

「交代だ。至急、部長室に来いだと」

朝から何の用だろうか。何も思いつかないまま、足早に事務棟に向かおうとした。

「ちょっと待て」

呼び止められて振り返ると、亀尾が渋い顔をしていた。

「受刑者の前でポケットに手を突っ込むのはやめろ」


処遇部長室には三人の幹部がいた。部長の乙丸、首席処遇官の澤崎《さわざき》、警備指導官の火石だ。

腕を組んだ乙丸は言葉を発しようとしなかった。地顔のしかめ面がいつも以上に険しさを増している。澤崎も乙丸に負けず劣らずの険しい顔をしている。火石だけは能面のように表情を崩さないでいる。

及川は自然と息を止めていた。緊張感を漂わせた上司たちを前にすると、どうしても、数か月前のことを思い出す。でも、あれはもう解決した話だ。

「今日の朝刊だ」澤崎があごでテーブルを示す。

テーブルにH日報があった。金沢に本社を構える地元紙だ。及川は、今朝の記事にまだ目を通していなかった。

開いていたのは社会面だった。トップ記事は二十歳の女子大学生殺人事件。この事件なら、昨晩テレビのニュースで及川も知っていた。年齢の割に色気のある被害者の顔は、記事でも目を引いた。

被害者の写真を眺めていると、澤崎から「それじゃない」といらついた声をぶつけられた。

「その隣の記事を見ろ」

見出しには「全国捜査で手口続々」とある。警察のガサ入れの記事だ。数日前に広域暴力団の本部と傘下の組織への全国一斉のガサ入れが行われた。その続報だった。

「これがどうかしましたか」

ガンっと音が響いた。乙丸がテーブルにひじをついた音だった。

「昨晩、県警の幹部から俺のところへ内々に連絡があった。近々、加賀刑務所を捜査対象として乗り込んでくるってな」

「それは、どういう……」話がつかめなかった。

「わからんのか」

こめかみあたりの血管を浮き上がらせた乙丸が話を続けた――。

石川県警は押収物から暴力団の資金源、いわゆるシノギの現状を把握した。そのなかに、ある医科大学の入試問題が見つかった。暴力団は試験前に入試問題を入手して高値で売りさばいていた。警察はどんな経路で入試問題を入手したのか、詳しい捜査を開始したという。

「その大学っていうのは?」

「おまえがよく知っているところだ」乙丸が険悪なまなざしを及川に向けた。

「まさか」

「――大学だ」

乙丸が口にしたのは、加賀刑務所が印刷の仕事を引き受けている大学だった。

「警察は、試験問題が刑務所から流出したと考えている」

加賀刑務所が疑いをもたれている。しかも入試問題の印刷を請け負っていたのは、及川が担当する第七工場――。

及川は、軽い目眩《めまい》を覚えて指先で額を支えた。誰が、どうやって? 及川の脳裏に、刑務作業に従事する受刑者たちの顔が浮かんでは消えていく。

「警察の大がかりな捜査など受けたくない」

当然だ。乙丸じゃなくてもそう思う。刑務所が警察の捜査を受けるなど屈辱以外の何物でもない。法務省組織の沽券《こけん》にかかわる。

刑務所と警察――双方、犯罪者と関わる組織ではあるが、かたや更生機関、かたや捜査機関と所詮は別の役所だ。関係は強固とはいいがたい。まして刑務所には、俺たちは国家機関で格上というプライドもある。

「もし入試問題の流出元が刑務所であれば、警察の捜査が入る前に、ルートを特定して犯人を探し出したいと考えている」

刑務所としての自浄能力を見せつけて事件を解決する。それが刑務所、ひいては法務省のプライドを守る唯一の方法ということだろう。

「とにかく時間がない。早く情報を集めろ」

「はい」

自信はないが、乙丸ににらまれたらそうこたえるしかなかった。

ドアがノックされ、中里《なかざと》という若い刑務官が慌てた様子で入ってきた。

「今ほど、県警の方が来られました」

「なんだと。こんなに早く来るなんて聞いてないぞ」

「所轄か、それとも本部か」澤崎が慌てた様子で立ち上がる。

「それが……中署の刑事が二人だけで現れまして」

「どういうことだ」

「ある受刑者から話を聞きたいので、署に連れて行きたいと」

「その受刑者というのは誰だ」

「与崎猛《よざきたけし》といっていました」

背中が粟立《あわだ》った。いきなりの本陣突入——。与崎猛は第七工場の所属だ。

「与崎って、あの与崎だな」

乙丸が及川にぎろりと目を向けた。例の件を忘れていなかったようだ。

「与崎はGです。警察が話を聞きたい理由はおそらく……」

及川はその先を濁した。昨晩、警察から刑務所幹部へ内々に捜査の話があった。その翌日に受刑者を連行したいと刑事が現れた。つながりがあると考えるのが自然だ。

与崎は一見どこにでもいる優男風の男だ。暴力団の準構成員で、シャバにいたときは、組織売春や詐欺で金を稼ぐ体より頭を使うタイプのヤクザだった。

「入試問題の件だといってたか」澤崎が中里に尋ねた。

「教えてもらえませんでした」

「及川っ」間髪入れず、乙丸の鋭い声がとぶ。「連行される前に、与崎から試験問題の流出に関わったのかどうか聞きだせ！　もし、関わったと認めたら、のしをつけて警察に突き出してやれ」

「わかりました」

「刑事は応接室で待たせて、なんとか時間を稼ぐんだ」

「はっ」中里が、力強く首肯して部屋を出ていく。

及川もあとに続こうとしたところ、火石に呼び止められた。

「これを」火石が新聞を突き出した。「時間がなければ、与崎受刑者に記事を見せて、反応だけでも確かめてください」

及川はH日報をつかんで駆け出した。

2

生活棟に駆けつけた頃には、及川の息は軽く上がっていた。

「八百九十二番、与崎」

居室で午前の刑務作業へ向かう支度をしていた与崎が及川のほうに顔を向ける。与崎の年齢は、及川と同じ三十一歳。罪状は詐欺と恐喝、服役は二度目だ。

「今から外出だ」

「えっ、どういうことですか」与崎が目を見開く。

「いいから、早く。準備はいらん」

驚いたのは与崎だけではなかった。同部屋のほかの受刑者たちも支度する手を止めて及川と与崎のやりとりを見ている。

朝のちょっとした非日常。日々、同じ生活を繰り返す彼らにとって、いつもと違う場面は、刺激と興味の対象となる。

　全身に視線を感じて周囲を見渡すと、ほかの部屋の受刑者たちもこっちを見ている。その視線のなかには、露骨な妬《ねた》みが混じっているものもある。与崎が釈放前教育のための卯辰寮へ行くのではないかと想像しているのだろう。だが、そうでないことは与崎自身がよくわかっている。

　与崎を連れて生活棟を出た。

「少し急げ」

「はい」

　日差しをわずかに遮るだけの吹きさらしの渡り廊下を進む。いつもは気さくに話しかける及川に緊張感が漂っていることは与崎にも伝わっているようだ。

　管理棟の広い部屋に入ると、誰もいなかった。刑事を足止めする時間稼ぎがうまくいっていればいいが。

「おまえには、今から警察署へ行ってもらう」

「どうしてですか」

「話を聞きたいそうだ。もう警察から迎えも来ている。早く着替えろ」

　部屋の隅にあったプラスチックのケースを軽く蹴飛ばして、与崎の足元にすべらせる。ほかの刑務官には見せられない所作だ。

「及川先生、どういうことっすか」

「それはこっちが訊きたい」

「警察は何を聞きたがっているんですか」

「これじゃないのか」

説明している暇はない。H日報の社会面を開いて与崎に見せた。

「あっ」

与崎の顔色が急に変わった。

「及川先生、俺……」

与崎が新聞から顔を上げた。目が充血している。

「警察に行く前に、正直に話せ。おまえは何をした」

与崎が口を開こうとした。しかし、そのとき、部屋のドアが勢いよく開いた。

スーツ姿の二人の男が入ってきた。目つきが鋭く、体も大きい。どういう人種なのかすぐに察知した。マル暴担当の刑事だ。

二人の後ろから、中里が「お待ちください」と慌ててついてくる。

「なんだ、もういるじゃないですか」

刑事は舌をこねるような口調で、どこか大げさだった。話し方もやくざのそれに近い。

刑事の片割れと目が合った。「どうも。石川県警です」

「今から着替えさせるところなので、少し待っていただけますか」

「こっちも時間ないんでね。急いでお願いしますよ」

刑事はズボンのポケットに手を突っ込んで首をまわした。部屋から出て待つつもりはないらしい。

もう与崎とサシで話はできない。及川はさりげなく新聞をたたんだ。刑事が及川を横目に見て、「ふん」と鼻を鳴らした。

与崎は緊張しているのか、生活着のシャツのボタンを外すのに手間取った。

刑事の一人が「おい、早くしろや」とせかす。すでに被疑者のような扱いだ。

与崎が外着に袖を通してジッパーを上げ、ようやく着替えが終わった。鮮やかなブルーのジャージは、中学生が学校の体育で着るような古臭いデザインだ。

及川は与崎の体に腰縄を結んだ。その間、刑事が与崎に氏名と生年月日を確認した。

「腰縄、いただけますかね」

刑事は及川の返事を待たずに腰縄を握ると、与崎の背中を押した。

廊下を進む刑事と与崎の後ろをついていく。細身の与崎は二人のマル暴刑事に挟まれるとまるで子供のように見えた。

刑務所の玄関では、もう一人刑事が待っていた。

セダンの後部座席に与崎が押し込まれる。マル暴刑事は、ついてきた刑務官たちに向かって、ヤクザさながらに、あごを突き出すような会釈をした。

警察のセダンがタイヤを軽くきしませながら、刑務所の正門から消えて行く。

及川は手にしていた新聞に視線を落とした。例の記事を見たときの青ざめた与崎の顔が目に浮かぶ。やはり、あいつがやったのか。

――及川先生、俺……。

刑事が現れる前、与崎は何かを伝えようとした。

あれは謝罪だったのか。それとも弁明か。

ふと見上げた空は、灰色に曇っていた。

3

処遇部長室に呼ばれた。

乙丸、澤崎、火石の三人が待ち構えていた。

刑事が強引に与崎を連れていったことはすでに三人の耳にも入っている。

「横流しの犯人は与崎か」乙丸が及川をねめつける。

「時間が取れず、確かめることはできませんでした」

「少しは二人で話せたんだろ。何かいってなかったか」

「話をする前に刑事が部屋に来たものですから」

「新聞の反応はどうでしたか」と火石。

「見せる余裕もありませんでした」

とっさに嘘をついた。あのとき与崎は明らかに動揺していた。だが、話を聞けなかったのも事実だ。与崎の様子だけを伝えても、上司たちの不安をあおるにすぎない。今は、何もいわないほうがいいだろう。

「与崎一人で警察の捜査が終わるとも思えんな」乙丸が太い腕を組む。

入試問題の横流しに与崎が関与していたとなれば、そこを糸口にさらに捜査の手を強めてくるかもしれない。だがその逆もある。与崎の関与がないとわかれば、根こそぎ調べるために、大人数で押しかけてくる可能性もある。どちらにせよ、捜査が今後本格化していくことにかわりはなさそうだ。

「最近、与崎の様子はどうだった」澤崎が及川に訊いた。

「特に変わったところはなかったと思います」

「あいつは〝Gとれ〟を目指してたんだよな」

「はい」

Gとれとは、暴力団から足を洗うことを意味する隠語だ。

刑務所には「Gとれプログラム」という更生プログラムがある。このプログラムはほかのメニューとは違って、すべてが秘密裏に行われる。他の受刑者、とりわけ暴力団構成員にプログラムの受講を知られると、嫌がらせを受けるおそれがあるからだ。受講者は密かに選ばれ、受講内容も表向きは別のメニューとなる。及川が受け持つ第七工場では二人が受講しており、与崎はそのうちの一人だった。もう一人は勝田で、勝田が朝の清掃活動を行うのはGとれプログラムの一環だった。

「おい、与崎のGとれは偽装だったんじゃないのか」

「それは……」

肯定も否定もできなかった。まれにGとれプログラムの受講者のなかに、暴力団を辞めるつもりはないのに、ふりだけをする〝偽装離脱者〟がいる。

偽装離脱の目的は、仮釈放を得るため。暴力団員と認定されている者はどれだけ規律正しく服役しても仮釈放はつかない。しかし、例外がある。暴力団員を辞める意思を持ってGとれプログラムを受講していれば、仮釈放の道が開ける。

与崎は準構成員で正式な盃《さかずき》は受けていない。年齢も三十代前半。まっとうな人生を歩むことは十分可能だった。なにより、与崎には明確なGとれの意思があったと及川は信じていた。

だが、今は半信半疑だ。先ほど新聞の社会面のガサ入れの記事を見せたときの表情には明らかに動揺の色が見えた。入試問題の横流しに関与し、暴力団の資金作りに加担していたとなれば、Gとれは偽装だったということになる。

「やはり与崎のしわざじゃないのか」

乙丸は与崎を犯人に仕立ててしまいたそうな口ぶりだ。

「今の時点では与崎だけに絞るより、範囲を広げて考えましょう」

火石がやんわりと乙丸の言葉を否定した。

「もしも第七工場が関与したとなれば、第七工場の刑務作業に携わる全員が容疑者です。もともとGマークが多い工場ですし」

「たしかにな」

第七工場の作業員は二十五人。うち暴力団関係者は六人いる。

「第七の受刑者をよく見ていれば何か気づくんじゃないか。及川、おまえは受刑者と仲がいいだろ」

「いえ、そんなことは……」

及川は乙丸から視線をそらした。乙丸の言外には別の意味が含まれていることに気づいた。しかし、何もいえない。口にしても上滑りするだけだ。

「及川さん」

呼ばれて火石のほうを見る。火石は書類を見ていた。その書類には及川も見覚えがあった。第七工場の作業スケジュールだ。

「近々、公認会計士の試験問題の印刷が予定されていますが、この仕事は納期が遅いので、あとにまわしましょう。理由はわかりますね」

「はい」

賢明な判断だと思った。加賀刑務所の第七工場は漏洩《ろうえい》の渦中にある。犯行が誰によるものか特定されるまでは、当然のことながら試験問題絡みの仕事は受けられない。

「及川よ」乙丸が太い声を放つ。「横流しの手口は何だ。どんな方法が考えられる？」

「いえ、それは……」

「すぐに想像がつかないのか。お前は誰よりも第七工場に詳しいはずだろが」

「申し訳ありません。少し頭を整理します。お時間をください」

「悠長なことはいってられないんだぞ。何か気づいたら、すぐ知らせろ」

逃げるように部長室を出た。

無理やり思考の歯車を働かせた。流出した大学の入試問題の印刷は、もう半年以上も前に受けた仕事だった。

――印刷物が刑務所から外に流出するなんてありうるだろうか。

作業場から入試問題が流出するには、ふたつの障壁がある。ひとつは、印刷工場から工場の外へ入試問題をどうやって持ち出すか。もうひとつは、持ち出した入試問題をどうやって塀の外に持ち出すかだ。

受刑者たちの顔を思い出してみる。あのなかの誰がやったのか。第七工場は素行が悪い受刑者が多く、事件やいざこざが絶えない。

日当たりの悪い廊下で、ふと足をとめた。壁に貼られたチラシが目に入った。刑務官募集。若い刑務官が仕事ではおよそ見せない笑顔を及川に向けている。

記憶の殻が破れた。あれは三か月前だった——。

二人の男が脳裏に浮かぶ。瀬山《せやま》と金井《かない》、ともに暴力団組員だ。

刑務作業場への出入りの際は、受刑者一人一人に必ず身体検査を行う。

刑務作業が終わった夕方、身体検査をした際、瀬山の作業着の下から紙切れが滑り落ちた。工場で刷った刑務官募集のチラシだった。同じように金井のほうも下着のなかに挟みこんで、工場の外に持ち出そうとしていた。

「どうしてこんなことをした」

「菓子を賭《か》けたんですよ。見つからなかったほうが勝ちってことで」

二人は、即刻、懲罰房行きとなった。やる気のないGマークの他愛もない遊び。あのときはそう思ったが、はたして、ただの遊びだったのか。

瀬山と金井には深い意図があった。印刷物の持ち出しが可能かを試していたのではないか。

だとしたら、試験問題を流出させたのは瀬山と金井か。しかし、与崎の線も消えたわけではない。新聞記事を突きつけたとき、明らかに表情が変わった。今頃、マル暴担当刑事のし烈な取り調べを受けているはず。十中八九、試験問題の件だ。

与崎は取調室で何を語っているのだろうか。

4

午後、工場の巡視をしながらも、頭の中は横流しの手口のことばかり考えていた。瀬山と金井が印刷物を持ち出そうとしたのは、あの日だけに限らないかもしれない。唯一バレたのが、あの日で、ほかの日に試したのは、すべて成功したのではないか。おおざっぱな手口ではすぐにばれるが、やり方次第ではうまくやれないことはない。昔は、工場に出入りする際、〝カンカン踊り〟をさせていた。受刑者が真っ裸になり、両腕を上げて舌をだす。さらに片足ずつあげさせて、何も隠していないことを証明させる。これが踊りに見えるところから〝カンカン踊り〟と呼ばれていた。

今は人権問題がうるさい世の中だ。そこまでする刑務所はない。作業着の上から身体検査をする程度にとどめている。だから印刷物を巧妙に隠されたら気づかない。

たとえば、印刷物を小さく折り曲げて下着のなかに隠す。尻に挟んだり、細長く折りたたんでパンツのゴムまわりにあわせて胴に巻いたりと方法はいくらでもある。

しかし、その先は難しい。及川の目をくぐり抜けて、工場の外に持ち出すことに成功したところで、塀の外に持ち出すのは困難である。

――いや、方法がないわけではない。

仲介者を使う手だ。刑務所の刑務作業場には、新しい機械の操作を受刑者に教えるために民間の技術指導員が出入りすることがある。そこでは、刑務官の監視は行き届かない、指導員と受刑者だけの時間もある。もし両者が癒着すれば、外に物を持ち出すことは可能だ。

だが、第七工場ではその方法は使えない。なぜなら、第七工場には刑務官しか入らない。業者が直接入り込むことはないからだ。

刑務作業の終わりを告げる音楽が鳴った。

及川は工場の出入り口のところで、副担当の若い刑務官と二人がかりで、受刑者たちの身体検査をした。意識しなくても、普段よりも丁寧な身体検査になる。

「おっ」

偶然、受刑者の下腹部に手が触れた。声を上げたのは瀬山だった。

「先生、やめてくださいよ」

先に終わっていた金井が振り返って、下卑た笑い声をあげた。その声を聞いていると、持ち出しの手口がわからないのかとバカにされているような気になってくる。にわかに腹立ちを覚えるも、無表情を装って二人に「早く行け」と促した。

全員の身体検査を無事に終えた。事務室に戻ると、火石から声をかけられた。

「警察から連絡がありました。今夜は与崎受刑者を預かると」

「預かるって、そんなのいいんですか。所長がうんといわないでしょ」

「所長は了解したそうです。断るほうが不自然だろうと」

不穏なものを感じた。与崎はこのまま逮捕されてしまうのではないか。容疑は、もちろん試験問題の横流しだ。

しかし、塀の外に持ち出す手口が思いつかない。あいつは、どうやって塀の外に試験問題を持ち出したのか。当の本人が目の前にいれば、いつもの軽い調子で問いかけるところだが……。

おまえは受刑者とも仲がいいだろ——乙丸の言葉が耳によみがえり、苦い記憶が思い出された。

「プログラムは組を抜ける足がかりになる。おまえだって抜けたいんじゃないのか」

九か月前、及川は与崎を面談室に呼び出し、Gとれプログラムの受講を打診した。

「そりゃあ、妻と娘のために抜けたいとは思っていますよ」

与崎はため息のあと、「でも、無理ですわ」とうつむいた。

「簡単にいうな」

「だって……」

与崎は自信なさげにつぶやいた。「シャバに出て昔の仲間に声をかけられたら、つるんでしまうかもしれません」

「このご時世、ずっとヤクザで食っていけると思ってるのか」

「そうは思いませんが……」

不安顔の与崎の説得にかかった。刑務所でプログラムを受講してGとれになれば仮出所できる、早く家族とも一緒に暮らせると。

「娘はいくつだ」

「来月三歳になります」

「可愛い盛りだな」

「ええ……」

煮え切らない奴だ。せっかく選んでやったのに……。

及川自身の目でGとれ候補に選んだのが与崎だった。普段、何気ない話をしているなかで、こいつは見込みがあると思った。だが、あと一歩踏み出せないでもいた。

こうなったら——。

少し間を取った。さすがに次の一声はためらいがあった。一線を越えるのは、与崎ではなく及川自身だからだ。

「娘の声を――」声が上ずりそうになるのをこらえた。「聴かせてやろうか」

与崎の両肩がぴくりと震えた。

服役態度が良好な受刑者は、外部への電話が許される。しかし、暴力団関係者は、どれだけ態度が良くても外部への電話は禁止だ。手を貸した刑務官も当然、懲戒処分となる。

愛しい娘の声を聴けば、本気でGとれを目指す気になる。それなら――。

及川は一種の興奮を感じながら、自分の所業を正当化した。携帯電話を貸すくらいなんだ。少なくとも人の道には反していない。

「俺の携帯を貸してやる。娘の声を聴いたら、腹をくくれ」

普段、饒舌《じょうぜつ》な与崎がそのときばかりは黙って頭を下げた。

監視カメラに映らない場所を探し、運動場の物置小屋の陰で携帯電話を渡した。もちろん、官品の多機能携帯ではなく及川個人の携帯電話を貸した。

誰にもばれていないはずだった。ところが、その様子を見ていた受刑者がいた。極道コンビの瀬山と金井だった。

「及川先生。俺たちにも優しくしてくださいよ」

与崎に便宜を図ったことを黙っていてやる。そのかわり俺たちにも、と暗に脅してきた。

及川は受刑者たちとなるべくざっくばらんに言葉を交わすことを心がけていた。互いの言葉遣いが刑務官と受刑者の関係からはみ出してもいい。押さえつけて、上っ面だけ主従関係を構築しても、結局は真の更生にはつながらない。大切なのは、気軽にコミュニケーションをとれる関係を構築することだと。

だがすべての受刑者に対して、きやすく接してきたわけではない。明らかに更生の意欲のない者には刑務官の立場を鮮明にして規律を求めた。とりわけ瀬山と金井には厳しい態度で接してきた。

ここで一度でもこいつらのいうことを聞けば、おそらく泥沼にはまる。この先、いいなりになってしまう。

及川は俎上《そじよう》の鯉《こい》となることに決めた。上司である澤崎に、与崎に携帯電話を貸し与えたことを報告し、謝罪した。

聴取の場では、刑務所幹部から何度も罵声を浴びた。上部機関にあたる矯正局の監査官も加賀に出張り、長時間の尋問を受けた。

重い処分を覚悟した。ところが、下されたのは、口頭での注意、『けん責処分』だった。Gとれを成功させたい熱意と解釈されたのか、情状酌量を含んでの処分だった。

与崎への懲罰はなく、引き続きGとれプログラムを受講することも認められた。及川が自主申告するきっかけを作った、瀬山と金井には、「俺を脅すなら、その先は覚悟しとけ」と逆に脅し返した。

二人は、及川が処分されたことは知る由もない。だが、裏のありそうなことにヤクザ者は敏感だ。自分たちの知らないところで何かがあったと感じ取ったのか、便宜を図ってくれと口にすることは二度となくなった。

ポケットのなかの携帯がぶんと音を立てて揺れた。

——また迷惑メールか。

最近、特に多い。ガラケー派の及川は折り畳みの携帯電話を開いた。

その瞬間、ある考えが脳に差し込んだ。携帯電話の使い道は、誰かと話すだけではない。データを送る通信手段でもある。携帯電話のカメラで入試問題を撮影し、メールで外部へ送ることもできる。

与崎が電話をかけた場所は、監視カメラの行き届かない物置の裏だった。離れた場所で見張りをしていた及川は、与崎の様子を見ていたわけではない。

短い時間で電話を切り上げた与崎は、携帯電話の通信機能を使って情報を外に流したのではないか。だとしたら、俺は横流しに加担したことになる。

——与崎、おまえがやったのか。

刑事と向き合う与崎の姿がまぶたに浮かんできた。

〈入試問題は下着のなかに入れて工場の外に持ち出しました。塀の外に持ち出した方法ですか？　担当刑務官から携帯電話を借りました。携帯のメールに入試問題の画像を添付して外の人間に送ったんです。送信履歴や撮った画像をその場で削除すれば、刑務官は気づきませんからね〉

与崎の姿がぐにゃりとゆがんだ。

5

翌日、刑務作業の巡視をしていても、気持ちはここにあらずだった。

あくびをすると涙がにじんでくる。昨晩はほとんど眠れなかった。

何度も時計を見たが、与崎が戻ったという連絡はなかった。昨日に続いて聴取が続いているのだろう。あるいは――。ついに逮捕されたのか。

事務室で昼食のカップラーメンをすすったが、味を感じる余裕はなかった。

携帯電話を介した試験問題横流しの絵図を乙丸ら上司に説明しようかとも考えた。だが、悩んだ末、やめた。与崎から話を聞けない段階で自分の推理を披露しても、上層部の不安をあおるだけだ。やはり事実を確かめてからだ。憶測だけで叱責《しっせき》されるのは、ごめんだ。

午後の刑務作業の巡視は、副担の若い刑務官に任せた。及川はいつ与崎が帰ってきてもいいようにと事務室にいた。どうせ刑務作業の巡視をしても身が入らない。かりに与崎がやったとして、単独犯か、複数犯か。たとえば、瀬山や金井と共謀してはいないか。

企《たくら》みは関わる人間が少ないほうがばれにくい。詐欺師だった与崎ならそう考えるはず。及川が思いついた方法なら犯行は一人でも可能だ。ならば与崎の単独犯か。

自席を離れて、壁一面の監視モニターに近づいた。広い事務室には、百台近いモニターが縦横に並んでいる。五百人の受刑者を二十四時間監視し続ける管制システムだ。作業場、生活棟、廊下と受刑者が立ち入る場所すべてにカメラが設置してあり、そのリアルタイム映像を刑務官が監視している。

上から二段目のモニターを見上げた。第七工場での刑務作業の様子が映し出されていた。数秒ごとに映像の角度が切り替わっていく。

ある映像を見て、かすかに違和感を覚えた。

タッチパネルに手を伸ばして、モニター表示を固定した。猫背で中肉中背。勝田亮二が映っている。

作業場内では受刑者たちが刑務作業で動きまわっているが、勝田だけは作業エリアから離れて、何をするわけでもなくたたずんでいる。

今、巡視をしている副担の刑務官はまだ二年目。勝田のことを特に意識しているようには見えない。

不意に勝田がよろけた。台車を押していた受刑者の肩が勝田に当たったようだ。

あれは……。

及川は事務室を出て、第七工場へ向かった。

作業場に入る。印刷機の音が耳に飛び込んでくると同時に、インクと油の混じった匂いが鼻に差し込んできた。

若い刑務官が及川に気づいて、早足で近づいてきた。

「どうしました？　交代はまだですよね」

「どういうことだ」と勝田のいるほうへ目を向けた。

「作業に入れと何度も注意しているんですが」

若い刑務官は困惑の色を浮かべて首をひねった。「勝田のやつ、生返事をするだけで動こうとしないんですよ。ああいう場合、どうしたらいいんですか。やっぱり、懲罰にしたほうがいいんですかね」

やはり気づいていない。作業工程から外す。わざとぶつかる。典型的ないじめだ。

しかし、どうして勝田がいじめに遭うのか。いじめの対象となるのは、嘘をついたり、生活ルールを守らずほかの受刑者に迷惑をかけたりする受刑者だ。勝田はそんなタイプではない。ましてやGとれを目指しているほどだ。

本来、勝田が担当する箱詰め作業のスペースに目を向けた。そこでは瀬山と金井が緩慢な動きで印刷物をダンボール箱に入れているところだった。

瀬山と視線がぶつかると、瀬山が露骨に目をそらした。

及川は、大股で瀬山に近づいた。

「どういうつもりだ」

「なにがですか」

「勝田を作業から外しただろ」

「あいつが勝手に離れたんですよ。なあ?」

近くにいた金井がうなずく。

「理由はなんだ」

「何もないっすよ」

「なんかあるんだろ。いえよ」

「だから、何もないですって」

瀬山と金井が、及川の次の言葉を待たず、作業に戻る。

及川は二人の後ろ姿をにらみつけた。瀬山がいつになく横柄だ。普段なら、薄ら笑いを浮かべて余裕を見せているのに、今日はそんなところがない。いらいらしているのが見てとれる。

瀬山が段ボール箱を載せた台車を動かした。及川の前を通り過ぎるとき、ちっと舌打ちが聞こえた。

「……裏切りやがって」吐き捨てるような声だった。

――裏切り？

どういう意味なのか気になった。だが、問いただしても瀬山は本音を語らないだろう。

及川は棒立ちの勝田に近づいた。「どうした、何があった」

「実は……」勝田がうつむいた。周囲に聞こえないように口をぼそぼそと動かす。

「バレたみたいなんです。Gとれのことが」

そういうことか――。視野がふと狭くなった。

Gとれプログラムの受講を知られた。瀬山たちが怒っていた理由はそれだ。足抜けすることへの嫉妬、そねみ、怒り……負の感情を抱えた暴力団関係の受刑者たちが嫌がらせをするのだ。

しかし、なぜ勝田のGとれがバレたのか。受講の際は、刑務作業の補修指導であるとか、健康診断の結果で医師から話があるといって、周囲に不自然な印象を与えない

ばります」

「しょうがないです」勝田が力のない笑みを浮かべた。「針のむしろですけど、がんばります」

その後、勝田を何とか作業に戻らせた。刑務作業が終わるまで及川は工場に立ち会った。いつもより時間の経過が長く感じられた。そのわりに刑務作業は、はかどらなかった。勝田へのいじめが作業場全体の空気を悪くしていたせいだ。

だが、けんかが起きないだけましだった。勝田がいじめにキレて、瀬山や金井と取っ組み合いのけんかでもしようものなら勝田をかばえなくなる。今でこそ更生が進んでおとなしい勝田だが、武闘派で鳴らしたヤクザ者だった。

疲れを感じながら事務室に戻ると、火石が管制システムの前で座っていた。

「あれはいじめですね」

火石は第七工場の映像を見ていたらしい。

「原因は何ですか」

「実は——」勝田がGとれを目指していることがバレたと説明した。

「どうしてバレたんでしょうか」と火石が思案顔になる。

「わかりません」

「慎重に対応してきたはずですよね……」

そう呟《つぶや》いた火石は、誰も映っていない第七工場のモニター映像をじっと眺めていた。

及川は自席に着き、しばらく雑務をこなした。

午後七時をまわった。警察から与崎に関する連絡はなかった。今日のシフトは日勤で、本来なら帰る時間帯だった。だが、いじめを受けた勝田の様子が気になって、生活棟へ向かうことにした。

共同室が並ぶ廊下をゆっくりと歩いた。夕食が終わると、就寝の九時まで受刑者たちは自由時間となる。テレビを見る者、読書をする者、手紙を書いている者、将棋や囲碁をする者、みな思い思いの時間を過ごしている。

勝田のいる部屋を覗いた。勝田は部屋の隅に座ってテレビを見ていた。案の定、浮かない表情をしている。

Gとれがバレて、周囲との関係が気まずくなったことに不安を感じているのかもしれない。もしいじめが長く続くようなら、何かしら方策を考えないといけない。

生活棟を出た。塀に当たる秋風が冷たい音を奏でている。

この季節、昼夜の寒暖差が大きい。山沿いにある加賀刑務所は特にそうだ。

渡り廊下を歩いていると、暗い運動場の端に人影を認めた。長身痩軀《そうく》の官服姿、遠くからでも火石とわかった。

火石はうつむき加減でゆっくりと歩いている。その動作はおよそ刑務官らしくなかった。歩きまわっている場所も気になった。物置のすぐそば。以前、及川が与崎に携帯電話を貸した場所だ。

「おつかれさまです」火石に近づいた。「指導官は何をなさっているんですか」

「見てのとおり、地面の点検です」

昨晩は雨が降っていた。水はけでも気にしているのだろうか。しかし、運動会は先月終わった。当面、運動場での行事はない。

「ついでに防犯カメラの死角も探しています。及川さんは詳しいんでしたよね」

「はあ」携帯電話を貸して処分されたことを匂わせたのかと、思わず目を伏せる。

「嫌味をいいたいわけではないです。たしか、このあたりでいいんですよね。ほかは？」

「ええと、あとは……」

運動場でカメラの死角になる場所を教えた。

火石は「ありがとうございました」と丁寧な口調で礼をいった。

「試験問題の流出の件ですが、外に情報を流す方法を何か思いつきましたか」

「あるには、あるのですが……」

携帯電話の通信機能を使えば流出可能という説はまだ口にしたくなかった。かわりに、第七工場から持ち出すことはできる。だがその先は難しい。刑務所から塀の外に持ち出すには仲介者がいないと不可能だと説明した。

「――それに、第七は刑務官と受刑者以外の人間が立ち入ることはないので、外部との接触はありませんし」

「外部との接触はない。そういい切れますかね」

火石が口元を少し緩ませた。

何も思いつかないのかと非難された気がして、かすかに苛立《いらだ》ちを覚えた。

「指導官は何か思いついたことでもあるのですか」

「シャバとここは常につながっています。手段はいくらでもあります」

――何か察しているのか。

火石が空を見上げる。つられて及川も顔を上げた。

秋風の吹く暗い空からは、何のヒントも得られなかった。

6

結局、その日も与崎は帰ってこなかった。

翌朝、運動場でいつものようにごみ拾いをしている勝田を見かけた。

及川に気づいた勝田が頭を下げた。顔色がさえないのは、遠くからでもわかる。あとで話を聞いてやったほうがいい。苦しいときは話すだけでも少しは気が楽になるはずだ。

作業場の雰囲気は昨日に続いてぎこちなかった。

昨日ほど露骨ではなかったが、勝田は作業からときどきはじき出されていた。瀬山たちをたしなめようか悩んだが、今日のところは口を挟まないことにした。あまり入り込み過ぎると、いじめる側の勝田への反感を増幅させることになる。

休憩時間のとき、さりげなく勝田に近づいた。

「どうだ？」目立たないように声をかける。

「正直、しんどいです。実は食堂や居室でも無視されていまして」

勝田の顔が微妙に歪む。強がって笑おうとしたが、笑顔を作ることができなかったらしい。

「ひとつ訊くが、誰かにプログラムの受講のことを話したことはあるか」

「いいえ」勝田が首を振る。

あってはならないことだが、刑務官の誰かがうっかりしゃべったのか。あるいは、言動から気づかれてしまったか。受刑者というのは刑務官をよく見ている。

「そのGとれのプログラムのことなんですが……」

勝田が弱い目をした。「しばらくの間、自分を外していただけないでしょうか」

どうして、との言葉が出そうになって呑み込んだ。勝田の意図することはわかった。Gとれをあきらめれば、いじめはやむ。そのためにプログラムの受講を辞めるといっているのだ。

「いいのか。仮出所はなくなるぞ」

「仕方ないです」

及川は周囲に注意深く目を走らせながら、小声でつぶやいた。「予備面接が近いのはおまえも知っているだろう」

Gとれプログラムから外れれば、仮釈放の審査のための予備面接を受けることはできなくなる。

「もう少しだけ我慢できないか」

「わかってます。でも無理です。すみません」

「……わかった。上に話しておく」

勝田が一礼して、及川から遠ざかっていった。

及川は短く息を吐いた。受刑者同士の人間関係は濃密だ。二十四時間寝食を共にする人間たちにいじめられるのは身も心ももたない。仮出所は必ず認められるとは限らないし、認められてもだいぶ先の話。それなら今の刑務所生活を少しでもましなものにしたい気持ちはわからないでもない。勝田にとって自分を守るための方法は、おそらくこれが最善なのだろう。

今日の刑務作業も終盤に差しかかっていた。勝田は辛そうな様子ではあったが、何とか持ちこたえた。

与崎のことも気になる。及川は若い刑務官と交代して作業場の建物を出た。すでに日が傾き、空は橙《だいだい》色の濃い光を発していた。

渡り廊下の途中で、自然と物置小屋に目が行く。あの場所で与崎に携帯電話を貸した。

――外部との接触はない。そういい切れますかね。

火石も与崎を疑っているのか。

与崎が携帯電話を悪用し、試験問題を外部に漏洩させたのであれば、及川に責任が生じるのはいうまでもない。

――そうなったら、どうする?

事務室に戻ると、渋い顔の澤崎がいた。乙丸から早くなんとかしろとプレッシャーをかけられているのだろう。

澤崎と目が合った。火石にはいわなかったが、澤崎には携帯電話の通信手段を使った持ち出し方法があることを話しておこうと思った。

「今、お時間よろしいでしょうか」「おう」

澤崎と二人で面談室に入った。携帯電話のことを話すと、澤崎は眉間に深いしわを刻んで「うむ」と低く唸《うな》った。

「与崎だとしたら、覚悟はできています」

「覚悟するなんて、簡単にいうな」

「しかし……」

「今の話、まだ誰にもいうなよ」それだけいうと、澤崎は面談室を出て行った。

事務室に戻ると自分の机の電話が鳴っていた。

与崎が警察から戻ったとの連絡だった。

7

管理棟二階の部屋では、与崎が生活着に着替えているところだった。

担当の及川が現れたので、それまで立ち会っていた刑務官が部屋を出ていく。

与崎と二人だけになった。

「おい、この犯罪者」

冗談めかして軽くジャブを放つ。聞こえているはずが、与崎は犯罪者という言葉には反応しなかった。かわりに青い運動着を広げて及川に見せる。

「及川先生、もうちょっとマシな外出用の服って、なかったんですかね」

「いや、おまえにすげえ似合ってるよ。なんだかお笑い芸人みたいだ」

「やめてくださいよ」

いつもの調子のいい与崎だった。ただし、警察に長く拘束されていたせいか、表情には疲れがにじんでいる。

「それで、警察で何を訊かれたんだ」

「いわないといけませんか」

「いいたくないなら、いい。……な、わけないだろ」

与崎の肩を軽くこづく。「おまえのこたえ次第で刑務所がとんでもないことになるんだ」

「それ、どういうことですか」

「組事務所へのガサ入れでいろいろお宝がみつかっているそうだ。おまえも関係しているんじゃないのか」

「ガサ入れ？　そんなの知らないですよ」

「警察に連れて行かれる前に、新聞の三面記事を見せただろ。あのときのおまえ、ひどくびびってたよな？」

与崎が顔をこわばらせた。少しの間、何か迷っているようだったが、やがて「わかりました。話しますよ」といった。

「警察にはガサ入れのことじゃなくて、殺しのことを訊かれたんです」

「殺し？　もしかして、あの女子大生殺しか」

「そうです」

与崎が引っ張られた朝、目にした三面記事を思い出した。トップは女子大生殺人事件。その隣の記事が暴力団事務所へのガサ入れだった。

与崎の聴取は殺人がらみ——。予想外だった。

「そんな怖い顔しないでくださいよ。俺は殺しには関係してないですから。ただ、ムショに入る前のシノギで、死んだ女子大生と面識があったんです」

「どういうことだ」

「俺、少女売春の元締めをやってたんです。知ってますよね」

調書に書いてあった。与崎が起訴された事件のひとつだ。

「死んだ女子大生がまだ高校生だった頃、うちのキャストだったんです」

キャスト、つまり売春メンバーの一人だったということだ。

「まだ公表されてませんけど、警察はすでに犯人に目星をつけて、一人、任意で引っ張っているんです。それも、うちのキャストだった子で」

「若い女が犯人だったのか」

「詳しい経緯をいいますと、俺が仕切ってた売春グループは警察の捜査が入る前に解散しました。キャストのリストはすぐに処分したので、ほとんどの子はパクられずに済んだんです。でも、俺だけパクられてしまって。俺がムショに入ったあと、何人かの子で集まって、同じ商売始めたらしいんです。そのなかに、今回の加害者と被害者の二人がいて。最近、金の分配でもめたらしくて。元々二人の接点は、俺が仕切ってた組織だったので、警察はそこを気にして、俺と彼女たちとの関係を詳しく訊きたかったようです」

話の意外な展開に声が出なかった。

「二人ともいい子でしたよ。多分、金でもめたっていうのは男が絡んでますよ。警察もそう考えたみたいなんですけど、どうもその男っていうのが俺じゃないかって。でも、それは違うって説明しました。だってムショに入ってますし。二人とは組織の解散後は連絡も取っていませんでしたから」

与崎が大きなため息をついた。「新聞で名前を見たときはショックでした。なんで殺されなきゃいけなかったのかなって」

与崎の顔色が急に変わったのは、それが理由だったのか。

「警察からほかに何か訊かれなかったか」

「それだけです。何度も同じことを繰り返し訊かれましたが」

与崎の言葉に嘘はない気がした。入試問題の横流しへの関与はなさそうだ。

「なあ、与崎。おまえ、Gとれプログラムを続ける気はあるか」

「もちろんです。及川先生、これからもご指導お願いしますよ」

与崎を連れて生活棟へ向かった。

生活棟では夕飯の給仕が始まっている時間帯だった。渡り廊下まで、みそ汁の匂いが漂ってくる。

「この匂いを嗅ぐと、なんだかほっとしますね」

与崎が顔を上げて大きく息を吸った。「警察の弁当は豪華でしたけど、なんだか食べた気がしなくって」


事務室に戻った。

与崎の線はほぼ消えた。では、犯人は誰だ。第一、どうやって外部に情報を伝える？やはり携帯電話が最も可能性の高い手段だと思うが、入手する方法が思いつかない。この際、正面突破で、第七の受刑者一人一人にあたってみるか。だが、証拠がないのに罪を認めるような受刑者はまずいない。

考え込んでいると、いつのまにか夜の九時近かった。

広い事務室をぼんやりと眺める。夜勤の者しかいないので、所内の刑務官の数は日中の四分の一ほどに減っている。

今は静けさが漂っているが、これが朝まで続くことはない。生活棟のどこかで必ず何かしらの事件や事故が起きる。警報音が鳴らなかった夜はないにひとしい。たとえば、薬物がらみで服役したばかりの受刑者は、夜になると妄想が強くなるせいか、毎晩のように暴れ出す。

急に廊下が騒がしくなった。

何か起きたのか。だが警報音は鳴っていない。

刑務官の視線がドアのほうに集まる。勢い込んで澤崎が部屋に入ってきた。

「今いる者にだけでも伝えておく」

大部屋に澤崎の声が響いた。「明日、県警がウチへの捜査に着手すると連絡があった」

8

「捜査の目的は入試問題の流出に関することだ――」

澤崎からの説明のあと、普段とは別の意味で騒がしい夜となった。

――受刑者の面談記録を至急大会議室へ運べ。

——統括官以上は必ず記録の中身に目を通すように。

——明日は訊かれたこと以外こたえるな。

全体を取り仕切る総務部から、五月雨式に処遇部へ指示が飛んだ。総務課長の小田倉《おだくら》などは総務部と処遇部を行ったり来たりしている。

第七工場が捜査のターゲットなのは間違いない。及川は総務部に呼ばれて、警察の質問にどうこたえるかの想定問答を確認した。

結局は、訊かれたことに素直にこたえるしかないと思っている。だが、普段の及川の振る舞いを知っている上層部としては、捜査で余計なことをしゃべらないか心配しているようだ。

ようやく総務部から解放されたのは午前一時をまわった頃だった。

廊下の自販機の前でコーラを飲んでいると、火石に声をかけられた。

「落ち着きましたか」

「はい。疲れました」

「ちょっと一緒に来てくれませんか」

「どこですか」

「よくご存知の場所です」

火石に従ってついていく。たどり着いたのは、昨日と同じ運動場の端だった。やはり、外部への情報流出は、与崎に貸し与えた携帯電話が発信源だと考えているのか。

「座りませんか」

火石はスラックスからハンカチを取り出すと、地面に敷いて腰を下ろした。

及川は直に座った。日中、晴れていたので地面は乾いていた。ただ、座っていると徐々に冷たさが伝わってくる。

火石はすぐには何も語らなかった。ここへ連れてきた目的は何だろうか。

暗闇のなか二人だけでいると、落ち着かなくなってきた。火石の思惑が読めないから。もちろんそれもある。だが一番の理由は別にある。あのことだ。

それがタブーだという上層部の考えは理解している。心を無にすることが現場の刑務官にできる唯一の策。及川もそうしているつもりだ。しかし――。

ちらりと隣を見やる。火石は無表情で目の前の暗い地面を眺めていた。

「手口がおおよそつかめました」火石が唐突に呟いた。

「入試問題のですか」

「それを確かめるために、ここへ来ました」

唾を飲むとごくりと音が鳴った。この場所に何か手がかりがあるのか。

「及川さんもいてください。今夜じゅうに、はっきりするはずなので」

「……承知しました」

火石は今すぐこたえを披露する気はないらしい。及川のほうも素直に教えてくださいというつもりはなかった。どんな手口だったのか知りたいが、第七工場の担当である手前、自分でこたえを導き出したい気持ちが強かった。

しかし、火石はどうして気づいたのか。何がヒントになったのだろうか。

火石の言動を思い出してみる。昨日、このあたりを歩いていた。この場所にこたえにつながる何かがあるのか。だが、それが何なのか、考えても浮かんでこない。

あきらめて体を伸ばすと、首筋から背中にひやりとした空気が流れた。

今宵、風はほとんどないが、やはり夜は冷え込んでくる。

「防寒ジャンパーを取りに行ってきます」

及川は管理棟に行き、棚からジャンパーを二着取り出した。運動場に戻って一着を火石に渡す。

「ありがとうございます」

「あの、指導官。ひとついいですか」

「なんでしょう」

「指導官は私の上司であり、階級も上です。ほかの上司と同じように命令調で話していただけないでしょうか。今も、『ございます』なんて言葉は不要です」

暗闇のなかで、短い息が漏れた。火石は笑ったようだ。

「この口調は嫌ですか」

「嫌というか、なんだか調子が狂います」

「及川さん、あなたと同じですよ」

「私と同じ？」

「はい。及川さんは受刑者に対して、わざときやすく接したり、およそ刑務官らしくない態度をとったりしますよね。あれと同じです」

「——」

「階級はたしかに私が上です。ですが、この刑務所で自分が露骨に上司然としてふるまっていいのか迷うときがあるのです。もちろん管理職ですから、職務として必要な場面では厳しい指導や叱責もします。しかし、その必要がない場面では、なるべく丁寧な接し方をしなければと心がけています。及川さん、あなたが受刑者の前で刑務官らしくない態度をとるのも同じではないですか。どこまで自分をさらけ出していいのかわからない。だからこそ、いつもきやすく接するようにしている。違いますか」

「どうですかね。あんまり深く考えたことはありませんが」

はぐらかしたが、実際そのとおりだった。いつも丁寧な火石、軽い感じの自分、正反対のようで、実は互いの根底は似かよったところにあるようだ。

「厳しくするよりも優しくするほうが難しいものです」

「指導官のいうとおりかもしれませんね」

火石の何気ない言葉が胸にしみる。加減がわからず、及川も悩むことがあった。

及川は冷たい空気を肺に深く吸いこんだ。

「指導官。自分がいうのもなんですが、上下関係がはっきりわかる形で話すほうが、距離が近くなることもこの世界ではあるように思います」

「場合によってはそうかもしれませんね。以後、気に留めておきます」

時計をみると午前二時半だった。ここへきて一時間以上経過していたが何も変化はない。

サーチライトが地面を通り抜け、火石の体と顔を何度も照らしていく。遠くからはバイクの音が聞こえてくる。朝刊を配る新聞配達だろうか。

軽いエンジン音はやがて耳慣れして、闇にまぎれるかのように聞こえなくなった。

「フランスのパリに――」火石は変わらず丁寧調だった。「刑務所があります」

「サンテですよね」

「ご存知でしたか」

「行ったことはありませんが」

「あそこで勤務したことがあります」

「本当ですか。でも、どうして海外の刑務所なんかに」

「海外勤務を打診されたときに希望しました」

「自分から刑務所を希望したんですか」

「ええ。私は刑務官ですから」

淡々と話す火石だが、及川の胸には畏怖《いふ》とも畏敬ともつかない念が宿った。上級公務員の海外勤務は、大使館の書記官と決まっている。だが火石は刑務所を希望した。しかも――。

「サンテって凶悪犯が多いところではなかったですか」

「そのぶん、警備は厳重でした」

「でしょうね」

「ですが、あれほどの刑務所でも過去に派手な脱走事件が起きたことがあるんです。知っていましたか」

「いいえ。でも、実際に脱走なんてできるものでしょうか」

「サンテでは、ときどき刑務官が労働条件に不満を訴えて、ストライキをやるんです」

「刑務官がストライキ？　日本では考えられないですね。そんなとき、刑務所の治安はどうなるんですか」

「機動隊が臨時で出動して、刑務所内を巡回します。そうはいっても、監視は普段よりも手薄になります。機動隊は刑務所の建物の構造を把握しているわけではないですから。脱走劇が起きたのは、まさにそんなときでした。ある受刑者が房からいなくなり、機動隊はすべての出入り口を封鎖しました。しかし、受刑者の脱走を食い止めることはできませんでした」

「その受刑者はどうやって脱走したのですか」

「当ててみてください」

「変装ですか？　いや、そうじゃない」

この場所に座り始めてからの火石の様子がヒントではないか。ここへ来てからずっと地面を見ている。

「地下道を掘って逃げたとか」

「違います」

「……わかりません。降参です」

「機動隊は出入り口が一か所だけ封鎖できていないことに気づいていなかったのです。おそらく気づいたとしても、その抜け道を防ぐことは無理だったのでしょうが」

「それはどこだったんですか」

サーチライトが火石の顔を通り過ぎる。火石の鼻梁に水平に走った細長い傷が、残酷なほど浮き上がる。白い顔の火石が天を仰いだ。

「空です。逃走を手伝う人間たちがヘリコプターで刑務所の上空まで飛んできて、縄《なわ》梯子《ばしご》をたらして受刑者を脱走させたんです」

「それは、すごいですね」

「敷地内の空を封鎖することはできません。実は、今回の試験問題流出でも同じことがあてはまるのではないかと考えました。犯人はこの広い空間を使ったのではないかと」

「空からヘリで？　それはないでしょう。あの爆音ですから来たらわかりますよ」

「ヘリのようなおおがかりなものは必要ありません。もっと簡単な方法があります」

少しの間考えて、思いついた。

「もしかして、ドローンですか」

「それもひとつの方法ですね。ただ、あれもヘリほどではありませんが音がしますし、それなりに技術もいります。でも、惜しいです。似たようなやり方でもっと原始的な方法があります」

そういわれても、何も思い浮かばなかった。

「実は、その痕跡らしきものを、昨日の朝見つけたんです」

火石の声のトーンが少しだけ上がった。

——痕跡？　空から？

空を見上げた。サーチライトがときどき通り過ぎるだけの闇でしかない。

「空ではなく地面です」

「地面？」

視線を落として周囲を見渡すが、ここもただの真っ暗な空間だ。

「もし、私の推理どおりなら、及川さんはショックを受けるかもしれません」

「それはどういう意味ですか」

火石から次の言葉はなかった。不安の粒子が及川の胸に集まってくる。

目前の暗闇に幻影がふわりと浮かび上がった。――携帯を握りしめる与崎だった。

「指導官。もしそうであれば、自分は……責任を取るつもりです」

火石は無反応だった。前を向いて微動だにしない。思いを込めて吐いた言葉が闇に消えたのではとさえ思えてくる。

「指導官」もう一度呼びかけた。

「静かにっ」

思わず口をつぐんだ。遠くからバイクのエンジン音が聞こえた。その音が徐々に大きくなってくる。先ほどの新聞配達のバイクよりも低い音が鳴り響いている。

エンジン音が急に弱くなった。直後、闇のなかでドサっと音がした。

何かが落下したような音だった。地面にじかに座っていたので、尻のあたりに振動が伝わってきた。場所はそう遠くはないはずである。

バイクのエンジン音が遠ざかると、火石が立ち上がって歩き出した。及川もそのあとに続く。

地面に土の塊のようなものが落ちていた。

火石がそれを拾い上げる。四角い物体は、長い辺が二十センチ、短いほうはその半分ほどだ。表面の色は暗くて視認できない。

火石が指先を塊に食い込ませて、パンの中身を確かめるかのように二つに割った。中に何かが入っていた。サーチライトが通り抜ける瞬間、きらりと光った。

ビニールのエアクッション。包まれていたのは——。

「あっ」

及川は中身を見て声を失った。

エアクッションのなかから出てきたのは、携帯電話だった。


朝、及川は運動場の物置の陰で身を隠していた。以前、与崎に携帯電話を貸した場所だった。ここからだと、周囲からは目が届かない。

朝の清掃活動が始まっていた。広い運動場に受刑者たちの姿がぽつぽつと見える。

昨日、火石は塀に沿ってゆっくり歩いていた。今ならその理由がわかる。地面が削れているところを見つけるためだ。実際、不自然なくぼみを見つけたという。

ここへ来る前、火石からあとは任せるといわれていた。

及川の視線の先には、ある受刑者が同じエリアを行ったり来たりしている。時間がないので、足早に近づいて「うす」と声をかけた。

「おはようございます」

「まだゴミ拾いを続けるなんて、どういうわけだ」

「習慣ですかね」

「そのわりには、ごみを拾わずにただ歩きまわっているようだが。何か探しものでもしているのか」

「いえ、そんなことないです」

「今日は刑務作業を免除する。ちょっと面談室まで付き合ってくれ」

「はあ」

勝田は、どこかあいまいな表情でうなずいた。

9

ここから先は時間との勝負だった。

捜査開始までに残された時間は一時間半しかない。面談という名の取り調べは刑務官三人で行う予定だった。しかし、勝田がだんまりを決め込む可能性もあった。

早く口を割らせるなら、自分一人のほうがいい――乙丸に提案すると、強い圧を含んだ声で「そのかわり必ず吐かせろ」と命じられた。

塀の外から投げ込まれた携帯電話との関係を勝田に問いかけた。勝田は口を閉ざしこそしなかったが、「何のことかわからない」と真顔で首を横に振った。試験問題の横流しのこともぶつけてみたが、勝田の態度は変わらなかった。

「勝田。いつまでこんな茶番を続けるつもりだ。こっちはわかってるんだ」

「何のことですか。本当に勘弁してくださいよ」

そんなやり取りが三十分ほど続いた。焦りもあって、及川は珍しく熱くなった。

「……よし、わかった。そのかわり、刑務所に恥をかかせたら、次のつとめで地獄を見ることになるからな。そこんところは覚悟しておけよ」

勝田の表情にかすかに変化の色が見えた。

「受刑者のいじめの比じゃないぞ。加賀じゃなくても、どこに行ってもだ」

及川のらしくない言葉に感じるところがあったのか、あるいはヤクザなりの計算が働いたのか、勝田は少し逡巡してから、「俺がやりました」といってうつむいた。

渋々顔で勝田がしゃべり始めた。手口は予想したとおりだった。作業場から出る際、折りたたんだ試験問題の紙を下着に挟み込んで外に持ち出していた。

「携帯電話で撮影して送ったんだな」

「はあ」

「思いついたきっかけは何だ」

「清掃活動に参加しているうちに、監視カメラのない場所があると気づいて」

そのなかでも塀に近い場所なら、外から物が投げ込まれてもバレないのではと考えたという。

「それで携帯電話か」

「あると何かと便利なんで」

勝田は、先に出所する受刑者に頼んで、深夜、塀の外から指定した場所に向かって粘土を投げ込ませることにした。携帯電話の受け取りは慎重を期して二日がかりとした。まず粘土だけの塊を投げ込ませて「明日実行」の合図とする。翌日は、携帯電話を埋め込んだ粘土を同じ場所に投げ込ませて中身を受け取った。

「とんだゴミを拾ってたもんだな。携帯はどれくらいの頻度で受け取っていたんだ?」

「月いちくらい……かな」

「電源が切れたものは、どうした」

「粘土で包んでごみ袋に捨てた」

こたえる勝田の言葉遣いは、真面目に服役する受刑者のそれではなくなっていた。

ときどき首をまわして、こきりと音を鳴らしたりもする。

「及川先生よう、こっちからも質問していいか？」

「なんだ」

「どうして俺だってわかったんだ」

「Gとれプログラムの受講を辞めるといっただろ。あれだ」

「ふうん」

「Gとれの噂を流したのもおまえ自身だろ」

勝田が足を組んで顔をそむけた。図星のようだ。

工場で勝田へのいじめが始まったのは、Gとれの噂が流れたことが原因だ。勝田は自分でそれとなく噂を流し、それはGマークの間ですぐに広まった。

――Gとれプログラムの受講を辞める理由を作りたかったのでしょう。

火石の推論だった。いじめが始まってすぐにその可能性を考えたという。

「今月は公認会計士の試験問題の印刷が入っていた。おまえはそれが欲しかった」

勝田は組んだ足先をぷらぷらと揺らした。

「ところが印刷を遅らせることになった。予備面接の日と重なるんじゃないかと、おまえは不安になった」

予備面接で刑務作業から外れているときに印刷が行われたら、試験問題を入手できなくなる。邪魔な予備面接を何とかしなくてはいけない。

それで勝田は考えた。予備面接の必須条件とされるGとれプログラムから外れることにした。理由は受刑者からのいじめ。これで不自然さはなくなる。

「本当はGとれだって仮出所したいための偽装だったんだろ？　だけど、仮出所するよりムショに残ることにした。今の時代、シャバに戻ってもうまいシノギはなかなかないからな。出所が多少遅れても、入試問題を盗むほうが、あとあと組で認めてもらえるとでも思ったか」

「まあ、そんなところだ」

勝田が組んだ足を解いてひろげた。「Gとれプログラムなんて、あんなもん俺にいわせりゃ、ままごとさ。組抜けして五年たてばGリストから名前が消えるって話だが、あれだって嘘だ。警察はずっとリストを持ってるし、ヤクザだった経歴は一生ついてまわる。結局、まともな仕事になんてつけやしねえ」

ドアがノックされ、二人の刑事が面談室に現れた。

「勝田亮二、今から署に行ってもらう」

「くそ。やってらんねえ」

そう吐き捨てて、勝田は面談室を出て行った。

及川が事務室に戻ると、警察の捜査が始まっていた。

ただし、捜査の内容は淡々としたものだった。犯人未確定のまま捜査が始まっていたら、刑務所と警察の間で激しいやり取りがあったことは想像に難くない。それを避けることができたのは互いにとって幸いだった。

だが、及川にだけは不幸な時間が訪れた。連行された勝田にかわって、刑務所上層部から厳しい尋問を受けることになった。

担当していた受刑者の逮捕。懲戒処分の覚悟はできていた。そして辞める覚悟も。

10

十二月に入った。

朝の第七工場は印刷機が温まるまで、受刑者たちの息が白い。

その日も普段と変わらない刑務作業のはずだった。

及川は、作業が始まってすぐに気づいた。受刑者たちの様子がどこかおかしい。いじめを受けている人間がいるわけでもない。しかし、受刑者たちの作業が身に入っていない。

「全員、作業中断」

二十数名の受刑者が手を止める。及川は集まれと指示をした。

「どうしたんだ」

誰も言葉を発しない。みな、浮かない顔をしている。

突然、乾いた音が床に響いた。瀬山が帽子を床に叩きつけた音だった。

その瀬山が及川をにらみつけ、「願います」と大声を出した。

「なんだ」

「及川センセよ、どうしていわないいんだ」

「何をだ」

「あんた今日で終わりなんだろ」

印刷機の動く音だけが作業場内に響いていた。第七工場の受刑者たちが瀬山と同じ目で及川を見ていた。

瀬山のいうとおり、及川の加賀刑務所での勤務は今日で最後だった。

十二月は人事異動の時期ではない。急な異動は懲罰的な意味合いのものだった。

試験問題流出の直接の原因は、勝田が作業場から試験問題を持ち出したことによるもの。担当の及川はそれを発見できなかった。

警察の捜査が終わってすぐに、及川に罰が下された。ただ、正規の懲戒処分ではなく配置転換という形がとられた。勤務地は能登にある加賀刑務所の支所だった。

これには及川も少なからず驚いた。重い懲戒処分を受けると思っていた。その際に、辞職を申し出るつもりだった。

形式上、処分はなし。覚悟していた分、気持ちは漠然とした。とりあえず人事異動の発令に従うことにした。

「今日の作業の終わりに、おまえたちに話すつもりだった」

瀬山が、ふんっと鼻を鳴らした。

「ここにいる間は、あんたは俺たちのオヤジだろ。なのに、どうしていなくなるんだ。勝田の件があったからか」

「いいや。俺自身の素行がよくないからだ。積もり積もったものがあるんだ。おまえたちならわかるだろ。俺がダメオヤジだって」

受刑者たちを笑わせるつもりだった。だが、誰も笑おうとはしなかった。

唯一、「けっ」と声を出した瀬山も決まりの悪い顔をしていた。


午後の刑務作業が終わった。

新たに担当となる刑務官が引き継ぎを兼ねて終業時間まで立ち会っていた。身体検査も今日から任せることにした。

「全員集合」

受刑者が及川の前に集まってくる。いつもの光景だが、これも今日で最後だ。

「気をつけ」

受刑者の班長が号令をかける。

目の前にいる受刑者たちの顔を順に眺めていく。よりにもよって人相の悪い連中ばかりがそろっている。だが、こういう奴らに囲まれているのは、自分の性に合っているのか、案外楽しかった。

与崎と目が合う。そのまなざしが及川をとらえて離さなかった。置いてけぼりを食らった子供のような顔をしている。

――そんなシケた面すんな。もうすぐおまえにいい知らせが来る。

及川はにやりと笑って見せた。

今朝、澤崎から教えられた。与崎は次の予備面接の対象者に決まった。真面目な服役態度を評価されてのことだった。その面接が仮出所へ向けての第一歩となる。与崎にはこのままGとれの道を進んでほしい。

「刑務作業、ご苦労だった」

最後だからといって受刑者たちに説教臭い話はしないつもりだ。敬礼だけでいい。

両手の指先をぴんと伸ばして力をこめた。

だが、すんでのところでやめた。こういうのは俺らしくない。

指先の力を抜く。左手をスラックスのポケットに突っ込み、右手を軽く上げた。

「じゃあな。俺の身体検査はザルだったけど、今日からは厳しいらしいぞ」

その言葉に、受刑者たちの顔が少し緩んだ。

及川は作業場の出口へと向かった。

後方で誰かが手を叩き始めた。それにつられるかのように、作業場内に拍手が鳴り響いた。

後ろは振りむかなかった。ただし、心のなかでつぶやく。

ダメオヤジでもこれだけはいえる。ここは俺の工場、おまえたちは家族だった……ってな。


事務室に戻り、机のなかの整理をしていた。これが終われば、周囲の刑務官に形だけの挨拶《あいさつ》をして加賀刑務所をあとにする。

転勤の際、事務室内を丁寧に挨拶してまわる刑務官もいるが、及川は挨拶まわりはしない主義だ。まして、今回は懲罰的なものだ。挨拶されるほうも困るだろう。

「すまんな」

顔を上げると澤崎だった。いつもは口うるさい澤崎がどこか悔しさをにじませた顔をしていた。

「今回のことを不問にするのは無理だった」

及川が重い処分を受けないよう、澤崎が上層部にかけあってくれたのは知っている。

「おまえのせいだと決めつけて終わらせる話じゃないのにな」

「第七は俺の工場でした。こうなって当然でしょう。乙丸部長を怒らせたわけですから」

「いや、違うんだ」

「何が違うんですか」

「乙丸部長は怒ってはいたが、おまえを動かす気はなかった」

「え」

「火石指導官がな、おまえを動かすべきだと進言したらしい。動かさなければ、おまえが辞めてしまうといったそうだ」

息が止まりそうになった。深夜の運動場で、責任を取るつもりと伝えた。あの言葉はやはり聞こえていたようだ。

警察の捜査が終わったら、早めに自らの進退をはっきりさせようと考えていた。ところが、急に支所行きを命じられ、辞めるに辞められなくなった。

支所の処遇部門はぎりぎりの人数でまわしている。知っている同僚も多い。このタイミングで辞めては、迷惑をかけることになる。

刑務官を続ける意思が完全に消えていなかったのも事実だ。試験問題の流出では、真剣にGとれを目指す与崎を疑う一方、真犯人だった勝田を怪しむことさえなかった。受刑者と向き合ってきたつもりだが、刑務官としては未熟、新しい場所で一から勉強し直すのも悪くないとの思いも芽生えていた。

取り澄ました顔の火石が頭をよぎった。支所勤務となれば、俺がすぐには辞めないと踏んだか。

うっすら浸っていた感傷はとうに消え失せていた。笑いすら込み上げてきそうだった。自らの意思で当面仕事を続けると決めたつもりが、火石の思いどおりになったに過ぎなかった。

適当に挨拶を済ませて事務室を出た。

更衣室でジャケット姿に着替えて、廊下を進む。これから官舎に戻って引っ越し業者の搬出の立ち会いがある。

事務棟の玄関の前に、細身の官服姿が立っていた。火石だった。

「指導官、あなたに先手を打たれたようですね」

火石が薄く笑った。

「支所は組織が小さい分、刑務官と受刑者の距離も近い。あなたのように受刑者思いの刑務官は、向いていると思います」

「買いかぶり過ぎですよ。俺なんて、ろくでなしの部類ですから」

「いいえ、そんなことはありません。あなたは必要な人材です」

火石が真顔になった。「いろんな受刑者がいます。だから、いろんな刑務官もいなきゃいけないんです」

「俺なんかでも、ですか」

「人とのかかわり方、更生の進め方も正しい答えはひとつではありません。だから、刑務官を辞めようなんて思わないでください」

胸にじんときた。

「指導官――」

「私はあなたのような刑務官が好きです。及川看守部長、新天地での活躍を祈っています」

火石の右腕がすっと上がる。――敬礼。自然な動作。それでいて完璧だった。

及川は熱いものが込み上げるのをこらえながら、深々と頭を下げたのだった。

第三話
レッドゾーン

P99　一番の楽しみは入浴

国民の祝日は免業日となり、ほとんどの刑務作業はお休みです。しかし〝レッドゾーン〟と呼ばれる介護棟で刑務作業をする受刑者に休みはありません。なぜなら仕事の相手は介護の必要な受刑者だからです。ですので、休日はローテーションでまわってきます。しかも私の場合はほかの受刑者よりも休みの頻度が少なめでした。これは仕方のないことだと思っていました。私は特別扱いされていることがいくつもありましたので。たとえば食事を取る場所は常に生活用の単独室で、大勢の受刑者と一緒に食堂で食べることはありませんでした。運動場での自由時間もほかの受刑者と接触しない時間帯でした。そして一番の特別扱いは入浴でした。時間は十五分。週に三回。これはほかの受刑者と同じですが、広いお風呂に一人で入れるという点で優遇されていました。刑務所の風呂の湯はかなり熱いのが特徴です。常にボイラーの大きな音が鳴り響いていて、室内には湯気が立ち上っています。入浴場でも官服姿のHTさんは、両足を少し広げた姿勢で私を監視していました。その顔は汗だくです。おそらく官服のなかの下着も汗だくでしょう。そんなHTさんは表情を変えずじっとしています。申し訳ない気持ちとすごいなあという気持ちをいつも感じていました。風呂は十五分なので時間はそれほどありません。頭を洗ったり体を洗ったり、そして湯船にも浸かると時間はあっという間に終わります。でも、いつしか慣れてくるとスムーズに時間を使うことができるようになりました。

（中略）……刑務所生活に慣れて生活リズムができあがっていた私には悩みがありました。それは歌えないことでした。今は刑に服している時期だから仕方がない。受刑者たちは自分のやりたいことを我慢したり、あるいは大事なものを失ってここへきている。それが罰なのだと感じていました。でも、歌えないのはやはり辛かったです。気が滅入《めい》っていた私は、軽いうつになりつつありました。そんなある日のことでした。服役して半年ほどがたっていた頃だと思います。入浴のさなか、湯船に浸かっていると、HTさんがいいました。「三上、ちょっと歌ってみろ」一瞬、耳を疑いました。それまでの半年間、入浴中はずっと無言で私を見ているだけでした。しかしHTさんは私が歌えなくて気がふさいでいたことに気づいていたんです。私はおそるおそる歌いました。入浴場はほどよくエコーが効いて、マイクの代わりには十分でした。どんな格好で歌っていたか？　当然、裸のまま歌っていました。下半身だけお湯に浸かった姿勢です。歌い終わり、HTさんを見ました。感想はなかったです。「入浴時間終了」いつもの声だけが浴室内に響き渡りました。だけど、歌えたことで私の気持ちは楽になりました。その後は、毎回というわけにはいきませんでしたが、週に三回のうち一回は「歌え」と指示があって歌いました。歌はそのときどきでいろいろなものを歌いました。

1

小田倉孜《つとむ》は、誰よりも早い出勤を心がけていた。

総務部の業務開始は八時三十分だが、八時には必ず出勤している。理由のひとつは、官舎暮らしではないからだ。

昨年、金沢市内に建売のマイホームを購入した。官舎にいた頃、職場までの通勤時間は徒歩三十秒。今は車で三十分。天候によって道はかなり混むときもあるので、常に早めの出勤を心がけている。

もうひとつ早めに出勤する理由があった。今年の四月に課長補佐級から課長級へ昇格し、処遇部の統括官から総務部の総務課長に配置替えとなった。

朝は早めに出勤して夕方は早く帰る。部下にワークライフバランスの手本を示すのも、総務課長の仕事のうちである。

今朝は珍しく、総務部の部屋に電気がついていた。すでに誰かが出勤している。

事務室に入ってきた小田倉に、係長の島村《しまむら》が「おはようございます」と挨拶をした。

「早いな、どうかしたのか」

島村がうなずく。眼鏡の奥の目が苦しげだ。何かあったのだと直感した。

周囲を見渡してから、島村が口を開いた。

「書類が紛失しました」

「何の書類だ」

「受刑者の健康診断記録です」

頭のなかで黄色信号が灯った。「詳しく聞かせろ」と島村を会議室に連れて行った。

紛失に気づいたきっかけは、保存文書の点検だったという。業務に関する文書、いわゆる行政文書はキャビネットに保存されており、年数が経過し、廃棄時期が来たものから順次処分していく決まりとなっている。

先月、刑務所を管轄する法務省矯正局から、例年にはない作業指示がすべての刑務所に下された。保管している行政文書がたしかに現存しているか、一斉点検せよというものだった。

この点検作業は刑務所だけではなく、内閣官房がすべての国の機関に指示したものであると指示文書の末尾につけ加えられていた。

指示の経緯は、国の機関の人間なら誰もが知っていた。前の国会を騒がした行政文書の意図的な廃棄が理由だった。幸い、我が法務省で問題となる行為は認められなかった。だが、政府は次の国会で「まだ問題のある省庁があるのでは」との質問が出ることを想定して、前もって各機関に文書の管理状況を調べさせた。

法務省矯正局への報告の締め切りは今週末。総務課の担当は島村だ。一か月の作業猶予はあったが、ほかの仕事が立て込んでいたので、先週後半からようやく点検作業に取りかかっていた。おそらく土日も出勤していたのだろう。

なくなった健康診断記録は、総務部医務課の保管文書である。しかし、医務課といっても所属しているのは、医師と薬剤師の二人だけ。点検作業をするのは、総務課の職員の仕事だった。

「昨年の一年分がすっぽりなくなっているんです」

「どこかに紛れているんじゃないのか」

「ありそうなところは全部探しました」

「健康診断記録は行政文書だよな」一応確かめた。

「そうです」島村が顔を強張らせる。

行政文書の紛失は重い。しかも総務部保管の文書の管理責任者は小田倉だ。

島村の顔がまだ曇っていた。

「ほかにも何かあるのか」

「探しているうちに、昨年の健康診断の胸部レントゲンのフィルムもなくなっていることに気づいたんです」

「なんだと」

小田倉の視界の周囲がじわりと暗くなった。

ずさんな管理による紛失。そんな言葉が頭をよぎる。健康診断記録とレントゲンフィルムの保管場所は異なっている。もはやただの紛失ではなさそうだ。

「木林《きばやし》先生には訊いてみたのか」

木林聡一郎《そういちろう》は、加賀刑務所常勤の医師、すなわち医務官である。

「まだです。昨晩、私のところに、体調がすぐれないので今日の午前中は休みたいと連絡がありまして」

「また二日酔いか」

あの不良中年め。月曜日なのにと思わず舌打ちが出る。木林は、先週一週間、学会で東京へ出張だった。東京で飲みすぎたのだろう。

会議室を出て事務室に戻る。業務時間が始まっていた。職員たちがそれぞれの仕事にとりかかっている。

総務部長室の在籍ランプがついていた。

――総務部長にすぐに報告すべきか。

ここは考えどころだ。自分と島村でもう少し探してみるか。どこかに紛れ込んでいる可能性が消えたわけではない。

しかし、矯正局への報告期限は今週いっぱいだ。時間はない。ぎりぎりになって紛失していることが発覚しましたでは、どうして早く報告しなかったのかと責められる。

迷ったが、悪い報告は早くという組織のルールに従うことにした。奥の総務部長室のドアをノックした。

「ちょっとお話が」

新聞に目を通していた総務部長の仁部《じんべ》が顔を上げる。

小田倉は島村から聞いた話を伝えた。

「健康診断記録の保存期間は？」

「五年です。その間は、行政文書に該当します」

「所長の耳にすぐに入れておいたほうがいいな」

仁部が机の受話器を取り、所長秘書に電話を入れた。「ふむ、またあとで」といって電話を切る。

「電話中らしい。また呼ぶから、席にいろ」

総務部長室を出て、とりあえず自分の席に着く。

もしもどこにもないとしたら、紛失の原因は何だ。誤廃棄、あるいは盗難か。健康診断記録のファイルは医務室に保管している。医務官以外の人間がそれを見ることはまずない。医務官が部屋の外に持ち出すことも考えにくい。

過去五年の記録のうち、都合よく昨年のものだけがどこかに紛れるだろうか。第一に考えるべきは、やはり盗難ではないのか。

しかし、ファイルを盗む目的は？　盗むのは受刑者の健康状態を見たいがため？　そんなことはあるだろうか。

――いや、ちがう。

ファイルには受刑者全員の名前が載っている。つまり、健康診断記録は加賀刑務所に服役している受刑者名簿ともいえる。

刑が確定した人間がどの刑務所で服役しているのか、親族以外は知ることができない。一方で、そんな情報を知りたいと思っている人間がいてもおかしくはない。たとえば、メディアやアウトローの世界の人間などがそうだ。得難い情報は金になる。受刑者名簿を手に入れようとする人間は必ずいるはず。

一人、気になる受刑者がいた。三上順太郎。有名タレントの三上が入所したのは一年半前。どこの刑務所に入るのか、注目を浴びていた時期があった。だが、三上の場合は、加賀刑務所に入ったことはすでに知られている。いわば公然の秘密というやつだ。今さら、名簿など必要ない。

腑に落ちない点はまだある。受刑者がここに服役しているかどうかを知りたいだけなら、レントゲンフィルムまで盗む必要はない。

となると、健康診断記録とレントゲンフィルムの紛失には関連性がないことも考えられる。健康診断記録が盗難で、レントゲンフィルムが人的なミス、たとえば誤廃棄と考えるのが妥当な線かもしれない。しかし、これも何かしら確信があるわけではないので、どこかしっくりこない。

机の電話が鳴った。総務部長の仁部だった。

「これから所長室で緊急幹部会議をやる。おまえも出ろ」

2

細長いテーブルの上座に刑務所長、両脇には総務部長、処遇部長が座っている。総務部からは、総務課長の小田倉と会計課長の刈間《かりま》が出席している。小田倉は、事務局として幹部会議には必ず出席する。ただ今回は、事務局であると同時に、文書の管理責任者という立場で出席していた。

「おい、本当にないのか」

所長の久世橋が顔をしかめた。「タイミングが悪いな、まったく」

官僚出身の久世橋は、政府機関で連続して起きた行政文書の意図的な廃棄の件を気にしている。法務省の機関が行政文書の改ざんや書類の紛失でメディアのスポットに当たったことはこれまでなかった。

「本当にないのか」

久世橋からの念押しに、小田倉は「探し続けます。ただ……」とその先を濁した。

「なんだ、いえ」

「もし、見つからなかった場合、矯正局への報告はもちろんですが、メディアへの公表もしなくてはいけません」

「ペーパーリリースでいいんだろ。いやだぞ、俺は」

久世橋が眉を寄せた。いやだというのは、会見で頭を下げたくはないという意味だ。

今年の夏は苦労した。二か月続けて受刑者の変死を公表する会見を行った。謝罪会見ではなかったが、メディアからの質問攻めはかなりのものだった。あの記憶がまだあるから、久世橋は記者の前でよくない話はしたくないのだ。

「ただ、所長」仁部がそろりといった。「今週の水曜日は会見があります。そこで触れないとなると……」

——それは、まずいな。

紛失のことで頭がいっぱいになり、大事なことを忘れていた。あさって水曜日に受刑者へのGPS発信機の試験的な導入をメディア向けに発表する予定だった。すでに各社への会見予告も終わっている。

「いい話題にだけ触れるってわけにもいかないのでは」

いい話は会見。悪い話は記者クラブに文書を投げ込む。こんなやり方をすれば、メディアは反発するだろうし、なにより悪い話のほうに余計に食いついてくる。そもそもが、三度の飯より不祥事が好きな連中である。

鉛のような重い空気がテーブルの上を覆った。いいこたえはなかなか出ない。

「あの、いいですか」

会計課長の刈間が手を挙げた。

「なんだ、話せ」

「先月、医務室のレイアウトを変更しました。そのときに健康診断記録とレントゲンフィルムを誤って廃棄したのではないですか」

そんなことはありえない。反論の言葉がのどまで出かかったが、刈間の意図を察して小田倉は飲み込んだ。

盗難ではなく、誤廃棄の可能性が高いという結論でいい。刈間は妙案を出したのだ。

「あり得る話だ」

処遇部長の乙丸がおおげさにうなずいた。もちろんそんな可能性はつゆほども思っていない。頭の中で考えているのは、いかに批判をかわすために最善の策をとるかということだ。

盗難でなければいい。だが盗難ではないといい切れるか。盗難なら外部よりも内部の犯行の可能性が高い。

では内部の犯行だとしたら目的は何か。三上絡みではないだろうし、受刑者名簿が目的で記録簿を狙うとは思えない。刑務官が触れることのできる受刑者の服役記録はほかにいくらでもある。あえて健康診断記録を盗む理由はない。

なぜ健康診断記録なのか。しかも、文書点検の報告時期にあえて――。

ある考えが浮かび、思わず息を吞んだ。

――わざとGPS導入の会見の週を狙って盗んだのではないか。

理由は会見をぶち壊すため。恥をかくのは総務部。それを望んでいるのは――処遇部。

処遇部には総務部を陥れたい動機がある。

二か月連続で受刑者の死亡事故が起きた。なぜこんなことが起きたのか。処遇部は総務部から責め立てられた。

その処遇部は、原因究明会議で総務部へ反撃に出た。事故の根本原因は、介護専門のスタッフが不足しているためだと主張した。

実際のところ、高齢や病気のために介護が必要な受刑者は増えつつある。刑務官は更生の場で受刑者を監視する役割のはずが、受刑者の心身のケアが仕事のウェイトとして重みを増している。

会議では、介護などの専門的なスタッフを雇ってはどうかと処遇部から提案があった。現に刑務官の負担を減らすべく、介護ケアの派遣会社と契約してケアスタッフを常駐させている刑務所もある。

しかし、提案はすんなりとは受け入れられなかった。加賀刑務所では、今年の予算の振り分けとして、逃走防止のためのＧＰＳの試験導入が最優先と決まっていた。介護か、ＧＰＳか。総務部では処遇部の提案を受けて、もう一度予算の振り分けを検討した。

小田倉は直前まで処遇部にいた人間として、更生現場の刑務官の大変さを目の当りにしてきた。介護は刑務官の負担軽減もあるが、何より専門スタッフのほうが受刑者も安心してケアを受けることができる。小田倉は介護ケアスタッフの補強を優先するべきだと主張した。

しかし幹部会での議論の末、当初の方針どおりＧＰＳを優先すると決定した。他の刑務所ではまだどこも導入していない。斬新なもののほうが、世間の受けがいいと幹部が判断したのだ。

受刑者の介護よりも、世間へのアピールを優先した。罪を犯した人間の命は軽いのか——。決定したとき、そんな思いが小田倉の心をかすめた。奥底には東日本大震災の現場でのある記憶が今もこびりついていた。

震災のあと、様々な官庁に属する公務員が被災地に派遣された。本来なら、市役所が行う窓口業務を彼らが担った。一か月だけだったが、小田倉も福島に滞在した。その際、目にした光景が忘れられなかった。

除染の作業に向かうために、早朝、駅の近くに集まっていた男たちがマイクロバスに乗り込んでいった。

そのなかで、差配師らしき人物に連れられてきた数名が目に留まった。彼らが発する独特の雰囲気から前科者だと気づいた。

被曝《ひばく》のリスクのある仕事に就くのは、もちろん前科者だけではない。本意かそうでないかもわからない。しかし、彼ら前科者の命を軽く見ている空気が、その場ではたしかに感じられた。

軽く頭を振った。福島の光景が消え、刑務所の幹部の顔が目の前に並んでいた。

GPS導入会見の二日前に紛失が発覚するというのはやはり偶然とは思えない。介護ケアスタッフの増員よりもGPS装着を優先した総務部への恨みが処遇部の一部の刑務官にある。ファイルの紛失は、やるせない怒りが総務部に向けられたものではないか。

「よろしいでしょうか」

小田倉は手を挙げた。会議テーブルを囲む人間たちの視線が小田倉に集まる。

「……盗難の可能性は、ぬぐえません」

場の空気が再び重くなる。

「いや、私がいったのは……」

会計課長の刈間がおそるおそる説明した。「あくまで誤廃棄の可能性があると会見で一言いうだけで」

「その発表は危険です。あとになって、どこからか現物が出てきたとき、加賀刑務所は嘘の説明をしたと叩かれます」

「じゃあ、盗難の根拠はあるのか」久世橋が尋ねた。

「根拠まではありません。ただ……」

さすがに次の一言は、すぐに口には出せなかった。

「どうした、続けろ」

「盗難の狙いが総務部への嫌がらせだったとしたら、と考えたんです」

「おい、処遇部の人間がやったとでもいうのか」

乙丸が即座に反応した。眉を逆ハの字に吊り上げている。

肯定も否定もせず、小田倉はやり過ごした。そのかわり――こういうしかなかった。

「文書管理責任者の私が犯人を見つけて、紛失物を返却させます。そうすれば公表自体が必要なくなります。いかがでしょうか」

久世橋が目をつぶった。

短い時間が長く感じられる。

やがて久世橋が目を開けた。

「GPSの公表はあさって水曜日の午後だ。それまでになんとかしろ」


小田倉は緊急幹部会のあと、自販機コーナーへ向かった。苦いコーヒーで脳をリセットして考えを整理することから始めるつもりだった。

カップコーヒーを手に取ると、背後で人の気配がした。火石だった。

小田倉と入れ替わって、火石が自販機の前に立つ。

「風通しのよさが……」火石のつぶやきが聞こえた。「組織にとって必ずしもいいとは限りません」

振り返って火石を見る。何のことかと話しかけようとしたが、コーヒーカップを手にした火石は歩き出した。

細身の後ろ姿を眺める。幹部への報告が早すぎたとでもいいたいのか。今朝、島村から話を聞いたとき、総務部長に報告に行くべきか、もう少し探してからのほうがいいか、迷ったのは事実だ。

コーヒーを口に含む。苦みがいつもより舌にまとわりついていた。

3

島村と一緒に医務室に出向いた。

すべてのキャビネットからファイルを取りだして、中身をじっくりと確かめた。しかし、紛失した健康診断記録とレントゲン写真のロールフィルムはどこにもなかった。

受診者用の丸椅子に腰かけて、室内を見渡す。

――医務官のほかに、この部屋に入る人間は誰が考えられる？

まず思いつくのは、体の不調を訴える受刑者と付き添いの刑務官だ。だが、付き添いだけとは限らない。刑務所の職員なら誰でもが風邪や腹痛のような軽い病気で医務室を訪れることもある。

外部からの侵入という点でも医務室のセキュリティは甘い。医薬品メーカーの営業担当者が出入りする。隣の薬剤室とは内ドア一枚でつながっている。薬剤室には、薬剤師資格を持つ職員が一人常駐しているが、その部屋も人の出入りが多い場所だ。

これは簡単には絞れない。小田倉は短く唸った。

「木林先生は、結局、午後も休むつもりか」

「そのようです」

木林は五十五歳。二年前から加賀刑務所で医務官をしている。その前は民間の総合病院で勤務していたが、病院経営者とぶつかって、病院を放り出されて加賀刑務所に赴任した。詳しい事情は知らないが、素行が悪かったのではないかと小田倉は想像している。

木林は独身。二日酔いで休暇を取ることが多く、酒癖も悪い。忘年会の場で所長の久世橋を相手に絡んだこともある。それ以来、久世橋は木林を疎んじているし、ほかの幹部にも受けが悪い。しかしそれを差し引いても、常勤の医師であるということは刑務所にとってありがたかった。

刑務所の医務官というのはなり手が少ない。待遇が良くないのが理由だ。非常勤の医師の派遣で医務室をなんとか運営している刑務所も多い。そうしたなか、常勤の医務官がいるだけ加賀刑務所はましだった。

「先週、木林先生のかわりに、刑務所に来ていた医師は?」

「柴山《しばやま》先生です」

顔は何度か見たことがある。まだ若い医師だ。木林のつながりで、たしか大学病院から派遣されていた。

期待はできないが、念のため柴山にも確かめる必要がある。

小田倉は大学病院へ電話をかけた。数分待たされて柴山が電話に出た。紛失のことを説明すると、柴山は「えっ」と電話の向こうで驚いた。

「お尋ねしたいのは、先週時点で健診記録やフィルムがあったかどうかということです」

〈昨年の分ですよね？　それなら、両方ともありましたよ〉

受刑者の診察をするときに、既往歴を知るために健診記録とレントゲン写真を見たという。

「失礼なことを訊きますが、柴山先生がお持ちということはないですよね」

柴山が短く笑い声をあげた。〈ないです。第一何に使うんですか〉

「そうですね。失礼しました」

柴山が勤務したのは、火曜日と木曜日。時間は午後二時から午後四時まで。となると、健診記録とフィルムが紛失したのは木曜日の午後四時以降と考えられる。

両方ともいっぺんにとなるとやはり盗難か。

島村を事務室に戻らせた。ほかにも仕事を抱えている部下をずっとこの仕事に携わらせておくわけにはいかない。

医務室に残った小田倉は、隣の薬剤室につながるドアをノックした。

ドアの向こうから「どうぞー」と拍子抜けするくらいに明るい女性の声がした。

部屋に入ると、白衣姿でべっこうフレームの眼鏡をかけた丸顔の女性がいた。薬剤師の山崎美里《やまざきみさと》だ。美里は顔も体も丸い。白衣を着ていると、白クマのぬいぐるみのようだ。年齢は四十半ばで小田倉とそう変わらない。

いつも明るく振る舞っている美里だが、どこか影を背負っているのは、ふとした彼女の言動から見てとれる。

普通の医師や薬剤師が、更生に尽力したいとの理由で刑務所医療に従事するケースは、多くはない。むしろ多いのは、訳ありだ。以前勤めていた病院や薬局で何かがあった、受刑者ほどではないが、シャバにはいられなくなった理由があって刑務所で働くことになった者たちである。

だからこそ小田倉は、木林や美里と気軽に話すように心がけている。さりげなく目配りをし、変化がないか見守る。それも総務課長としての役割だ。

「あら、お元気。総務課は暇なのかしら？」

瓶に入ったドライフラワーが部屋の隅々に置いてある。薬剤室は美里の趣味でいろいろ飾りつけが施されており、薬剤室というよりアンティークショップのようだった。

「ハーブティー飲む？　今、淹《い》れようと思っていたところなの」

「では、いただきます」

小田倉は、医務室の重要物がなくなったことを美里に話した。

「困ったことになったわねえ」

美里の口調はどこか他人ごとだった。

「ここ最近、知らない人が隣の部屋に出入りするのを見かけたりはしませんでしたか」

「あんまり気にしていないけど、あらいやだ。もしかして泥棒が入ったって考えてるの？」

「ないとは思っていますが、一応、可能性として訊いただけです。先週、診療は二日だけでしたが、何か変わったことはなかったですか」

「さあ、わからないわ」

美里は用意した二つのカップにポットのお湯を注いだ。

「診察があってもなくても、薬剤室の仕事量ってあまり変わらないのよね。診察のない日も、刑務官が受刑者のために薬を取りに来るから」

いわれて思い出した。処遇部にいたとき、受刑者が不調を訴えても、すぐに診療は受けられなかった。受刑者の診察は、一か月先まで予約で埋まっていることもざらだった。かわりに、薬剤室で薬だけを処方してもらい、あとで医務官がカルテに処方記録を書き残していた。

美里から先週の仕事の様子を聞いたが、何も情報は得られなかった。ここらで切り上げようと、残りのハーブティーを飲み干した。

「ああ、そうそう」

美里がカップを置いた。「例の空き地、あそこに建物が立つみたいね」

紛失のことではないのかと軽く落胆するが、顔には出さなかった。美里のいう例の空き地とは、この管理棟の裏側にある、塀の外側の整地のことだ。古い官舎が取り壊され、少し前に、民間業者に売却された。

「工事が始まってるけど、何か聞いてる？　カンカンやってる音は聞こえてくるんだけど、塀に遮られて見えないのよね」

「詳しくは聞いていませんが、飲食店ができるらしいですよ」

「えっ、あんなところに！　お客さん来るのかしらね。でも、オープンしたら行ってみたいわ。一人じゃ心もとないし、つかちんを誘おうかな」

思わず口元が緩みそうになる。美里は火石のことをつかちんと呼んでいる。火石の下の名前は司。だから、つかちん。上級職の刑務官も美里にかかれば形無しだ。

「火石指導官は薬剤室によく来るのですか」

「ときどきハーブティーを飲んでいくわよ」

「あんまり仲がいいと変な噂が立ちますよ」

冗談のつもりだったが、言葉にしてからまずかったかなと思った。

「単なる茶飲み友達よ。つかちん、この刑務所に来てから一度も休み取ってないんだって。だからここが、唯一の息抜き場だっていってたわ」

美里が気にした様子はなかったので安心した。

「こんな雰囲気のいい場所は、刑務所ではここだけですしね」と少し喜ばせておく。

「でしょ。私はね、定年までずうっとここで快適に過ごすことに決めてるの」

「定年までって、あと何年先ですか」

「そういうことはいわないの！」


薬剤室を出て歩きながら考えた。受刑者が出向かなくても、刑務官が薬剤室へ薬を取りに行くことも多い。そこに美里がいなければ、刑務官は隣の医務室に入ることも可能だ。盗む動機のある刑務官は誰だ。総務部への恨みが強いのは――。

ある中年の刑務官の顔が思い浮かんだ。処遇部の大見《おおみ》だった。

大見は、加賀一筋のプロパーだ。四十代後半だが階級は万年看守部長。出世を目指すことのない地元の刑務官である。

いうなれば、小田倉とは正反対の刑務官人生だ。小田倉は刑務所幹部を目指して試験を受けて、広域異動を重ねて今の地位に就いた。

プロパー刑務官は、広域異動で出世していく刑務官を「使えない」と見下す傾向が強い。大見もそんなタイプに思えた。

処遇部にいたときは違う部門だったので、上司と部下の関係ではなかった。挨拶程度は交わすが、小田倉を見る目から、いい感情を持っていないことは感じていた。

今年の春、小田倉は処遇部門から総務部へ異動した。辞令が出たあと、処遇部門のなかを挨拶してまわった。その際、大見が放った一言をいまさらながら思い出した。

――敵味方になるってわけですか。

総務部と処遇部は伝統的に仲がよくない。あのときは、ただの嫌味だと聞き流した。大見だってそのつもりだったはず。その後、ケアスタッフの補強が見送られGPSの導入が決定した。説明会を開いたとき、真っ先に文句をいったのが大見だった。

「こんなおもちゃを買う前に、やることがあるんじゃないのか」

大見が担当している班は、〝レッドゾーン〟のひとつだ。そこにいるのは、まともな日常生活ができない高齢の受刑者が大半である。

レッドゾーンと呼ばれるゆえんを誰かに聞いたわけではない。ただ小田倉は、サッカーでいうレッドカードと同じ意味ではないかと思っている。退場宣告を受けた者たちのゾーン、つまり「終わった人間たちの住処《すみか》」という意味だ。

――大見と話をしなくてはいけない。

小田倉は処遇部へと向かった。

4

処遇部は部屋の奥までずらりと刑務官の机が並んでいる。休憩中の刑務官がぽつぽつ座っているが、ほとんどが作業場に出払っているので、広い部屋はがらんとしていた。

部屋の奥へと歩を進める。壁一面には、受刑者を監視するモニターが広がっている。面識のある刑務官と目が合うも、すぐに逸《そ》らされた。逆に、遠くからでも小田倉に冷えた視線を送ってくる者もいる。

どこにも大見の姿はなかった。そのかわり、よく知った顔が立ち上がった。宗片だった。

宗片が近づいてくる。宗片も同じ広域異動組で、年次も同じ。ただし、階級は小田倉がひとつ上だった。四月の人事異動で差がついた。統括官の宗片はまだ課長補佐クラスである。

「よう」

軽い感じで声をかけてくるが、目は笑っていない。小田倉がやってきた理由を薄々わかっている。

宗片が気をきかせて、パーテーションのある小さな打ち合わせスペースに小田倉を誘った。

「聞いたぞ。処遇部にケンカを売ったんだってな」

「人聞きが悪いな。可能性を探っているだけだ」

「健康診断の記録なんて重要なのか？」

「あれは行政文書だからな」

「紛失だと総務の責任になる。盗難だと処遇部の責任になる。そう考えるわけだな」

「キツいいい方だな」

小田倉が睨《にら》むと、宗片が口角をつりあげた。本気で嫌味をいっているわけではなさそうだ。

「俺に用事があったわけじゃないだろ。誰を探しているんだ」

「大見刑務官だ」

宗片が険しい顔で腕を組んだ。頭の切れる宗片のことだ、小田倉が大見を疑う理由にも気づいたようだ。

「あくまで可能性だ。それに時間がない。で、今どこにいる？」

「今日は非番だ。明日ならいる」

「なら、出直す」

小田倉は立ち上がった。

「待てよ」と宗片が呼び止める。「処遇部の人間がやったと本気で考えているのか」

「わからない。だが、ないとはいい切れない」

宗片が急に黙った。目にはどこか憐《あわ》れみの色が含まれていた。

居心地の悪さを感じて、「宗片、お前に訊きたいことがある」と話題をずらした。

「なんだ」

「まずい情報はすべて上にあげるか。それとも自分限りにすることもあるか」

自分と似た経歴の宗片に軽い気持ちで尋ねたつもりだった。しかし、宗片は思いのほか考え込むような顔をした。実際にそんな場面でもあったのだろうか。

「一概には何ともいえんな。ただ、自分限りにするなら腹をくくるってことだろう」

「……そうだな」

小田倉は小さくうなずく。「時間を取らせて悪かった。また明日来る」

「総務部は大変だな。まさに宮仕えだ」

宗片の声が聞こえないふりをして、小田倉はパーテーションの外に出た。

5

何の手がかりも見つけられないまま、今日は一日が終わった。

自宅のドアを開けると、かすかな木の香りがした。小学二年生の娘、美由《みゆ》が勢いよくかけてきて、小田倉を出迎えた。

長男、大輝《だいき》の高校進学にあわせて、家族を金沢で住まわせることにした。一年前、家を買った理由のひとつがそれだった。

広域異動組の小田倉は数年ごとに転勤する。今後、転勤の辞令を受けても、動くのは小田倉一人だ。新築直後に他県への異動がなかったのはありがたかったが、今日のような事故があると、所内での異動が果たして幸運だったのかと首をかしげてしまう。

リビングでダイニングセットの椅子に座ると、妻の正恵《まさえ》が缶ビールとグラスをテーブルに置いた。

「大輝はどうしている」

玄関に薄汚れた白いトレーニングシューズがあった。二階の部屋にはいるのだろう。

「学校から帰ってすぐに、分厚いファイルを持って部屋に入っていったわ」

「ファイルだと?」

思わず大きな声になってしまい、正恵がのけぞった。

「やだ、どうしたの」

「いや、なんでもない」

いまだに頭のなかはファイルの紛失が大半を占めている。

「それって、何のファイルだったんだ？」

「大輝に訊いたら、他チームのデータだって、いってたわ」

「他チームって……部活には復帰したってことか」

「そうみたいよ」

——覚悟を決めたのか。

「どんな様子だった」

「いつもと同じ。ふてくされた顔よ」正恵が腰に手を当ててあきれた顔をしてみせた。

大輝は小学校の頃から野球漬けの日々だった。小学校、中学校でもチームの主力選手で、高校は私立の野球部に入った。選手が七十名もいる名門校だった。

その大輝が、腰が痛いといい出したのは、夏休みの終わりごろだった。痛みがひかないので、病院で見てもらったところ、腰骨に異常が見つかった。予想外に重く、医者からは、完治させるには手術するしかないといわれた。

部活動の顧問に相談すると、大輝は顧問から予期せぬ言葉をかけられたという。

——手術はリスクが伴う。避けたほうがいい。それよりも、マネージャーをやらないか。

大輝の通う高校の男子の部活動では女子マネージャーは認められていない。毎年秋ごろに、一年生の選手の誰かが顧問からマネージャーを打診される。それはある意味、選手としての戦力外通告だった。

マネージャーの打診を受けた大輝はショックを隠し切れず、家でふさぎ込んだ。学校も一週間休んだ。家では正恵に「マネージャーになるくらいなら、部を辞める」とまで話していたらしい。

そんな大輝も、今週、気持ちが落ち着いたのか、学校に通い始めた。部活動はどうするつもりなのか気になっていたが、ファイルを持ち帰ったということは、マネージャーとしてやっていくと気持ちを切り替えたのかもしれない。

「でも、ずっと部屋から出てこないの。様子を見てこようかしら」

「放っておいたほうがいいんじゃないのか」

おそらくまだ葛藤《かっとう》はあるだろう。

「ママ、一緒にお風呂入ろう」

夕飯の支度をする正恵のあとを美由がついてまわっている。

正恵は料理を手早くテーブルに並べると「あなた、悪いけど一人で食べてて」といって、美由を連れてリビングを出て行った。

ビールを一口飲んだ。ふと天井を見上げて、二階にいる息子を想像した。

――切り替えなんて、簡単にできないだろうな。

小田倉自身、いまだに処遇部の人間の目線でものを考えることがある。そのくせ、会議の場で処遇部絡みの盗難と決めつけてしまった。

火石や宗片からは、批判的な言葉を浴びせられた。火石からは、風通しのよさが、必ずしも組織にとっていいとは限らないといわれ、宗片からは、処遇部にケンカを売ったともいわれた。

だが、会議の場での自分の発言は間違っていないと思っている。最悪の場合を想定し、幹部との間で情報を共有する。それが組織運営の鉄則だ。ましてや今回の件は、状況からして誰かが持ち出したことはほぼ間違いない。

――明日は、大見にどう切り出すか。

ある光景が網膜によみがえる。高齢受刑者を多く抱えるレッドゾーンで、大見が黙々と受刑者の粗相の処理をしていた。おそらく珍しいことではないだろう。とはいえ、その心が無でいられるはずがない。

あれは更生のために刑務官が行うべき作業ではない。やりきれない怒りが募っていてもおかしくはない。それが如実に表れたのがGPS導入を決めた場での「おもちゃを買う前に、やることがあるんじゃないのか」という大見の発言だったのではないか。処遇部の大部屋に入ったとき、すでに紛失の事故を知っている数名の刑務官から冷たい視線を浴びた。怒っているのは大見だけじゃない。

そう考えて、ある思いに至った――組織的な犯行ではないのか。

大見組といわれる連中がいる。ゴルフ好きの大見が、後輩を誘ってゴルフや飲み会をしている。そいつらの誰かが盗みだしたのではないか。

刑務所職員にだけ配布される広報誌が家のどこかにあるはずだった。棚の引き出しから見つけ出して、ページをめくっていく。

ある記事のところで手が止まった。有志によるゴルフコンペの写真が掲載されていた。

――こいつらだ。

大見を中心にして写っている七人が大見組だった。

6

刑務所に出勤したのは七時前だった。いつもより一時間以上も早い。

小田倉は自分のデスクのパソコンを起動させた。総務課長は、総務部各課のデータフォルダにアクセスできる権限を持っている。医務課のフォルダも閲覧が可能だ。

昨夜、自宅で見た大見組の七人のなかで、気になる人物がいた。

看守部長の才田等《さいだひとし》。三十三歳で独身。所属は大見と同じ第十五部門。大見組のなかでも〝レッドゾーン〟で勤務しているのは、大見とこの才田だけだ。

先週の薬剤室での受付記録を確かめた。薬を希望した受刑者の名前と受け取りに来た担当刑務官の名前が入力されている。そこにもし、名前があれば――。

パソコン画面の受付記録を眺めていくうちに、ある一行で目が留まった。

読みが当たった。才田の名前があった。先週の金曜日、受刑者の代わりに薬剤室を訪れている。

同じくパソコンの共有ファイルで、シフト表を見る。昨晩、才田は夜勤だった。交代は朝の七時半。まだいるはずだ。

パソコンを閉じて立ち上がった。直接、当たるしかない。久世橋に命じられたファイル捜索の期限は明日。慎重な対応をしている余裕などない。

建物を出て、職員用通用門の近くで才田を待ち伏せした。刑務官が官舎へ帰宅する際は、必ずここを通る。

夜勤明けでむくんだ顔の刑務官たちがぞろぞろと門を出てくる。

なかに才田を見つけた。

気づかれないようにあとをつける。もし盗んだものが保管してあるとしたら、役所ではなく官舎だろう。総務課長である自分が官舎の前で急に現れたら、その意味を悟り、少なからず動揺するにちがいない。

「ちょっと、待ってくれ」

官舎のドアの前で才田を呼び止めた。「才田看守部長、よろしいか」

「はあ、なんでしょうか」

予想どおり、才田はびくっと肩を動かした。

「少し話がある。できれば君の部屋に入れてもらえないか」

「何のためにですか」

「医務室で紛失したものを探している」

才田はこちらの意図を探るかのように、じっと見返してきた。

「嫌です」不意に才田がいった。

「部屋を見せられない理由でもあるのか」

「嫌なものは嫌です」

才田が挑むような目で睨みつけてくる。喧嘩上等。そんな空気を放っている。

やはりこいつが――。

「部屋に探しているものがなかったら、どうしますか」

才田がわずかに唇を吊り上げた。

――はったりか。それとも無実か。

沈黙の時間が続いた。強く出たほうがいいかとも考えたが、思いとどまった。無理して才田の部屋に入らなくても、現物を戻してくれたらそれでいい。ここは辛抱すべきだ。

「もし盗んだものがあるなら、返してくれ」

「完全に泥棒呼ばわりですね」

「いい方がきつかったのなら、謝る。だが、持っているなら返してほしい。とても困るんだ」

「誰が困るんですか」

才田がにやりと笑う。挑発している。そんなもの誰も必要としていない。困るのは、総務部だと暗に主張している。

それにしても。疑問が脳をかすめた。どうしてこんなに強気なんだ。バレたときに、大見に助けてもらえるとでも思っているのか。古株のプロパーといっても、看守部長ごときにたいした力はない。

――いや、違う。

ある考えが浮かび、目の前の顔がにわかにかすんだ。

才田が実行犯ならここまで挑発的な態度をとるだろうか。場合によっては、自身の処分にも発展する。一介の刑務官がそんな危険を覚悟で盗むとは思えない。

犯人ではない。だから強気なのだ。

ただ、完全にシロというわけでもない。わざと小田倉の気に障る言動をとって調査をかく乱する役割があるのかもしれない。

「もういいですか。こっちは、明け方まで受刑者が暴れてて、ほとんど徹夜だったんですよ。日勤の総務部とは疲労度が違うんですわ」

才田がドアの鍵を開けて部屋に入ろうとする。

「待ってくれ」部屋に入ろうとするのを引き留めた。

「なんすか」

「ひとつ訊かせてくれ。刑務官が介護の仕事をすることをどう思う」

「どうも思いません」

意外にも即答だった。

「考えて仕事をする余裕なんてないので。毎日、目の前の受刑者と向き合うだけで時間が過ぎていきますよ。じゃあ」

才田が鉄のドアの向こうへ消えていった。

小田倉はドアの隙間から漂う鉄さびのにおいを嗅ぎながらしばらく立ち尽くした。

7

小田倉はデスクで事務仕事に集中していた。未決箱に、決裁のファイルがたまっている。本当は、紛失物探しに没頭したいところだが、そういうわけにもいかない。

ようやく一段落して時計を見ると午前十一時だ。そろそろ処遇部に行き、大見と話をしなくてはいけない。

そう思っていた矢先、宗片から内線電話がかかってきた。

「部屋に大見がいる。話をしたいそうだ」

大見のほうからというのが気になった。宗片が話をしたのか、あるいは才田から連絡でも受けたのか。

処遇部の大部屋に行き、隅にある小会議室に入ると、宗片と大見が待っていた。大見は、力士のような分厚い体をしていた。首は太く、一重まぶたの下の目は線で描いたように細い。

「実はある後輩から相談を受けましてね」

大見が前触れもなく話し始めた。低い声には迫力がある。「総務課長からパワハラまがいの言動を受けたと。それでちょっと放っておけなくなりまして」

やはり才田だったか。今朝のことを電話で大見に伝えたのだろう。

「総務部だからといって、ちょっとやりすぎなんじゃないですかね」

大見が鋭い目を向けてくる。

「今は非常時だから、やむを得ない」

「非常時？」大見の声が一気に二オクターブほど上がる。「書類がなくなったくらいで？　そんなことといったら処遇部の刑務官にとっては、受刑者が問題を起こす毎日が非常時ですよ」

「ある程度の行き過ぎはあるかもしれないが協力してほしい」

大見の隣に座る宗片は、黙って聞いている。処遇部の管理職という立場上、大見の側に立っている。大見にとりあえずいいたいことをいわせるつもりなのだろう。

「盗難だってのも、あなたがいい出したんでしょ。総務の人間っていうのは、何のため、誰のために仕事をしているんですか」

大見の目には怒りの炎が燃えていた。あの時と同じだ。GPS導入の説明会をしたときに、食ってかかってきたときと同じ目をしている。やはり、こいつがやったのか。

「大見さん。今のうちに認めれば、穏便に済ませることもできる」

大見が、ああん？　と声を上げてテーブルをたたいた。

「どうして俺を疑うんだ？　いってみろ」

「やりたくない仕事ばかり増えていく。現場は不満で爆発しそう。違いますか」

「そのとおりだ。だけど、なめんなよ。こっちは刑務官になったときから覚悟してるんだ。遊び半分で現場をちょっと経験して、どんどん偉くなっていくあんたとは腹の据わりかたが違うんだ」

睨みつけてくる大見に、

「私だって、本気で仕事をしている」と思わずいい返した。

「そうは思えねえ。あんたたちは幹部におべっかを使うことと、外向けのアピールばかりしているだろ。そんなもん俺にいわせりゃ、本気の仕事じゃねえよ。GPSにしたって、現場は欲しいなんて思ってない。受刑者の更生には、どう考えたって役に立たねえからな。刑務所はな、受刑者を第一に考えるべきなんだ。刑務官が受刑者の命を軽く考えるようになったら終わりだ。そんな奴は刑務官なんて辞めちまえばいいんだ」

「おい、いいすぎだぞ」宗片が初めてたしなめた。

受刑者の命を軽く考えるようになったら終わりだ。その言葉が胸に刺さる。

俺のやっていることはそうなのか。除染作業で陰のある男たちを現場に差配する人間たちと同じなのか。

怒りと恥が胸のなかで渦を巻く。

「私は……」声を絞り出した。「受刑者の更生を第一に考えている」

「うそつけ、保身しか能のない小役人が！」

「なんだと」

立ち上がり、テーブルの向かい側の大見の襟もとに手を伸ばした。

その手を大見が強い力ではじき返す。よろめいた小田倉は壁に背中を打ちつけた。

「なめやがって」

大見がさらに腕を振り上げる。が、その腕を宗片が固めた。大見の腕は金縛りにあったように動かない。

宗片が小田倉にも険しい視線を送る。「小田倉課長、もういいでしょう」

小田倉の気持ちは収まらなかった。壁から背中を離して仁王立ちする。

「大見っ」

「なんだ、まだやるのか」

大見も前に出ようとするが、宗片が押さえつけている。

視界に映る大見の巨体が微妙に揺れ動いていた。だが、実際に揺れていたのは大見ではなく小田倉のほうだった。怒りのあまり、全身が震えて視界が定まらなかった。

挑発され、不覚にも乗ってしまった。これでは相手の思うつぼではないか。冷静になれ。心にそういい聞かせたが、震えはなかなか収まってくれなかった。

無理矢理息を吐いて椅子に腰を落とした。大見のほうも宗片に両肩を押されて、しぶしぶ椅子に座る。

狭い部屋に三人の男の荒い息だけが響いていた。

「大見刑務官……あんたの覚悟ってなんだ。どうして刑務官になった」

知りたくなった。刑務官になったときから覚悟していると、小田倉に投げつけた言葉の意味を訊いてみたくなった。

「俺は刑務官にしかなれなかった。だから――」

大見がぎろりと目を向ける。「どんなときも真剣に受刑者と向き合う。ただそれだけだ」

その言葉を聞いて、体じゅうから力が抜けていく。同時に震えも消えていった。

「おい、大見。もう、いいだろう」

宗片の言葉に促されて大見が立ち上がる。二人が会議室を出ていった。

小田倉は椅子にもたれて天井を見上げた。

大見がやったのか、やってないのか確信は持てなかった。

だが、ひとつだけわかったことがある。処遇部の人間が総務部に強い恨みを抱いているのは確かだ。

8

　総務の部屋に戻った小田倉に電話がかかってきた。総務部長の仁部からだった。部長室に来いという。

　部屋には険しい顔の仁部が待っていた。

「どうなってる？　所長も心配しているぞ」

「処遇部の人間何人かと接触しましたが、彼らに盗難の動機があることはうかがえました。そのうちの誰かがやった可能性が高いです」

「犯人が誰であれ、ＧＰＳの公表は明日の午後だ。それまでになくなったものが出てこなければ意味がないぞ」

「承知しています」

「もし、見つからなかった場合に備えて、ファイル紛失のことを公表する文案も考えておいてくれ」

「文案は準備します。しかし、所長は納得してくれるでしょうか」

「納得するもしないも、公表するしかないだろう。ペーパーどおりにしゃべってください と、俺とおまえで土下座するんだ」

「……わかりました」

「記者レクペーパーの書きぶり次第では、メディアもさほど強く食いついてこんだろう。そこのところは頼むぞ。ただし——」

仁部が顔をしかめた。「来年の人事異動は、俺もお前も冷や飯だ。覚悟しとくんだ」

紛失物が見つからなければ、へき地の刑務所へ左遷となるのは間違いない。その覚悟はできていた。どうせ人事異動のサイクルではいつ異動してもおかしくない時期だった。

「失敗したな」仁部が椅子に背中を預けて天を仰いだ。「紛失のことは、明日の発表のあとに所長の耳に入れればよかった」

「どういう意味ですか」

「紛失が処遇部のしわざだとして、奴らの目的は水曜日のGPS導入の会見の邪魔をすることなんだろ。こっちが水曜日まで、ないことに気づかなければ、こんな騒ぎにはならなかった。つまり、犯人は目的を果たせなかったことになる」

たしかに仁部のいうとおりだ。総務の人間が紛失に気づかなければ、犯人はファイルを医務室におとなしく戻していたかもしれない。

「総務の仕事は難しいな」仁部がつぶやいた。

小田倉は奥歯をかみしめた。悪い情報ほど早く上にあげる。教科書どおりに実践したことが裏目に出た。自分限りにしておけば、こんなことにはならなかったのかもしれない。

「ぎりぎりまで探します。処遇部にも夕方もう一度当たってみます」

喧嘩した大見とは、できれば接触したくはないが、そういうわけにもいかない。何か知っている可能性は否定できない。

「犯人探しだけじゃなくて、記者レクペーパーのほうも頼むぞ。明日の朝までにな」

「わかりました」

小田倉は一礼して部屋を出た。

机に積みあがった決裁を適当に片づけて、午後、再び医務室へ出向いた。

医務官の木林は今日も休んでいる。小田倉は、キャビネットまわりを入念に見てまわった。案外、ひょっこり出てくるのでは。そんな期待をしてみたが、やはり、紛失物は見当たらなかった。

肩を落として、薬剤室のドアをノックした。部屋には美里がいた。

「あら、浮かない顔ね。まだ見つからないの？　それとも私が盗んだと疑ってるとか」

美里が頰を膨らませて、おおげさに睨みつけてくる。

「違います。何も進展がなくて、ストレスがたまりっぱなしで。それでおいしい一杯をいただけないかと」

「いいわよ。ちょうど今淹れようと思っていたところ」

「今朝、木林先生からの電話は山崎さんが取ったんですよね。どうでしたか、先生の様子は」

「まだお疲れ気味だったわ」

処遇部時代、受刑者に同伴して医務室を訪れた。木林は、受刑者とギャンブルの話や下ネタで盛り上がることもあれば、詐病を見抜き、「唾でもつけとけ。バカ野郎」と怒鳴りつけたりもしていた。

――病院の理事長から、業界じゅうに貴様の破門状を出したといわれてよ。俺はもうここで働くしかないわけよ。

病院経営者と宴席でいい争いとなり、それが辞めるきっかけとなったという。刑務所の酒の席でも、幹部と喧嘩の一歩手前のような議論をしている。上に歯向かうのは木林の持って生まれた気性で、今後も変わらないだろう。

白衣を脱いだら、医者か受刑者かわからないと美里がいったことがある。まさにそのとおりだ。言動はお世辞にもいいとはいえない。しかし、木林のような異端の医師のほうが医務官に向いているのは間違いない。

「出張へ行く前の木林先生に変わった様子はなかったですか」

「そうねえ、そういえば――」

美里の話では、顔に冷たいタオルを当てて、椅子のリクライニングであおむけになっていることが多かったという。

「きっとお酒の飲み過ぎね」美里がカップを差し出した。「カモミールよ、どうぞ」

「いただきます。……相変わらず、いい香りですね」

カップを口につける。ハーブの効果か気持ちに少しだけ余裕が出てきた。

ハーブティーを飲み終えると、美里に礼をいって薬剤室を出た。

事務室に戻り、記者レクペーパーの文案づくりに取りかかった。それなりのものを作り終えた頃には、夜八時をまわっていた。

大見ともう一度話すことにためらいはあったが、レッドゾーンに向かうことにした。

生活棟の入り口の鉄製のドアを開けて、なかに入る。

日中はてんやわんやの状態がずっと続いているこのエリアは、夜になっても各部屋から、受刑者の叫び声やひとり言が聞こえてくる。

どこからか歌声が聞こえてきた。音程の外れたひどい歌声だった。歩くにつれ、その声だけが耳に残った。周囲に迷惑をかけるほどであれば、たとえ正気を失っているとしても、注意しなければいけない。

廊下の先はL字型に折れており、その先に単独室が並んでいる。歌声が聞こえてくるのはどうやら単独室の並びのようだ。

角を曲がる手前で足を止めた。音程の外れたその歌声は子守歌だった。

そっと顔を出して廊下の先に目を向ける。薄暗い廊下に大きな人影が見えた。受刑者ではなく刑務官が歌を口ずさんでいる。

――大見。

大見が部屋のほうを向いて、体を左右に揺らしながら歌っていた。

「……坊やはよい子だあ、ねんねしなあ……」

気づかれないように、その様子を眺めた。決してうまいとはいえない。だが大見は真剣な顔で低音を響かせながら、歌い続けている。

そっと顔を引っ込めてきびすを返した。

胸が熱くなっていた。大見にとってこの刑務所はなくてはならない場所。総務部をいくら口汚くののしろうと、足を引っ張ることはしない。大見はシロだ。

大見の子守声を聞いて、小田倉はそう思った。

9

家に着いたのは、十時すぎだった。

リビングに入ると、「おかえり」と美由がトレーを運んでくる。

大輝が小学生だったときは、早く寝ろと頭ごなしにいったものだが、娘には、そんな言葉をかける気にはなれない。

「はい、これ」

トレーの皿には四等分に切ったリンゴが載っている。

「美由が切ったのか」

「うん。食べて」

手にとってひとつかじる。美由がその様子をじっと見つめている。

背後で妻の正恵が小さく咳払《せきばら》いをした。

「おいしいな」

美由がニコッと笑い「おやすみなさい」といって、部屋を出て行った。

「半分寝ていた顔だな」

「初めて自分で切ったリンゴだから、どうしてもあなたに出したいって待ってたの」

何げないやり取りに気持ちが和らぐ。だが、紛失物がみつからなければ、こんな家族団らんはあと数か月だ。初めての単身赴任が待っている。

今日も紛失物は発見できなかった。残された時間は、明日の午前中しかない。だが、もうこれはこれでいいのかもしれない。大見の夜勤の様子を垣間見てから、紛失物探しはどうでもよくなっている自分がいた。

ふたつめのリンゴをかじっていると、大輝がリビングに入ってきた。手にはＤＶＤらしきメディアファイルと数冊のノートを携えている。

大輝はビデオレコーダーにメディアをセットすると、ソファに腰を下ろしてビデオを見始めた。

小田倉は正恵と静かに顔を見合わせた。大輝がリビングに現れるのは、食事のときだけ。それ以外の時間に現れるのは珍しい。

ビデオには、ほかの高校との練習試合が映っていた。

「大輝、リンゴ食べる？」

「いらない」

大輝は真剣な表情で映像を見ていた。手にはペンを握りしめてノートを広げている。

ソファに首を伸ばして、大輝の手元のノートをのぞき込む。バッターの絵と縦横三マスの九マスの箱が書いてあり、その周囲にびっしりと細かい字が書きこまれていた。

「すごいノートだな」

「先輩マネージャーが書いた、他校の主力選手の分析ノートだよ」

大輝がテレビ画面に顔を向けたまま話し出す。機嫌は悪くないらしい。

「分析結果を頭に入れておくのか」

「そうじゃないよ。先輩の分析をうのみにするんじゃなくて、自分で分析しようと思ってさ」

それでビデオ鑑賞か。選手をあきらめてマネージャーに気持ちを切り替えただけじゃない。前向きな大輝が戻ってきたようだ。無表情を装いつつも、小田倉は胸の内で安堵した。

「……違うんだよなあ」と大輝が首をひねった。

「何が違うんだ」

「先輩のことを悪くいいたかないけど、大事なところを見落としているんだ。たとえば、ここ」

大輝がペン先でノートを叩く。「カーブは曲がらない、スライダーはキレなしとか書いてるけど、このピッチャー、キャッチャーの構えたところに全部ボールがいっている。コントロールがすごくいいのに、そのことには触れていないんだ。スピードがそんなに速くないから気に留めなかったのかもしれないけど、こういうのは実際に自分で見ておかないとね。先輩だって見落としがあるわけだから」

その後も三十分ほどビデオを見ていたが、「明日、小テストがあるんだった」と大輝がビデオを止めて二階に上がっていった。

時計をみると十一時近い。小田倉もそろそろ風呂に入ろうと立ち上がった。

大輝のことはもう心配はいらない。来年、俺がこの家からいなくなっても、自分の力でひとつひとつ壁を乗り越えていくだろう。

ビデオを見て得意げに解説をしていた大輝の顔が浮かぶ。

――実際に自分で見ておかないとね。先輩だって見落としがあるわけだから。

廊下に出た瞬間、目の前を一筋の光が走り抜けた。ふたつの紛失物の関係――。

「そういうことだったのか……」と、小田倉は目を閉じる。

真っ黒な網膜には、ある人物の姿が浮かんでいた。

10

風呂に入るのをやめて大学病院へ電話をした。

深夜受付で柴山が当直だと聞き、電話を切った。直接会って話をしたほうがいいと思い、ジャケットを羽織って車で病院へ向かった。

当直用の控室に柴山はいなかったので、部屋の前で待った。柴山が現れたのは、待ち始めて一時間ほどたった頃だった。

「あれ、小田倉さん。どうしたんですか」

柴山は睡眠不足なのかひどく赤い目をしていた。

「健康診断の記録とレントゲンフィルムを持ち出した犯人がわかったんです」

「へえ、そうですか」

柴山の目がわずかに揺れた。「とりあえず、こちらへ」

案内されて当直室に入る。部屋には誰もいない。

小型の冷蔵庫から、柴山がペットボトルのお茶を二本取り出し、テーブルに置いた。

「一本どうぞ」

小田倉は手をつけなかった。柴山はキャップを外して勢いよく飲み始める。

一息ついた柴山に「あなたが持ち出したんですね」といった。

柴山は何もいわず、ペットボトルを揺らしながら、水の動きを眺めていた。

動揺している様子はない。間を計っているように、あるいは何か考えているようにも見えた。小田倉ははやる気持ちを抑えて柴山の言葉を待った。

「——そうです。僕が持ち出しました。申し訳なかったです」

柴山が頭を下げた。「刑務所を困らせようとかそんな考えはありませんでした。こんな大ごとになるとは思っていなくて」

「持ち出した理由を教えてください」

「診断した受刑者のなかに気になった患者がいたので、もう一度しっかり過去の健康診断記録とレントゲン写真を見ておきたかったんです」

「それは嘘だ」

小田倉が語気を強めると、柴山が一瞬ひるんだ。

「もし、柴山先生のいうとおりだとしたら、木林先生に事情を話して、引き継げばいいだけのことです。違いますか」

「――」

「事実はこうじゃないんですか。先週、代理医として刑務所へ診察に訪れた際、受刑者の誰かから呼吸器系の症状で訴えがあった。あなたは健康診断のときに撮ったレントゲン写真を参考に見た。そこで何らかの病変を見つけた。しかし、健康診断の所見には、異常なしと記されてあった。所見を書いたのは木林先生。つまり、あなたは木林先生が病変を見落としたのを見つけてしまった」

そのあとのことは、おおよそ想像がついた。柴山は、出張で東京にいる木林に連絡した。そこで見落としを隠ぺいするよう木林から指示を受けた。

「あなたは、健康診断記録とレントゲンフィルムを持ち出した。健康診断記録は該当箇所だけを抜き取るのではなくファイルごと持ち出した。理由は、誤って廃棄したと思わせることができるからだ。レントゲン写真のほうは、アナログ式のロールフィルムなので、見落とした受刑者のフィルムだけを切り取ることはできない。だからロールごと持ち出した」

黙って話を聞く柴山は石像のように表情を崩さなかった。

――あくまでしらを切るつもりか。

「そうなんですよね？　柴山先生」

強いまなざしを向けると、柴山の顔がかすかに曇ったように見えた。

「持ち出したことは、もうどうでもいい。現物さえみつかれば、医務室の別のキャビネットに紛れ込んでいたとか幹部にはどうとでも説明します。それよりも、今は別のことが気になります」

小田倉は身を乗り出した。「病変の見つかった受刑者が誰なのか教えてください」

もしも重篤な病の可能性があるなら、本人に伝えずに、シャバに戻すわけにはいかない。

柴山は下唇をかんで目を伏せた。

――なぜ、いわない？

「教えてください、お願いします」

同じ言葉を三度繰り返して、柴山がようやく視線を合わせた。

「見落としだなんて、そんな受刑者はいません。健康診断の結果とレントゲンフィルムに整合性は取れていました」

柴山の言葉を信じることはできなかった。なぜならその目は明らかに苦しげだった。

「嘘だ。それなら、どうして持ち出したんです」

力を込めて、小田倉はねめつけた。この若い医師はもはや耐えられそうにない。さあ、いいえ。そして、誰の病変を見落とした？

「それは――」

狭い室内に電子音が鳴り響いた。柴山の首からぶら下げたＰＨＳだった。

「――わかりました。すぐ向かいます」

柴山がＰＨＳを握りながら立ち上がる。「申し訳ないですが、急患です」

「柴山先生、受刑者が誰か教えてください！　持ち出したものがどこにあるのかも」

「明日、必ずお返しします。本当に申し訳ありませんでした」

小田倉が止めようとするより早く、柴山は当直室を出て行ったのだった。

車に乗り込んだ。

柴山は持ち出したことを認めた。だが、受刑者のことは最後まで話さずじまいだった。ならば、木林に直接あたるしかない。

木林の番号を探し、携帯電話の通話ボタンを押した。

コールが何度も繰り返される。一分以上が経過した。木林が出るまで切るつもりはなかった。

ようやく発信音が途切れた。

〈はいよ〉受話器の向こうから不機嫌な声が返ってくる。

「小田倉です」

〈こんな遅い時間になんのようだ、ったく〉

　にわかに怒りがわいてくる。誰のせいでこんなに遅くまで駆けずりまわっていると思っているんだ。叫びたくなるのを無理やり押し殺して口を開いた。

「実はですね……」

　健康診断記録とフィルムの紛失のことを説明した。その間、木林はあいづちさえ打たなかった。だが、睡魔に負けて眠っているわけでも適当に聞き流しているわけでもなかった。小田倉の話に耳を傾けているのが、たしかに伝わってくる。

「柴山先生が健康診断記録とレントゲンフィルムの持ち出しを認めました。だけど、持ち出す理由がわからないんです」

　見落とし疑惑のことはあえて伏せた。まずは木林から語らせる。柴山の話とは違う部分が見えてくるかもしれない。

「何か知っているのなら教えてもらえませんか。木林先生」

　携帯電話から、短いため息が聞こえた。

〈俺が、柴山に持ち出せといった〉

「何のためにですか」

木林はこたえなかった。

次の言葉を待ったが、時間だけが過ぎていった。

「所見に誤りがあったからではないのですか」

〈――〉

「そうなんですね」

何度促しても、木林はこたえなかった。

〈――もう寝かしてくれ〉

電話が切れた。思わずこぶしでハンドルを叩いた。

気づいたら、こめかみのあたりが熱を帯びていた。

無頼を通す木林が好きだった。だけど、今は……。

フロントガラスに広がる闇を眺めながら呼吸を整えたが、熱はなかなかひいてくれなかった。

11

翌朝、いつもどおりに早めに出勤した。

八時二十五分、仁部が現れた。事務室を通り過ぎて、奥の部長室に入っていく。

小田倉は大きく息を吸って立ち上がった。腹を括《くく》ることにした。

部長室のドアをノックしてなかに入る。「おはようございます」といいながら、後ろ手でドアを閉めた。

「記者レクペーパーは準備できたか」

「ペーパーは必要ありません。紛失物がふたつとも見つかりましたので」

「本当か」

手にしていた紙袋から健康診断記録のファイルとロールフィルムの箱を取り出した。それを見た仁部が目を見開く。

「朝、家を出ようとしたら、玄関のところに置いてありました」

早朝、部活動の朝練に行くため家を出ようとした大輝が見つけた。置いていったのは、おそらく柴山だ。

「誰が置いたのか、わかるか」

「見当もつきません。ですが、私の自宅の住所を知っていたとなると、内部の人間の可能性が高いと思われます」

仁部の眉間に深いしわができた。紛失物が小田倉の自宅前で見つかった。誤廃棄ではなく刑務所から誰かの手によって持ち出されたことが確定した。無事に見つかったとはいえ、いったん外部に持ち出された事実に、手放しでは喜べない。

「どうしてこんなものが盗まれたんだろうな」

仁部が顎《あご》に指をあてて、健康診断記録とロールフィルムの箱に視線を落とした。

「やはり、処遇部か？」

「わかりません」

このこたえが最善だと思った。処遇部ではないといい切れば、持ち出しの経緯を何か知っていると勘繰られる。

今朝、車を運転しながら、どう説明したものかと考えた。木林の指示のもと、柴山が持ち出した。この事実を報告すれば、医務官である木林は処分を受ける。場合によっては、加賀刑務所を去ることにもなるかもしれない。

熟考の末、木林の指示で柴山が持ち出した事実は伏せることにした。紛失物が発見されたことでとりあえずけりはつく。

上層部にすべてを報告して懲罰委員会を開いたところで、木林が動機を語るとは思えなかった。木林の性格なら何もいわずに辞職願を出しかねない。

常勤医師のなり手がなかなか見つからない昨今、小田倉に〝木林解雇〟のスイッチを押す勇気はなかった。

「とりあえず、見つかったと所長に説明しないとな。お前もついてこい」

小田倉は、仁部と一緒に所長室に向かった。

12

記者たちがぞろぞろと会見場をあとにする。

その様子を見ながら小田倉は安堵した。ＧＰＳ導入の記者発表は無事に終わった。会見中、記者たちは興味深そうに話を聞いていた。もし、行政文書紛失の公表をしていたら、ＧＰＳになど全く興味を示さなかったにちがいない。

所長の久世橋が堂々とした態度で会見場を出て行こうとした。途中、部屋の入り口付近に立っていた小田倉の肩をさりげなく叩いた。この数日の慰労をねぎらう意味だろう。

久世橋の後ろにいた仁部とも目が合った。お互い、へき地へ飛ばされる心配はなくなったな、そんなニュアンスが伝わってくる。

会見場の片付けが終わると、小田倉は足早に医務室へと向かった。

――こっちはまだ終わっていない。

木林が病変を見落とした受刑者は誰なのか、突き止めなければならない。受刑者だからといって放置することは許されない。

木林は体調不良を理由に今日も休んでいると係長の島村から報告を受けていた。これで欠勤三日目だ。昨晩の電話での不機嫌な声を思い出す。おそらく出勤したくないだけだ。受刑者を怒りつけていた医師本人が詐病だなんて、笑えない冗談だ。

誰もいない医務室に入った。先週の受診記録を確かめながら、受刑者のカルテを引っ張り出す。全部で十七名分だ。

準備ができたところで、処遇部の宗片に電話をした。午前のうちに話は通してあった。

しばらくして、藤井《ふじい》という若い刑務官が現れた。上背はあるが童顔で、まだ学生のように見える。その藤井は准看護師の資格を有していた。

各刑務所は若い刑務官に准看護師資格を取らせようと、毎年、数名を医療刑務所に派遣している。藤井は今年、資格を得て加賀刑務所に帰ってきた。

藤井と一緒に奥のレントゲン撮影室に入り、ロールフィルムを映写機に設置した。フィルムの箱の日付を見た藤井が「あっ」と声を出した。

「これ、例のフィルムですよね。見つかったんですか」

「まあな」

簡潔にこたえると、藤井も心得ているのか、それ以上、突っ込んだことは聞いてこなかった。

四枚のカルテを藤井に渡した。「この四名のレントゲン写真を見て病変がないか確かめてくれ」

先週、診察を受けた十七名の受刑者のカルテによると、呼吸器系の病を訴えた者が四名いた。

藤井が大きな体を前にかがめてレントゲン写真を見始めた。フィルムには受刑者番号の順で写真が記録されている。ロールをまわして連続して写真を見ていくという仕組みだ。

藤井がひとつめを見終えた。

「特に異常はないですね」

次の写真も時間をかけて観察する。「――これも異常はなさそうです」

その次も異常はないという。

無論、看護師は医師ではないが、実務研修でそれなりの知識は積んできている。藤井の言葉を信じることにした。

フィルムをまわして、最後の四人目の写真を見せた。

藤井は「異常はないです」とこたえた。

「本当に何もないか」

「はい。しっかり見ました」

呼吸器系以外の症状を訴えたほかの十三名のレントゲン写真も見せることにした。

一時間かけてすべての胸部レントゲン写真を見た。藤井からは、異常なしというこたえしか返って来なかった。

藤井に礼をいい、処遇部の仕事に戻らせた。

――どういうことだ。

医務室の白い壁を眺めながら思考を巡らせる。

柴山がフィルムを素直に返却したのは、証拠隠滅の細工がうまくいったからなのか。いや、それは不可能だ。ロール式のフィルムは、不都合な写真だけを切り取ることはできない。

では、柴山のいうとおり、病変はなかった、つまり見落としはなかったのか。もしそうだとしたら、病院での柴山の態度や木林の電話での様子はなんだったのか。彼らは、明らかに何かを隠していた。

薬剤室との間のドアが開いた。美里だった。

「こっちに来ない？　お茶淹れるから。ひと仕事終わったんでしょ」

美里に誘われるまま、薬剤室に入った。

先客がいた。「会見、おつかれさまでした」

長い足を組んで、ティーカップを口にしている。火石だった。

「事なきを得たようですね。勝因は、総務の仕事をきちんとしたからですね」

「どういう意味ですか」

「今日は、うまく情報の選別をした」火石が薄い笑みを浮かべた。「一昨日の反省が生きましたね」

胸の奥でかすかに不快なものが込み上げた。情報は全部上にあげればいいというものではない。紛失発覚の月曜日、火石と出会ったときに、暗にそうほのめかされた。そして、今日は――。

その先の言葉を想像した瞬間、頭蓋に破裂音が走った。

――木林と柴山のことを上に報告しなかったのは正解だ。

火石はそう含んだのだ。つまり火石は、犯人が誰か知っていた。

思わず火石をにらみつけた。当の火石は気にすることなく優雅に茶を飲んでいる。

「座りなさいよ。できたわよ」

火石の向かい側にやむなく座る。美里がティーカップをテーブルに置いた。

「会見中に木林先生から連絡がありました」

先に火石が口を開いた。「しばらくお仕事を休まれるそうです」

「どういうことですか」

「サルコイドーシスという病気だそうです」

聞いたことのない病名だった。

「それはどんな病気ですか」

「全身に小さな肉腫ができる指定難病のひとつよ」

美里がこたえた。「ほとんどの人は自然治癒するんだけど、一割くらいの人は難治化するの。どうやら木林先生は、運悪くそうなったみたい」

「難治化するとどうなるんですか」

「目が見えにくくなるんだって。最近、部屋で目にタオルを当てていたのは二日酔いではなく、そのせいだったみたい。肺のほうは、ひどくなるまで自覚症状はなかったらしいわ」

手にしていたカップを落としそうになった。

すべてが読めた。――木林だったのだ。

職員も医務室で健康診断を受ける。当然、医務官である木林もそこでレントゲン写真を撮る。病変の見つかった写真は木林自身のものだった。

――病変の見つかった受刑者が誰なのか教えてください。

こう問いただすと、柴山は、「見落としだなんて、そんな受刑者はいません」とこたえた。決して嘘をついたわけではない。

ロール式のフィルムには、受刑者のほかに職員のレントゲン写真も収められている。柴山医師は、ロールをまわしているときに、木林のレントゲン写真を見つけ、白い影が写っていることに気づいた。目を患っている木林が気づかなかったわずかな影に。

「木林先生はご自身の病変を隠すために、柴山医師に診断記録やフィルムを持ち出させたのですか」

「いいえ。受刑者のためです」

「どういうことですか」

火石は組んでいた足を下ろしてハンカチで指先を拭き始めた。決してハーブティーが指にかかったわけではない。火石のいつもの癖だ。

「目を患っていることに気づいた木林先生は、ご自身が下した受刑者の所見すべてに疑いを持った。それで、自分以外のレントゲン診断で見落としはなかったか、柴山医師に写真のチェックを依頼したんです。幸い、ほかの刑務官や受刑者のレントゲン写真で病変の見落としはありませんでした」

「それは、たしかですか」

「はい。今朝、柴山先生から連絡がありました」

見落としはなかった。これで半分不安は消えた。だが——。

「木林先生は、どうなるんですか」

「ひと月も療養すればよくなるようです。目のほうも元に戻ると。しばらくはゆっくりしていただきましょう」

昨晩の木林とのやり取りを思い出す。小田倉は持ち出しの理由を何度も問いただしたが、木林は無言を貫いた。自分の病変を見逃したことを口にはできなかったのだろう。今考えれば、酷な質問だったかもしれない。

木林と柴山は見落としの隠ぺいに動いていたわけではなかった。小田倉の予想は外れたが、ひとつ疑問が残った。

「指導官はどうしてこのことをご存知だったのですか」

火石が感情の読めない顔になった。

少し間が空いた。

「ごめんなさい」

美里が舌を出して手刀を立てた。「先週、柴山先生が電話で木林先生と話すのがこの部屋まで聞こえちゃって。それで私がつかちんに相談したの」

「なぜ私に、すぐに話してくれなかったのですか」

「山崎さんは悪くありません。面倒なことになるかも知れないと思って、私が口止めしたんです」

火石はまだハンカチで指を拭いている。

「見落としがあったと知り、責任を感じた木林先生は、案の定、医務官を辞めるともほのめかしていました。だから、私は木林先生を説得しました。まずは病院で精密検査を受けてほしい。もし病気なら、しっかり治して医務官に復帰してほしいと」

木林が加賀刑務所からいなくなれば、週二回の嘱託医の来訪となり、受刑者の医療環境は悪化する。木林はなくてはならない存在だ。その思いは小田倉も同じだ。

「そういえば、小田倉課長は、昨晩、柴山医師に会いに行ったそうですね」

「はい」

「かなりお疲れの様子だったでしょう」

柴山は目を赤くしていた。夜勤の疲労が原因かと思った。だが、それは間違いだった。今ならわかる。

「柴山医師は大学病院での仕事も抱えているので、レントゲン写真の検証には思ったよりも時間がかかったようです」

数百人分の検証作業は大変な労力だったはずだ。

「それもあと少しで見終わる予定だったんですが……」

火石が苦笑いを浮かべた。「その前に、健康診断記録とレントゲン写真がなくなったことを幹部が知ってしまったので」

——風通しのよさが、組織にとって必ずしもいいとは限らない。

「それで指導官は、自販機の前であんな言葉を」

「内々にフィルムのチェックを済ませてしまいたかったんです。それであのときは、思わず本音が出てしまいました。ここの幹部は木林先生を切りたがっているようにも見えたので」

今朝、小田倉が仁部に犯人を明かさなかったのも同じ理由だった。

木林は刑務所幹部と折り合いが悪い。木林に何か失敗が見つかれば、立場が危うくなるような流れが簡単にできあがってしまう。

不意に後悔の念が芽生えた。幹部に盗難の可能性ありと報告しなければ、大ごとにはならなかった。今回、やらかしたのは俺だったのか。

カップの液体を無造作に口に含んだが、味も風味も感じなかった。

「そろそろ午後の刑務作業が終わりますね。その前に作業場の様子を見てきます」

火石がハンカチをたたみながら立ち上がる。「山崎さん、ごちそうさまでした」

「あら、もうこんな時間。みんなが薬を取りに来る頃ね」

美里もティーカップを片付け始めた。

小田倉は火石のあとについて廊下に出た。

「小田倉課長、介護の必要な受刑者の住んでいる場所がレッドゾーンと呼ばれているのは知っていますよね」

「はい」

「レッドゾーンにいる人間は必死に生きています。なにせ、そこが最後の場所ですから」

火石が医務室と薬剤室のあたりを振り返る。「そういう意味では、あそこもレッドゾーンかもしれません」

もうほかに居場所はない。医務官の木林も、薬剤師の美里も訳ありで、刑務所の仕事にたどり着いた。いうなれば、ここは彼らにとって最後の働き場所。必死に生きて、自分の役割を果たそうとしている。

美里が薬剤室を飾るのは、ここを終の場としたいから。一般の病院からはじき出された木林にしてもそうだ。覚悟を持ってこの刑務所で受刑者の診察に臨んでいる。だからこそ、見落としに責任を感じていた。

——数年たてばほかへ移る自分とは思いの深さが違うということか。

しばしの間、立ち尽くしていた。いつのまにか火石はいなくなっていた。

廊下の向こう側から、大柄な刑務官が歩いてきた。大見だった。プラスチック製の薄いファイルを手にしている。服用薬の請願箋だ。

このまま通り過ぎるわけにはいかない。昨日の会議室でのやり取りを謝りたかった。しかし、自然と両肩が強張った。どう切り出そうかと考えていると、大見のほうから「これは、これは総務課長」と声をかけてきた。

大見が尊大な態度で口角を曲げる。

「ああいうの、やめてもらえますかね」

「疑って申しわけなかった」

頭を下げようとする小田倉に「いや、そうじゃないです」と手を振った。

「盗み聴きですよ。総務課長は、廊下の見えない場所で俺の歌を聴いてたでしょ」

「あ、あれは……」

いいわけの言葉を探した。だが、大見は小田倉の言葉を待つことなく薬剤室に入っていった。

「あら、大見ちゃん。いらっしゃい。今日は一番ね！」

薬剤室からは、美里の弾むような声が聞こえてきた。

第四話

ガラ受け

刑務所手記『プリズン・ダイアリー（完全版）』

P121　季節の行事

芸能活動をしていた頃は忙しくて季節を感じる余裕もなかったのですが、刑務所では子供の頃に戻ったように日々季節を感じて過ごしました。特にそれを感じさせてくれたのが、食べ物つきの季節の行事です。退屈な服役生活に変化を持たせようとの工夫だそうです。三月は桃の節句、五月は端午の節句、秋は十五夜、そして正月はおせちでです。HTさんから聞いた話ですが、正月勤務の刑務官は、所内の食堂がお休みで弁当の配達などもないのでカップ麺を食べる人が多いらしく、巡回のときに、おせちを食べる受刑者を見て「なんでこいつらのほうがいいもん食ってるんだ」と気持ちがヘコむそうです。そんな季節の行事で印象深い出来事がひとつありました。刑期二年目の春のことでした。毎年四月に刑務所では観桜会と銘打ってお花見の食事会が行われます。天気のいい日中、運動場の周辺にシートを敷き、お弁当とお茶を手に桜の花を観賞します。私は刑務作業の時間以外は、他の受刑者との接触は固く禁じられていたため、入所一年目のときは観桜会に参加できませんでした。二年目の今年も参加できないだろうとあきらめていましたが、私が世話をする受刑者の人たちが観桜会に参加する際、一緒に参加してもいいことになりました。シートが敷かれた運動場には大勢の受刑者がいます。ほぼ全員です（懲罰を受けている受刑者は参加できません）。これだけ大勢の受刑者がいる場に出たのは刑務所に入ってから初めてでした。すでに観桜会は始まっていて、どこからか音楽も聞こえてきます。見ると、なんとカラオケを歌っている受刑者がいます。物置に保管してある古いカラオケセットの機材を持ち出して、このときばかりはと希望者は歌を披露してもよいことになっているそうです。（中略）……桜の花を愛《め》でながら、介護対象の受刑者の介添えをしていると、いつのまにか運動場の楽しげな声が途絶えていることに気づきました。何が起きたのだろう？周囲に目を向けると、理由はすぐにわかりました。受刑者全員の目が私に向いていたんです。次第に会場にざわめきが広がっていきました。皆が私の名前を口にしているのが聞こえます。恥ずかしくなってうつむきました。そのざわめきもしばらくしてなくなり、観桜会は続きました。時間は九十分。終わりが近くなってきた頃でした。ある受刑者が「願います」と大きな声を出して、近くにいた刑務官に向かって手をあげていました。おそらく花見気分で浮かれていたのでしょう。刑務官が「なんだ」と訊くと、その受刑者は私のほうを見てこういいました。「あの方に一曲お願いしたいのですが」歓声や拍手がこだましました。しかし各エリアに配置された刑務官が大声で注意すると一瞬にして静寂が訪れました。私もほっとしました。ここで歌うなんて思いもよりませんでしたし、準備もしていませんでしたから。ところが、そうはなりませんでした。いつのまにかそばにＨＴさんが立っていました。

「三上、歌ってもらえないか」

「えっ、でも……」

「受刑者だけじゃない。刑務所の幹部がおまえの歌を聴きたいといっている」

とりあえずマイクを受け取りました。会場はまたも歓声と拍手。ボルテージは一気に上がっていきます。しかし私はマイクを見ながら考え込みました。いいのだろうか。歌は好きでしたが、人前で歌うことにまだためらいがあったのです。マイクを握り直して周囲を見渡しました。せっかくだし、歌おう。なのに……なぜか声が出ませんでした。服役前はもっと大勢の前で歌ったこともあったのに。私は、「すみません。歌えません」と頭を下げて、その場は終わったのでした。

1

隣の刑務官に肩を何度もつつかれてようやく目が覚めた。

携帯電話のアラームが鳴っても、西門隆介は昼休みが終わったことに気づかなかった。

ハッとして、椅子から立ち上がる。午後一番で医務室に行かなければいけないことを思い出し、顔を両手で二度ほどこすって目を覚ました。

処遇部の大部屋を出て、急いで管理棟に向かった。

医務室にはすでに全員そろっていた。火石指導官、宗片統括官、そして医務官の木林がいた。

医務室を訪れたのは貝原《かいばら》の件だ。貝原斉次《せいじ》、五十七歳。西門が担当する受刑者で、服役して二年が経過していた。その貝原が刑務作業場で倒れたのが三日前。今日、大学病院で詳しい検査を受けて戻ってきた。付き添ったのは西門の上司の宗片だった。

「それで病状はどうだったんですか」

手元の検査結果を眺めていた木林が顔を上げた。木林は一か月ほど病気休暇をとっていたが、最近、復帰した。顔を見たのは久しぶりだった。

「すい臓がん。ステージ4《フォー》。もって三か月だ」

「えっ」

言葉が続かなかった。すい臓がんは見つかったときには手遅れが多いことは知っていた。だが、貝原の余命が長くて三か月というのは、予想だにしていなかった。

「貝原は、倒れるまで普通に刑務作業をしていたんだろ」

木林が、感心したようにふうと息を吐く。「すげえ、おっさんだな。これくらい進んでたら、刑務作業なんてできねえぞ」

貝原の罪状は傷害致死。事件は女性絡みのトラブルがきっかけだった。

被害者は越田《こしだ》という四十代の無職の男で、福井市内の事件現場近くの古いアパートに住んでいた。ベランダでタバコをふかしていると、ときどき向かいのマンションから初老の男が三十代前半の女に見送られて帰っていく。訳あり、おそらく不倫関係だろうと越田は予想した。

越田にはギャンブルで多額の借金があった。定職にはつかず、日雇いで働く程度で返済は追いつかない。しかも違法ドラッグにも手を出していた。

その日も、越田は向かいのマンションを見ていた。今日は男が出てきたところを脅すつもりだった。やがて男が女のマンションから出てきた。その男が貝原だった。越田は貝原が女の部屋を出るところを携帯電話のカメラで撮影し、貝原に声をかけた。

貝原は越田を無視して立ち去ろうとした。越田は行く手を遮るなどして執拗《しつよう》に絡んだ。やがて貝原のほうの我慢も限界に達し、越田の胸ぐらをつかんだ。

もみ合いになった。五十代半ばとはいえ、高校まで柔道をしていた貝原が払い腰で越田を投げた。越田はバランスを崩して車道に転がり出た。運悪く、大型のバンが走行していた。バンに衝突した越田は弾《はじ》き飛ばされた。頭を打って意識不明となり、二日後に死亡した。貝原も車に接触したが、こっちは軽傷で済んだ。

傷害致死罪で懲役四年。貝原は罪状を争うことなく一審で結審した。妻とは離婚し、経営していた会社の社長からも退いた。加賀刑務所に入所し、服役期間の半分が過ぎたところで、貝原は病に倒れた。

「貝原への告知はしたのですか」

「さっき俺が伝えた」と木林がいった。

「様子はどうでしたか」

「他人ごとのように、ああ、そうですかというだけだった」

貝原らしいと思った。普段から無口で、社長というより職人と表現したほうがあてはまる空気を醸し出していた。

「貝原を今後どうするか考えねばならない」宗片が重い声を放った。

重病患者は、医療刑務所へ移送して療養させるか、刑務所の近隣の病院へ入院させる。ただ、医療刑務所は遠く、移送するには時間も手間もかかる。かといって近隣病院へ入院となれば、常時、刑務官を三名は配置しなくてはいけない。

どちらにせよ、刑務官の仕事が増えるのは間違いない。

「貝原はどういっていましたか」

「手遅れなら、治療は必要ない。なるべく迷惑はかけないので、刑務所にいさせてほしいと」

宗片が火石に結論を求める。「ですので、貝原の希望どおりにここで療養ということでよいでしょうか」

「それがいいでしょう」火石がうなずいた。

貝原は模範囚だ。貝原の希望をかなえてやることに異論をはさむ余地はなかった。

でも、これでいいのだろうか。西門の心にふと疑問がわく。

二週間前の墓地での光景が脳裏に浮かんだ。ある受刑者の納骨の立ち会いだった。

受刑者の名は、蛭川幸三。西門が夜勤だった晩、渡した薬をアルミケースごと飲み込んで自殺した受刑者だ。

窃盗の常習犯だった蛭川には、兄弟のほかに離婚した元妻と息子もいたが、彼らはみな蛭川の遺体の引き取りを拒否した。

引き取り手のない遺骨は、火葬して一定期間が過ぎると、近隣の墓地に埋葬される。

その費用の一切は刑務所の負担、つまり、国民の税金でまかなわれる。

——西門さん、あなたが行ってください。

納骨の立ち会いに火石は西門を指名した。普通は総務部の仕事。行けと命じられた理由はわかっている。蛭川の自殺を引きずる心を少しでも整理させようとの配慮だ。

納骨自体は、自治体から委託を受けた葬儀屋が全部取り仕切ってくれるので、ついていくだけの簡単な仕事だと聞いていた。

遺骨を持って金沢南部の野田山《のだやま》墓地へ向かった。県内最大級の霊園には、墓が視界一杯に整然と並んでいる。壮観とさえいえる霊園の片隅に、ひときわ目立つ釈迦《しゃか》の石像がそびえていた。両側にはたくさんの花が飾られている。無縁仏だけを納める合祀《ごうし》墓と呼ばれる墓だ。

西門は、合祀墓を見上げて安心した。家族から見放された蛭川の葬儀は、刑務所内の小さな祭壇で受刑者が焼香するだけのささやかなものだった。せめて立派な墓に納骨されるなら、蛭川の魂も癒されるだろう。

「念のためお伝えしておきますが」

西門と似たような年齢の若い葬儀屋が事務的な口調で話しかけてきた。「合祀墓へ納めるのは、骨の一部分だけになりますので」

「どうしてですか」

「合祀墓を管理する自治体からの要請です。最近、無縁仏が多くて、遺骨を全部納めてしまうと、石碑の下が、すぐにいっぱいになってしまうんです。そうならないよう、遺骨は一部だけを納めてあとは処理してくれといわれていまして」

「処理するって、どうするんですか」

「産業廃棄物として捨てることになります」

西門は愕然《がくぜん》とした。産業廃棄物とは、ゴミ扱いということだ。

これは人の骨なのに。喉元までせりあがった言葉を飲み込んだ。刑務官の自分が文句をいう筋合いの話ではない。葬儀屋は普段どおりに無縁仏の始末をしているだけだ。しかも、蛭川の遺体の処理にかかる費用は、国費でまかなわれているのだ。

「……では、お願いします」

葬儀屋は遺骨の破片を箸でつまみ、墓の側面の穴から中に入れた。そのあと、箸を渡された西門も、破片をひとつつまんで中へ入れた。

「あとは、こちらでやっておきます」

若い葬儀屋は、西門の前で最後まで感情らしきものを見せることなく、遺骨の入った骨壺を抱えてその場を立ち去った。

どこかやるせない思いを抱きつつ、西門は合祀墓にしばらく手を合わせた。蛭川のためというよりも、自分の気持ちを落ち着かせるためだった。

蛭川は自殺だった。本人の意思によるものであり、西門にミスはなかった。西門を責める蒲田という口うるさい上司がいたが、ほかの職員からパワハラで訴えられ、別の刑務所へ転勤となった。

今では刑務所の誰もが蛭川の死を忘れているように思える。だが、西門の頭の片隅には、常に蛭川の存在があった。白目をむき、倒れていた蛭川を忘れることができなかった。

――ちゃんと見ていなかったから、事故が起きたんじゃないのか。

聞こえてくる声は、上司だった蒲田のものではない。誰のものかわからない声が、毎晩、西門を責め立てた。

物思いから覚めた。医務室で貝原の今後について議論しているところだった。

あと数か月後には、貝原も蛭川のように寂しくこの世を去っていくのか。

そんな想像が脳内を巡った瞬間、ある考えがふっとわいてきた。

「ちょっとよろしいでしょうか」おそるおそる声を出す。「――刑の執行停止を検討してみるわけにはいかないでしょうか」

医務室の人間たちの視線が西門に集まる。

刑の執行停止――受刑者の服役を一時中断することである。受刑者の死が近い場合の執行停止は、実質的に服役期間が終わることを意味する。検察庁が刑の執行停止を承認すれば、受刑者は釈放され、病院での療養だけでなく自宅での療養、つまり家族と生活することが可能となる。

ただし、承認への道のりは険しい。執行停止の手続きを進めるには、何より家族の同意が不可欠だ。家族に受刑者を受け入れる意思がなければ、執行停止は難しい。当然、受刑者のほうにも家族のもとに帰りたいという意思がなければならない。二つの意思があって初めて刑の執行停止による釈放が検察当局で検討される。

「簡単じゃないのは知ってるな」宗片が抑えた口調でいった。

「はい。ですが、もし貝原の家族に、面倒を見てもいいという意思が確認できたら、刑の執行停止の手続きを進めてもいいですか」

宗片が眉を寄せる。そんなことできるのかといいたげだ。

火石はまだ何もいわない。この場での決定権は火石にある。結論が出る前に——。

「貝原に人としての過ちはあったかもしれません。ですが、これまでの人生で得たものをすべて失って一人死んでいくのは酷ではないでしょうか。この二年、貝原を見てきましたが、とても真面目でした。生きている間に、もう一度、家族とのつながりを感じる権利があってもいいはずです」

思う以上に、熱い思いがほとばしった。

「西門さんの思いは理解できます」火石が西門を制するように口を開いた。「ですが、刑の執行停止は簡単にできるものではなく、承認に至った前例は少ないです」

だめか。火石の顔にじっと見入る。

「徒労に終わる可能性が高いですよ」

火石の口角が吊り上がった。「――それでもいいのですか」

「はいっ」思わずこぶしを握った。

余命が短いという検査結果は残念だが、刑の執行停止が選択肢として残ったことは、貝原にとって救いとなるはずだ。

貝原に関する話は終わった。ほっとしていると、ノックする音がして薬剤室につながるドアが開いた。

「入ってもいい？」薬剤師の山崎美里が顔を出した。

「どうぞ」と火石がこたえる。

美里がにこっと笑い、部屋に入って来る。「おじゃましまーす」

部屋の空気が緩んだ。独特の空気感を持つこの薬剤師はそれなりの年齢のはずだが、可愛げがある。西門のこともよく気にかけてくれて、薬剤室でときどきお茶をご馳走《ちそう》してくれる。

室内を小走りで横切った美里は、窓際に近づいてつま先立ちをした。手をかざして窓の外を眺めている。

「うわ、今日も混んでるー」

「何が見えるんですか」

塀のなかから外の景色は何も見えない。この管理棟も例外ではなく、建物の裏にはすぐに塀があり、外の様子は見えないはずだ。

「例の食堂がちょっとだけ見えるの」

「えっ、ここからですか。そんなはずは……」

西門も窓に近づいて外を見る。五メートルほど先に、見慣れたコンクリート製の塀がそびえていた。しかし――。

「あ、ほんとだ」

塀と塀の間に、幅にして一メートルほどの隙間が空いている箇所があった。受刑者が自由に立ち入りできない区域だが、脱出防止のために隙間の部分には塀と同じ高さまで金網が二重に埋め込まれている。

美里のいうように、金網を通して外の景色がはっきりと見えた。塀の向こう側は、刑務所が民間に売却した土地である。今は建物が立ち、食堂が営業を始めている。

西門は目を凝らした。ここからだと、建物自体はほとんど見えないが、駐車場はよく見えた。車から降り立つ人の顔も、金網を通してはっきりと目に入る。

「店の名前は、監獄食堂っていうんだって」

「名前にインパクトはありますけど、実際、店はどうなんです」

「こだわりがあるらしいわよ。店員さんは受刑者の格好をしているの。メニューは刑務所の食事を模して作っていて、朝、昼、晩と提供しているんだって。テレビやフリーペーパーでも紹介されて、ずっと客の出入りが絶えないみたい」

「ムショとおんなじメニューだなんて、誰が食うんだ」

「あら、木林先生。健康を求める時代だから、そういうのがウケるのよ。木林先生は病み上がりなんだし。今度一緒に行く？」

「酒があるなら、行ってもいい」

「まだ、お酒はだめなんじゃないの」

「医者の俺がいいっていうんだからいいんだ」

木林と美里の夫婦漫才のような会話が始まった。木林の体調はもう大丈夫のようだ。火石と宗片もどこか安心したような表情をしている。

木林と美里を残して三人は医務室を出た。火石はレッドゾーンの様子を見てくるといって、西門たちとは反対方向に向かった。

「おまえ、本当に刑の執行停止を貝原の家族に勧めるのか」

宗片が心配そうに西門を見る。

「もちろんです」

「貝原は妻と離婚している。家族は一度も面会に来ていない。うまくいくと思うか」

「なんとかします。しなきゃいけないと思っています」

「こういうのは面倒な仕事だ。ある意味、一番厄介だ」

「どうしてですか」

「家族の領域に入り込むことになるからな」

「大丈夫です。貝原に悔いを残すようなことはさせたくないんです」

「おまえ……」

　宗片が何かいおうとして、言葉を止めた。いいたいことはわかる。蛭川のことをまだ引きずっているのかと口にしようとしたのだ。

　たしかに自分はまだ引きずっている。納骨の場で、蛭川の虚《むな》しい人生の終わり方を目の当たりにした。だからこそ、思う。貝原をあんな風にさせてはいけない。やれることはなんでもやる。貝原が家族と再会するためなら。

「貝原さんに説明する前に、少し刑の執行停止の勉強をしておきます」

　西門は足早に事務室へと向かった。

2

日中、受刑者たちは刑務作業場にいるので、生活棟の廊下は静かだった。

西門はある単独室の前に立っていた。

ドアの向こう側にいるのは貝原だ。畳の上で正座をしている。

「体調が悪くて休んでいるわけですから、そんな姿勢は無理にとらなくていいです」

「大丈夫です。刑務作業にもいつでも戻れます」

だが、顔色は明らかによくない。

「実は、お話があります――」

刑の執行停止の制度について貝原に話をした。

ひととおりの説明のあと、「ご家族に相談してもよろしいでしょうか」と尋ねた。

あえて貝原の意思を確かめることはしなかった。おそらく、訊けば貝原のことだ。

本心はどうあれ、このまま刑務所にいさせてくれというにちがいない。だから、ひとつ飛ばして家族の意向確認のところを話した。

「お気づかいありがとうございます。ですが」

貝原が西門を正視する。「私は離婚しましたし、娘も元妻と暮らしています。受け入れてくれる家族などおりません」

「私が奥様とお嬢さんに会いに行って、病状を伝えた上で、受け入れの意思があるか、確かめてまいります」

「その必要はないと思いますが」

「まず話してみないとわからないでしょう」

貝原の視線がわずかにさまよった。表情こそ変わらないが、何か考えているようにも見える。やがて、その視線が前を向いた。

「西門先生。最後まで、ここにいさせていただくわけにはいきませんか」

「だめだというつもりはありません。ですが、今の時点でできうることがあります」

貝原は困ったという風に、あごを少し横に動かした。素直にうん、というつもりはないようだ。

どうしたものかと西門は胸のうちで考えた。家族どころか、いきなり貝原の説得でつまずいた。人生経験の浅い自分が、どんな言葉で貝原を説得できようか。心に響かせるような言葉は持ち合わせていない。

くすんだ天井を見上げた。自ずと浮かんできたのは、棺に入った蛭川だった。

「……半年ほど前に、一人の受刑者が亡くなりました」

気づいたら声を発していた。「私が夜勤のときに自殺を図ったんです」

「――」

「毎晩のように夢に見ます。おそらく、これからもずっと」

視線を貝原に戻した。

「貝原さんを外に送り出すのが、私の仕事です。あなたの人生がここで終わるなんてことは――」

声が震えそうになって、奥歯をかみしめた。受刑者の前で感情的になってはいけない。初等研修で教官からいわれた言葉を思い出す。

「ご家族のところに行って話をしてきます、いいですね」

俯《うつむ》いていた貝原がゆっくりと顔を上げた。

そのこうべがわずかに垂れたように見えた。

3

「本当ですかっ」

処遇部の大部屋で受話器を握りしめながら、思わず大声になった。

保護観察所からの連絡だった。観察所の担当官が貝原の元妻に、一度、話を聞く気はないかと打診したところ、前向きな返事があったという。

〈ただし福井の会社まで来ていただけるのであれば、ということですが〉

「もちろん、行きます」

〈日を尋ねたら、明日でもいいといわれまして。どうしますか〉

「では、明日行きますとお伝えください」

いったん、電話を切った。三十分ほどして保護観察所から再び電話があった。明日、福井で会うことが決まった。

〈保護司と一緒に行っていただくことになりますので〉

「よろしくお願いします。短期間に、いろいろと準備してくださってありがとうございます」

〈やれることをしたまでです〉

実際、いい担当官だった。貝原の病状を話したら、すぐに動いてくれた。案件によっては、保護観察所の動きは鈍いこともあると聞いていたので、こんなにうまくことが進むとは予想していなかった。

元妻からは拒絶されることも覚悟していた。ここが大きな関門だから慎重にと宗片からもいわれていた。刑務官が家族を説得してはいけない。見方によっては、刑務所が受刑者をシャバの人間に押し付けているように受け止められてしまうからだ。

だが、元妻は話を聞くといってくれた。刑の執行停止に向けてひとつ前進した。

これは期待できる。心が宙に浮くような気持ちを西門は感じていたのだった。

その晩も、独身寮の狭い部屋で壁に背をもたせて、腹式呼吸を繰り返していた。ネットで調べた自律神経を落ち着かせる方法だが、自分にとっては気休めに過ぎないことはわかっている。

——今夜も眠れそうにないな。

眠れなくなったのは、蛭川が自殺を図った晩からだ。その分、日中はよく睡魔に襲われる。深い昼寝をすると、自力で目覚めることができなくて、ほかの刑務官に起こされることもある。

二週間おきに心療内科に通った。少しでも夜眠れるようにと、精神安定剤を服用するようになった。最初は軽い効き目の薬を処方されたが、効かなかった。徐々に強い薬に変えた。よく眠れる晩もあるが、せいぜい週に一、二度だ。

グラスに水を入れ、薬を準備する。手にしている薬は、蛭川に処方されていたのと同じものだ。認知症の受刑者や幻覚症状の強い受刑者をおとなしくさせるために使われる強い薬である。飲むとすぐに頭がぼんやりして全身が倦怠感《けんたいかん》に襲われる。

——しっかり寝よう。

西門はいつもよりも錠剤をひとつ多めに飲み込んだ。

翌日、高速道路で福井県へ向かった。西門と同行する保護司は三村《みむら》という七十代の老人だった。三村は長年保護司を担っているだけあって、年齢の割に口は達者で動作も機敏だった。趣味がマラソンというのもうなずける。

向かう先は、福井県のあわら市。会社名はヤマウチ工業。様々な物質の表面加工を生業《なりわい》とする中小企業だった。

刑務所を出る前に、貝原の経歴を改めて調べた。貝原は福井市内の普通科高校を卒業後、福井大学の工学部で金属工学を専攻した。大学院へ進学し、修士課程修了後にヤマウチ工業へ入社した。入社三年目に社長の娘、洋子《ようこ》と結婚し、翌年には娘の菜々《なな》美《み》が生まれた。

先代社長は貝原の卓越した金属加工処理の理論と技術を評価していた。貝原は若くして製造部門のリーダーとなり、四十歳のときに先代のあとを継いで二代目社長となった。従業員五十名ほどの会社は今ではその倍の百名ほどの規模になった。

すべて順風満帆かと思われたが、二年前に、貝原は事件を起こした。間を置かず妻の洋子と離婚した。貝原が女性宅を訪れていたことも離婚の理由としては大きいはずだ。一人娘の菜々美も母親の姓に変わっている。

県境を越えた最初のインターで高速道路を降りた。

場所はこの近くだ。すぐに「ヤマウチ工業」の看板が目に入った。車を駐車場に停めて建物に入る。無人の受付で内線電話をとり、名前を告げた。

ほどなくして制服姿の若い女が出てきた。案内係かと思ったが、それが一人娘の菜々美だった。長い髪を後ろで縛り、化粧は薄い。体形は少し丸みを帯びている。年齢は二十代後半くらいだろう。

二階の応接室に案内された。

菜々美は少し硬い表情で、「今、母を呼んでまいります」といって部屋を出て行った。

応接室には技術関係の表彰状や感謝状が飾られてある。飾り棚のガラスケースには、金属による表面加工が施された製品が何点も展示されている。

「ほう、いろいろあるね」

三村が興味深げに展示品を眺めていた。その多くは食器などの生活雑貨だった。

技術力が賞された大小の楯《たて》がいくつかある。新聞記事の切り抜きも額に入れて飾ってある。しかし、部屋には貝原の写真は一枚もない。壁の色がところどころ薄くなっている。そのスペースにはおそらく貝原の写真や額が飾ってあったのだろう。

「ここはなかなかの会社だ」と三村がうなずく。「このご時世、表面加工で食っていけるのは、技術があるとこだけだからな」

実家が金属加工の会社だから、そのあたりの知識は西門も持っている。福井は眼鏡の産地だ。メタルフレームにチタンが使われるようになった頃、フレームへの吹き付けで過当競争が起きた。この会社は単価の引き下げ競争からいち早く脱して、他の製品への吹き付け加工処理に鞍替《くらが》えした。それで生き残ることができたのだろう。

ドアがノックされて、スーツ姿の初老の女性が勢いよく入ってきた。おそらく元妻の洋子だ。その後ろから菜々美がついてきてドアを閉めた。

「山内《やまうち》洋子です」

洋子が名刺を差し出した。肩書は、代表取締役社長。離婚したあと、元妻が社長に就いたと、以前、貝原から聞いた。

四人は向かい合ってソファに腰を下ろした。

「元夫のことでお話があるとうかがいました。時間はあまりとれないのですが、どんなご用件でしょうか」

洋子の容姿は、娘とは対照的に痩せぎすで、きつい顔立ちをしていた。

嫌な感じの女——。洋子に対して抱いた印象だった。貝原は社長のあとを継ぐために仕方なく一人娘と結婚した。あるとき魔が差して浮気のひとつでもしたのだろうか。とはいえ、外野の勝手な想像だ。夫婦の仲が元々どうだったかなんて他人にはわからない。もしかしたら、事件のあとに洋子の性格が変わったのかもしれない。

三村が空咳をした。話を切り出さないのかと目で合図を送ってくる。

西門は軽くうなずいて、洋子を正視した。

「貝原受刑者が末期がんだということがわかりました」

「えっ」

山内母娘が同時に口を開いた。表情の動きがどことなく似ている。

「だからどうしたというんですか」

洋子が驚きの表情をすぐに消して、険しい顔をする。「もう貝原とは別れています。わざわざ伝えに来てくださっても困るのですが」

「実はですね、刑の執行停止ができないかと。今日はそれをお話しするためにまいりました」

「刑の執行停止？　なんですか、それは」

「貝原さんのように余命宣告を受けた重い病を抱えている受刑者には、刑の執行を停止する制度があります。わかりやすく申しますと――」

刑務所で貝原に話したのと同じように、なるべく簡単に説明した。

「そういうわけで、執行停止の手続きに入るには、まずは家族の同意が不可欠なんです」

「ちょっと待ってください」

洋子がぴしゃりと遮るような声を出した。「先ほどもいいましたように、あの人はもう家族ではないんです。病気になろうが、関係ないですから」

「しかし……」

剣呑《けんのん》な雰囲気に気圧《けお》されて、西門はそれ以上の言葉を返せなかった。

洋子がジャケットから煙草《たばこ》を取り出して火をつける。

「父はあの人を実の息子のようにかわいがっていました。実の娘である私よりも強い絆があるようにさえ思えました。なのに、あんな事件を起こして父が大切にしてきた会社を危機に陥れたんです」

洋子が横を向いて、勢いよく煙を吐き出す。

「事件のせいで仕事が減りました。いろいろなところに頭を下げて少しずつ仕事が戻ってきて。それでも事件の前ほどではないです。従業員たちはずっと不安を抱えています。それに……」

隣の菜々美を見る。「女と会ってたなんて、この子がどんなに傷ついたか」

その菜々美は、洋子の隣で身を硬くしてうつむいていた。

「でも、面会に来ていただくくらいは……」

洋子は西門をキッとにらむと、煙草を灰皿に押しつけた。

「用件はそれだけですか。そろそろお引き取りください」

洋子は、そそくさと部屋を出て行った。

あとに続いて廊下に出ると、洋子の姿はなかった。見送るつもりはないらしい。玄関までは菜々美がついてきた。

「せめて一度くらい面会に来ていただけないでしょうか」

菜々美から返事はなかった。視線を合わそうともしない。玄関先まで西門と三村を見送ると、深々と頭を下げるだけだった。


再び高速道路に乗り、帰路についた。

期待外れの結果に気持ちが沈んでいた。アクセルを踏むだけの単調な運転をしながら、ため息が止まらなかった。

貝原の受け入れを前向きに考えてもらえるものと思っていた。だが、甘い考えだった。受け入れどころか面会も頑《かたく》なに拒否された。

だが、洋子の気持ちも理解できないでもなかった。西門の実家も中小企業だ。もしも、家族が逮捕されて仕事が激減すれば、会社は窮地に立たされる。それまで仲のよかった家族が憎しみの対象になったとしてもおかしくはない。

貝原のことを思うと、自分だけが熱くなり過ぎていたのかもしれない。しかも、安易に考えてもいたと反省した。

加賀刑務所における刑の執行停止は、この十年でたった二件。それが現実だ。

火石からも、徒労に終わる可能性が高いといわれたが、実際、そうなりそうな雲行きだった。

「ため息ばかり、つきなさんな」

助手席の三村が穏やかな声でいった。「あんたのせいじゃない」

「加害者家族の感情を、見誤っていました」

「加害者だけに限らないよ。そういう時代なんだ。だってほら、円満な親子だって同居したり介護したりするのを嫌がる時代だろ。ましてや、家族に迷惑をかけた人間の面倒を見ようなんて、そんな気持ちに簡単になれるわけがない」

元妻の洋子は、宙をにらみながら、煙草の煙を吐き出していた。娘の菜々美は感情を押し殺したように表情を変えなかった。もはや元妻子にとって、貝原は忘れたい存在なのか。

「あの女社長、貝原さんのことをかなり恨んでいた様子でしたしね」

「うーん、それはどうかなあ」

「ちがうんですか」

「いまも未練たらたらのはずだよ」

三村が思いのほか、同情を含ませた声を出した。

「本当にもう忘れたいなら、あんなふうに感情は出ないよ。気づかなかったかい？

あの女社長、ずっと手を握りしめていた。あれは震えそうになるのを隠していたんだよ。好きか嫌いかは別として、まだ貝原受刑者のことを思い出すと、心が乱れるってことだろうな」

金沢西インターチェンジで高速道路を降りた。

三村を家に送り、西門は刑務所に戻った。

4

作業場は、金属が擦れる高音やモーターのまわる音が常に鳴り響いていた。

加賀刑務所の工場棟は四棟あり、各棟はいくつもの作業班に分かれている。西門が受け持っているのは、水栓の金具などの鋳物部品を磨いて光沢を出す仕事で、刑務作業のなかでも高度な部類に入るものだった。

作業に従事しているのはおよそ三十名。以前、金属関係の製造業で働いていた受刑者や、出所後にその分野で働きたいと希望している受刑者ばかりである。

貝原は作業現場に復帰していた。倒れる前は、機械操作とほかの受刑者への技術指導を担っていた。しかし、今は体調を考慮して、できあがった製品の検品作業に従事させていた。

貝原にとって物足りないだろうが、体に負担のかかる作業はさせられなかった。検品のときでさえ、貝原は、ときどき苦しそうな顔をしている。

貝原には、元家族と会ってどんな結果になったのか、まだ伝えていない。しかも、重い病気を抱えている貝原に、よくない話をするのは、ためらわれた。

どう切り出すか悩んでいるうちに、午前の刑務作業が終わった。

昼食をとるために事務室に戻った。配達の弁当を食べ終えた頃、西門の携帯電話が振動した。

兄からだった。わざわざ時間を見て連絡してきたに違いない。電話の目的はわかっている。

廊下の人気のないところへ移動して電話を取った。

「もしもし」

〈ああ、俺だ。元気か〉

「うん」

週に一度くらいのペースで兄は電話をかけてくる。弟を心配するいい兄だった。

「ごめん。今、あまり時間はないんだ」

〈実はな、銀行の融資が決まってラボをひとつ増やすことが正式に決まった〉

「よかったね。おめでとう」

〈それで例の話だ。真剣に考えてくれたか〉

「本当に僕なんかで役に立つの」

〈死んだ親父は俺よりもおまえに期待していたんだ。勉強もできたしな〉

「そういってもらえるのは嬉しいけど、もう少し考えてもいいかな」

〈わかった。おまえが納得して決めればいい〉

「ありがとう。じゃあ、もう切るよ」

〈ああ。またな〉

通話の終わった携帯電話をじっと見る。兄からの誘いにまだ結論は出ていなかった。

蛭川の事故のあと、休みを取って実家に帰った。母親と兄は、西門の顔を見てすぐに何かあったと気づいた。西門は受刑者が自殺したことを話した。

――辛いんなら、仕事辞めて家に戻ってきたらどうだ。

兄はそういってくれた。西門も半ばそんな言葉をかけられるのを期待していた。

実家は、富山にある金属加工業を営む中小企業だ。社員は三十名ほどで会社の規模は小さい。ただし、兄や技術者たちは開発意欲が旺盛な職人集団だった。

元々、西門も家業に加わりたいとの思いがあった。だが、西門が大学生だった頃、実家の会社は業績がおもわしくなかった。自分が家にいても兄貴が困る。そう考えて西門は景気に左右されない公務員を志望した。市役所が希望だったが不合格となり、すべり止めだった刑務官試験に合格した。

上司からの指示や規則に従って忠実に業務を遂行する。真面目な性格の自分に公務員はぴったりだと思っていた。

だが想像と現実は違った。刑務官は人を相手にするのが仕事。受刑者に接するのは戸惑いの連続だった。なかには、態度の悪さを注意しても、わざとふざけた謝罪をして西門の反応を楽しんでいる者もいた。

自分には不向きかもしれない。そんな思いを宿しながらも辛抱強く受刑者に接した。まだ足りないところはあると自覚しているが、指導のコツが徐々にわかってきた。仕事にやりがいも感じるようになった。

そんなとき、蛭川の自殺に遭遇した。なぜ蛭川は自分の夜勤のときに自殺したのか。蛭川が死んだのは自分のせいなのか。西門は落ち込み、心は泥沼にはまった。

実家に帰って家業を手伝えば、気持ちは楽になるかもしれない。だが、受刑者に接する仕事が嫌いなわけではなかった。ここで辞めたらもう二度と官服に袖を通すことはなくなる。そうなったら自分は後悔するのではないか。

葛藤が続いた。どちらの道に進むか決められない自分が嫌だった。

ふと我に返ると、廊下の先に宗片が立っていた。

「実家からか」

電話の声が聞こえていたのだろう。宗片は蛭川の事故以来、自分のことを気にかけてくれている。

「ガラ受けしてくれるってか？」

宗片が口元を少し緩めた。ガラ受け――。宗片は冗談でいったつもりだろうが、そのとおりだ。受刑者が仮出所するときに、家族や後見人が身柄を引き受けることをガラ受けという。

「でも、おまえに仮釈はつかない。満期までここにいろ」

宗片には、刑務官を続けることに迷いがあることも相談していた。その際、何も気にせず刑務官を続けろといってくれた。ありがたい上司だと心のなかで感謝した。

「今な、おまえあてに山内さんという女性から電話があった。貝原の家族だろ。電話番号のメモを机に置いといたぞ」

「ありがとうございます」

事務室に戻って、電話をした。

〈山内です〉

声が若かった。娘、菜々美のほうだ。

「加賀刑務所の西門です」

「はい」

〈先日は、せっかくお越しいただいたのに、母が失礼なことをいってすみませんでした。私も気が動転していたのでどうおこたえしていいかわからなくて〉

「お気になさらずに」

〈あのあと、西門さんのお話を思い出して、じっくりと考えました。ですが、やはり父の面倒を見ることはできません。ただ……〉

菜々美がひと呼吸空けてからいった。

〈父と会いたいです。近々、面会の場を作っていただけますか〉

5

午後の刑務作業が始まっていた。西門は急ぎ足で作業場に向かいながら、電話での菜々美とのやり取りを思い出していた。

〈母は、父のことを忘れろというのですが、私は今も父のことが好きです。父にとって生きる時間が限られているなら、会って話がしたいです〉

母の手前、自宅や病院で貝原の面倒を見ることはできないという。そうなると、刑の執行停止の実現は難しいかもしれない。だが、一縷《いちる》の望みは残る。菜々美との面会が糸口となる可能性だってありうる。

西門は、菜々美から希望する日を聞き、あとはこちらで調整して、また連絡すると伝えた。

これで貝原にいい話ができる。午前中は、どう話していいか悩んでいるうちに時間が過ぎてしまったが、結果的にはこれでよかった。

作業場で検品をしていた貝原を見つけ、管理棟の面談室に連れて行く。

「なんでしょうか」

「この前お話しした、ご家族のことです……」

正面から貝原を見ると、肌のつやもなく、顔色もよくない。

「娘さんが、貝原さんと会いたいといっていました」

貝原の表情に変化はなかった。まるで自分には関係ない話を聞いているような様子だ。

「刑の執行停止は難しいかもしれませんが、近々、娘さんと面会できるよう準備します。よろしいですね」

「あの……」貝原の眉が寄った。「申し訳ないですが、面会は結構です。娘と会うつもりはありません」

「どうしてですか」

貝原は何もいわず、首を二、三度、横に振った。

その後も、貝原と十分ほど話をした。面会してはどうかと説得したが、結局、首を縦に振ることはなかった。

貝原を作業場に戻らせた。西門は、貝原が拒否したことを宗片に話した。

「本人にその気がないなら、無理だな」

「娘に会いたいと思わない親なんていますかね。ましてや、自身の死が近づいているっていうのに」

貝原の気持ちがわからなかった。どうして面会を拒むのか。死を前にして寂しくないはずがない。会いたいに決まっている。だが、それを超える何かがあるのだ。会えない理由——それはなんだろうか。

そんなことを考えていると、西門の机の電話が鳴った。菜々美かと思ったが、内線電話だった。

作業場で貝原がまたも倒れたとの連絡だった。

6

強い麻酔薬を打たれた貝原は医務室のベッドで眠っていた。

木林によれば、倒れた原因は、あまりの激痛に気を失ったせいだという。

「ここ数日は、痛みをやわらげるためにモルヒネを服用していたんですよね」

「効き目は人それぞれだからな。あまり効かなかったのに、痛みを我慢していたんだろう」

「入院させたほうがいいでしょうか」

「あまり変わらんだろうがな。鎮痛薬を投与するだけなら、ここでもできる」

第一、貝原自身が病院での治療を拒否して刑務所にいることを希望している。

「ただし、刑務作業はもう無理だ。医者として許可できない。ずっと部屋で横になっていてもらう。居室もレッドゾーンに移ったほうがいい」

今後は部屋で天井を見上げて、ただひたすら死を待つ生活となる。想像すると、自分のことのように西門は気が重くなった。

夜になって貝原が目を覚ました。

「すみません。刑務作業に戻ります」

体を起こそうとする貝原を西門は両手で止めた。麻酔で長く眠っていたことに気づいていないらしい。

「貝原さん。今日の刑務作業は終わりました。明日からも休んでください。医務室を出たら、これまでとは別の居室に移っていただきます」

「どういうことですか」

「レッドゾーンで療養してください」

「私なら大丈夫です。明日は工場に行きます。必ず行きますから」

「貝原さん。体を休めてください。刑務官としての命令です」

「私は作業場で床に這いつくばって、死にたいんです。なるべくご迷惑はかけないようにしますので」

貝原が体を起こしてベッドに手をついた。食い込みそうな貝原の指先が目に入った。どうしてそこまで刑務作業にこだわるのか。いくらモノづくりの仕事が好きだからといって、それだけが理由ではない気がする。

「刑務作業のことはもう忘れてください。それよりも、娘さんと会ってみませんか」

その問いかけに、貝原からの返事はなかった。


西門は菜々美に電話をして、貝原には面会する気がないという旨を伝えた。

菜々美はショックよりも戸惑っている様子だった。

「どうして父は会ってくれないのでしょうか」

「……わかりません」

うまく説明ができないのがもどかしい。貝原がなぜ面会を拒否しているのか西門にもわからない。

——家族の領域に入り込むことになるからな。

今さらながら宗片にいわれた言葉が胸に響く。他人にはわからないことがある。刑務官にできることはここまでなのか。

西門は仕事の合間を縫って貝原の様子を見に行った。調子がいいときは普通に起き上がって生活しているが、波があるのか、まったく起き上がれない日もあった。

レッドゾーンでは、受刑者が要介護の受刑者の世話をしていた。食事の介添えや体を拭くのが仕事だ。

火石が担当する元タレントの三上順太郎もこの区域で介護の刑務作業をしていた。

三上の介護は評判がよかった。介護される受刑者のなかにはわがままなふるまいをする者もいるが、三上が世話をするときは大人しくなるのだという。その三上が貝原の世話役だった。

貝原がレッドゾーンに移って五日が過ぎた。

西門は、居室で横になっている貝原を廊下から眺めていた。今は、鎮痛薬を服用して眠っている。

「おつかれさまです」

声をかけられた。いつのまにか火石が横に立っていた。その隣には三上もいる。

この二人を見ていてふと思った。官服と作業着という別の服装ではあるが、二人はどことなく似ている。背格好も同じくらいだ。刑務官、受刑者としてそれぞれ異質な存在でもある。

いずれ三上が出所すれば、火石はどうなるのか――。

そんなことを考えていると、火石から「西門さん」と名前を呼ばれた。思いを見透かされたのかと、一瞬、どきりとした。

「貝原さんの家族から連絡はありますか」

「娘の菜々美さんから私のところへ頻繁に連絡があります。しかし、貝原さんの気持ちが前に向かない限りは……」

不意に、三上が右腕を上げた。

「……願います」と控えめに声を発している。

なんのことかと思ったが、すぐに気づいた。三上は刑務作業の途中だった。その時間帯、受刑者は自由に話をすることは固く禁じられている。用事があって話をしたいときは、担当刑務官の了解を得なければならない。

「なんだ」と火石が尋ねる。

いつもながら火石の三上に対する声音には違和感を覚える。火石の人当たりは基本的にソフトだ。階級の低い刑務官や受刑者にも丁寧な言葉で接する。しかし、三上にだけは別だった。命令口調で、ときに厳しい物いいもする。

だが、これは火石なりの三上への優しさだと西門は感じていた。三上は特別待遇じゃない。むしろ、厳しい管理下にあるとほかの受刑者に思わせるためではないかと。

火石の了解を得た三上が話し始めた。

「貝原さんの体を拭いているとき、鎮痛薬が効いてうとうとなさっていたので、横になって休んでもらいました。その際、うわごとをおっしゃっていて。全部聞き取れたわけではないのですが、『離れていると余計にかわいくてな』とか、『死んだあとが心配なんだ』という言葉を口になさってました」

「本当ですか」

やはり、それが親としての本心だ。抑えていたものが、無意識のうちにあふれ出たのだ。

「でも、聞きながら疑問に思いました。娘さんのことを気にかけているのなら、普通は面会を拒否しないのではないかと」

愛人宅に通っていたのがきっかけで事件を起こした。もはや娘からは嫌われたと思っていたが、娘のほうは父親に会いたいといっている。

なぜ会おうとしないのか――。結局はこの疑問に突き当たる。

火石も三上の話を聞いて考え込んでいる。

「でも、深い眠りにつく前に、それまでとは違う口調ではっきりとこうおっしゃっていました」

三上がしんみりした口調でいった。「断ち切るんだ、と」

7

翌日、火石の運転する車で外出した。

先週と同じく高速道路で福井方面に向かっていたが、ヤマウチ工業を訪れた際の県境のインターはすでに通過していた。

今朝、火石から行き先を聞いたときは驚いた。

「松本佳奈絵《まつもとかなえ》の自宅に行きます」

佳奈絵は、貝原の愛人だった女性だ。

「どうやって住所を調べたのですか」

「貝原の調書に名前がありました。でも、それだけでは詳しいことはわからないので、福井地方検察庁にある資料から住所を調べてもらいました」

「検察がよく教えてくれましたね」

同じ法務省の組織といっても、検察の情報管理は徹底している。

「正式なルートではないのですが、知り合いがいますので」

火石は上級職採用だ。自分にはわからないルートがあるのだろう。

それにしても、元愛人と会う目的は何なのか。家族との断絶を望む貝原と元愛人の間にいまだ何かあるというのか。

福井北インターから国道へ降りた。しばらく走ると、住宅街に入った。

目的のマンションを確認してから、近くのコインパーキングに車を停めた。

エレベーターでマンションの三階に上がる。佳奈絵には火石からあらかじめ訪問のアポをとってあった。

インターフォンを押すと、すぐにドアが開いた。出てきたのは、三十歳を少し超えたくらいの小柄な女性だった。ひとつひとつのパーツは小作りで、大きな瞳が印象的だった。会社の社長が外に女を作るのなら、派手目の美人と勝手に想像していたが、派手な雰囲気はみじんもなかった。

西門と火石は部屋に案内された。佳奈絵は体を左右に揺らすようにして歩いていた。見ると、右足をわずかに引きずっている。昨日今日の怪我ではなく、下肢に何かしらの障害を抱えているようだ。

コーヒーとお茶のどちらが好みかと訊かれて、二人ともコーヒーを頼んだ。

マンションの室内にそれとなく目を配る。リビングはなかなかの広さだ。十五、六畳くらいはあるだろう。

部屋の片隅には、大きめのデスクトップのパソコンがある。パソコンのそばに大きな机があって、ファイルや書類が何枚も重ねてある。佳奈絵は在宅の仕事をしているのかもしれない。

サイドボードにはいくつかオブジェが飾ってあった。ヤマウチ工業の製品がほとんどだが、大臣賞を受賞したときに記念品として贈られたガラス製の盃もある。意外ではあったが、貝原は愛人に自分の受賞歴を自慢していたのかもしれない。

佳奈絵は色の剝《は》げた年代物のコーヒードリッパーでカップにコーヒーを注いでいた。その様子から生活は案外質素だと思った。

二人の前にコーヒーが差し出された。

「あの……貝原さんの容体はどうなんでしょうか」

「医者の見立てでは、長くて三か月だそうです」

「えっ」佳奈絵が小さくうめいた。手の動きが止まり、瞳に涙の膜が張っていく。しばらくの間、無言の時間が続いた。佳奈絵の感情の波が収まるのを待った。

「松本さんにお訊きしたいことがあります」

火石は、思いのほか、厳しい声音だった。

佳奈絵が顔を上げる。その目は充血していた。

「貝原さんは面会を希望する娘さんと会おうとしません。理由を聞いても教えてくれません。ですが、会いたくないわけではなさそうです。おそらく貝原さんは秘密を抱えている。もしかしたら、その秘密を松本さんがご存知なのではないか。そう思って、今日はここにうかがいました。松本さん、もし何か知っていたら、教えていただけないでしょうか」

火石の言葉に、佳奈絵がかすかに苦痛の色をにじませた。

「お話しすることは何もありません」

「では、私から質問させていただきます。あなたと貝原さんの本当の関係を教えてください」

「本当の関係？」

「そうです。失礼ですが、あなたは貝原さんの血を分けた子供なのではないですか。貝原さんが抱えている秘密というのは、そのことではないのですか」

驚きに打たれた。佳奈絵は、貝原の愛人ではなく子供、つまりは隠し子――。隠し子がいることを娘の菜々美に知られたら嫌われる。だから佳奈絵が隠し子であることを伏せた。そう考えれば納得できないことはない。

だが――頭に疑問が滑り込む。程度の差こそあるかもしれないが、愛人であれ、隠し子であれ、その存在を知れば、菜々美はショックを受けるのではないか。

「こたえていただけませんか」

「私は——」佳奈絵が火石を見据える。「貝原さんの子供ではありません。血もつながっていません。貝原さんと私の関係は、事件のあと警察で話したとおりです」

「本当ですか」

「貝原さんにはお世話になりました。でも、本当に親子ではありません」

佳奈絵の目元がわずかに動いた。何かを隠しているようにも見える。少なくともただの愛人関係ではなさそうだ。

「もういいですか。お引き取りください」

これ以上の話を拒む佳奈絵の態度に、二人は外に出るしかなかった。

コインパーキングに向かった。火石は自身の予想が外れたことに納得がいかない顔をしている。だが、佳奈絵の様子から火石が核心に近い部分に触れたと西門は感じていた。

マンションを振り返った。「けっこう広いマンションでしたね」

「オブジェがいくつも飾ってありましたが、なかに吹き付け加工が施されていないものもありましたね」

「ガラス製の盃のことですよね。あれはヤマウチ工業の製品ではなく、贈呈されたものですよ」

「贈呈されたもの？」

「はい。労働大臣賞です。実はうちの実家にも同じものがあるんです。祖父の代のときに同じ賞を受賞していまして。当時はガラスの盃が記念品だったようです。省庁が再編されたあとは、楯だけになったらしいですが」

「すごいですね」

「ああいうのを愛人の家に置いておくなんて、貝原さんも格好つけたかったんですかね」

火石が急に立ち止まった。「労働大臣賞か……」

「どうしたんですか」

火石の顔の傷跡がうっすらと赤みを帯びたように見えた。

「西門さん。貝原の調書を出してください」

鞄《かばん》のなかのファイルを火石に渡した。

調書を見ていた火石が「そうか……」とつぶやいた。

「私は間違っていました。これで正しいこたえがわかりました」

火石がファイルを閉じた。「松本さんのマンションに戻りましょう」

「指導官、どういうことですか」

「松本佳奈絵さんは――」

火石が口にした言葉に、西門の頭のなかはぐるりと反転したのだった。

8

「もう少しだけお時間をいただけませんか」

佳奈絵は引き返してきた火石と西門を見て戸惑っていたが、二人をもう一度部屋に入れた。

火石は「ちょっと失礼します」といって、キッチンに近づいていく。すぐに目的のものを見つけて、佳奈絵のほうを向いた。

「このコーヒードリッパーですが、メタリックの色合いっていうのは珍しいですよね」

「はい」

「これはヤマウチ工業で塗装の吹き付けを施したものですよね」

「……そうです」

「その技法は、貝原さんではなく、その前の社長が考案したもの。違いますか」

佳奈絵の顔がわずかに歪んだ。もはや次の言葉を予想しているようにも見えた。

「松本さん。あなたは、貝原さんの前の社長、山内雄之介《ゆうのすけ》氏の娘ではないですか」

佳奈絵の表情に明らかな動揺の色が浮かんだ。当たりだ。佳奈絵が隠していたのはこのことだった。

「話してもらえますか。貝原さんには時間がないんです」

佳奈絵はしばしの間、迷っているようだった。しかし、ついには観念したのか「これ以上、貝原さんに辛い思いをさせるわけにはいきませんね」とつぶやいた。

「おっしゃるとおり、私の父は、山内雄之介です」

佳奈絵はゆっくりとだが、たしかな口調で語りだした。


「私の母は、福井の北にある芦原《あわら》温泉の仲居でした――」

佳奈絵の母、依子《よりこ》と山内雄之介は、温泉旅館で行われた経済団体の忘年会で知り合ったという。

二人は恋仲になり、佳奈絵が生まれた。雄之介には家庭があったため、依子は結婚を迫ることも、認知を求めることもなかった。

「母は争いごとを好まない人でした。娘の私と二人で暮らせるだけのお金もいただいていたので、生活に不自由を感じたこともありませんでした」

ただ、佳奈絵には、足の長さが微妙に違うという生まれつきの障害があった。そんな佳奈絵を雄之介は不びんに思っていたという。できることはしてやりたい。そのためには、妻には隠さず話してしまったほうがいいと悟り、

「父は、あるとき奥さんに私のことを打ち明けて、謝罪したそうです――」

雄之介の妻は謝罪を受け入れたが、雄之介にひとつだけ要望した。それは隠し子の存在を一人娘の洋子には秘密にすることだった。

当時、高校生だった洋子は難しい年頃だった。仕事で忙しい両親は娘にかまってやれず、洋子は寂しさを紛らわすために街の不良グループと付き合っていた。山内夫婦は洋子と向き合う時間を作り、なんとか不良グループから引き離した。

立ち直った洋子を刺激したくない。その気持ちは夫婦とも同じだった。隠し子の存在は夫婦だけの秘密とされた。

「私が高校を卒業したあと、母はしばらくして病気で亡くなりました。私は通信講座でウェブデザインのスキルを身につけて、自宅で仕事を始めました」

雄之介は、一人で生活する佳奈絵にときどき会いに来た。その雄之介も依子の死を追うように二年後に病死した。

「父が亡くなってすぐに、貝原さんが私のところに訪ねてきました」

「貝原さんのことは前からご存知だったんですか」

「父からよく話を聞いていました。仕事の腕もいいし、何より人間的にも信頼していると」

先週、ヤマウチ工業を訪れたとき、雄之介と貝原には強い絆があると元妻の洋子も話していた。まさにそのとおりの関係だったのだろう。

「その貝原さんと初めて会って、こういわれました。先代から全部話は聞いている。生活のことは何も心配しなくてもいいと。私は仕事もあって生活は安定しているので、お金はいらないといいました。ですが、貝原さんは、先代との約束だからと毎月必ず私のもとを訪れて、お金を置いていきました。それが、あるとき――」

佳奈絵は何かを思い出したのか、悲しげな表情になった。

「近くのアパートの住人に見られてしまい、事件というか事故が起きたんです。事故の直後、ここへ駆け込んできた貝原さんから、自分の愛人ということにしてほしいといわれました。何もそこまでしなくても、洋子さんに本当のことを話してもいいのではと私はいいました。しかし、貝原さんは、先代との約束だからと。妻の中にある父親像、先代社長への思いを壊したくないし、なにより、ずっと真実を知らなかった妻を傷つけたくないとおっしゃられました。それで、私も貝原さんのいうとおりにしました」

先代の雄之介氏に見込まれ、貝原は洋子と結婚した。雄之介のあとを継ぐ予定の貝原は、あるとき雄之介から隠し子がいることを打ち明けられた。自分に何かあったときは足の悪い佳奈絵のことを頼む、ただし、洋子には佳奈絵の存在を伏せてくれとも頼まれた。

事件直後、貝原は佳奈絵を自分の愛人だといい張ることで、亡き義父との約束を守ろうとした。

「松本さん、本当のことを話してくださってありがとうございます」

火石が頭を下げた。佳奈絵のほうは目を赤くしていたが、その顔は真実を告白したことでどこかすっきりしているように見えた。

「物心がついた頃には、これが家にありました。父がくれたものです」

佳奈絵がところどころ塗装の剝げ落ちたドリッパーを優しいまなざしで見つめていた。「コーヒー用の器具だなんて知らなくて、小さいころはおもちゃにしていました。当時はぴかぴかに光っていたんです。私が生まれた年に作ったもので、これで大臣賞を取ったって」

「貝原さんは、先代の秘密を守るために自身を犠牲にしてきました。今後も自分の口から真実を話すことはないと思います。佳奈絵さん、あなたの力を貸していただけないでしょうか」

佳奈絵は、意を決したように、「わかりました」といった。

「ずっとこのままというわけにはいかないと私も心のどこかで思っていました。私の口から、洋子さんと菜々美さんへ真実を話します」

「ぜひ、そうしてください」

火石の言葉に、佳奈絵はもう一度強くうなずいたのだった。

帰りは西門が運転した。

火石に訊いておきたいことがあった。

「指導官は、どうして雄之介氏が佳奈絵さんの父親だと気づいたのですか」

「西門さんの言葉がヒントになりました。労働大臣賞は中央省庁の再編前に受賞したものです。当時、社長は雄之介氏で、貝原はまだ入社していなかった。もし貝原が受賞するなら厚生労働大臣賞のはずで、労働大臣賞を受賞したというのは年代があわないんです。そうなると、記念品のガラスの盃をマンションに持ってきたのは雄之介氏で、雄之介氏と佳奈絵さんの母親が男女の関係だったと考えるのが自然ではないかと思ったんです」

「なるほど」

「貝原がうわごとで漏らした『離れていると余計にかわいくてな』という言葉から、初めは佳奈絵さんが貝原の隠し子ではないかと思いました。しかし、それは私の間違いでした。その言葉は、生前、雄之介氏が貝原に伝えたものだったのです」

「あのうわごとは、雄之介氏の思いを代弁したものだったということですか」

「そうです。『死んだあとが心配なんだ』という言葉も、雄之介氏の佳奈絵さんへの気持ちだと思います。足の不自由な娘のことがいつまでも心配だという」

「いわれてみれば、そんな気がしますね」

うわごとで漏らしたどちらの言葉も、貝原ではなく雄之介の思いだった。

本当は、愛人ではなく、ましてや隠し子でもなく、義父の隠し子――。

西門はハンドルを握り締めながら、驚嘆の念に駆られていた。

貝原にも娘がいる。嘘によって娘を傷つける、父親としての誇りも失うことになる。当然、悲しみや痛みが心の底で渦巻くはず。今の貝原はそうした感情さえ、超越しているということなのか。

では、貝原から娘菜々美への思いは、何もないのか。

「娘に会おうとしない理由も……」火石が確信を深めた表情をした。「なんとなくわかった気がします」

「それは、どんな理由ですか？」

「貝原の体は日に日に衰えています。体が弱れば、それだけ気持ちも弱くなります。娘と会おうとしないのは、会えば、隠していた秘密を思わず告白してしまうかもしれないと思ったからではないでしょうか」

二年前の事件は、脅迫した男性が、貝原と佳奈絵を愛人関係だと勘違いしたことが発端だった。貝原はその勘違いを利用して、取り調べや裁判で愛人関係だといい通した。

しかし、大切な娘と会ってしまえば、死ぬ前に誤解を解きたい気持ちが出てしまうかもしれない。先代との約束を守るために、家族と会わないほうがいい。貝原はそう決めた。

「貝原さんはそれでいいんでしょうか」

「葛藤はあるでしょう。薬のせいもあるかもしれませんが、いつも心に留めていた雄之介氏の思いがつい漏れてしまったのは、貝原自身が抱えている娘への思いと重なる部分があったから。きっと、その裏返しだと思います」

これで貝原が菜々美の面会を拒否する理由の見当がついた。

山内母娘が真実を知れば、貝原が面会を拒否する理由はなくなる。家族の絆が戻れば、刑の執行停止の道が開けるかもしれない。

ただし、貝原に残された時間は多くはない。

「西門さん、スピードが少し出過ぎています」

「あ、すみません。気をつけます」

西門は強く踏んでいたアクセルを少しだけ緩めた。

9

翌日、山内菜々美から連絡があった。

〈松本佳奈絵さんから話を聞きました――〉

菜々美の話では、洋子は、異母姉妹がいたことを知り、ひどくうろたえたという。

〈母は佳奈絵さんに、あなたには何の罪もないと優しく話しかけていました〉

「貝原さんのことは」

〈父のことになると……〉

菜々美の声が重くなった。〈何も話したくないというだけで〉

「そうですか」

〈ずっと嘘をつかれていたことが許せないのかもしれません。でも、私は刑の執行停止のことも含めて、できるかぎりのことをしたいと思っています。まずは面会をさせてください〉

「わかりました」

ようやく道は開けた。山内雄之介と佳奈絵にまつわる真実を洋子が知った。そのことをまずは貝原に告げなくてはいけない。その上で、菜々美との面会を打診しようと思った。

単独室に向かおうとして、宗片に「ちょっと待て」と止められた。思いのほか表情が険しい。

「いいか。今からおまえのすることは、がんの告知より衝撃は大きいかもしれん」

急に体がすくんだ。たしかにそうだ。死んでも漏らすまいとしていた秘密が元妻に知れてしまった。貝原の落胆する気持ちがどれほどのものか、西門には想像が及ばなかった。

不安そうにしていると宗片が「一緒に行ってやろうか」といった。

「……一人で大丈夫です」

正直、不安はあった。だが覚悟した。貝原の担当は自分だ。貝原がどんな反応を示そうが、自分一人で受け止めなくてはいけない。

貝原のいる単独室に向かった。

「貝原さん……」

実際に向かい合うと、言葉を出せなくなった。

貝原はここ数日さらに痩せ細っていた。駆け足で死は近づいている。医師ではない西門にもそれはわかる。余命三か月と宣告を受けてから二週間が経過したが、いつ何があってもおかしくない。

意を決して一気にいい切ることにした。

「松本佳奈絵さんは、山内雄之介氏の娘ですよね」

貝原の両目がこれ以上は無理というほど開いた。

「佳奈絵さんご自身が認めました。奥さんと菜々美さんもこのことはご存知です。佳奈絵さんが話をなさいました」

貝原は天井を見上げると、目をぎゅっとつぶった。

刹那、単独室のなかで、獣のような叫び声がとどろいた。

病床に伏せる人間が出せる声ではなかった。

ずっと抱き続けてきた十余年の思いがそこにあった。

西門は足先に力を込めてその場に踏みとどまった。貝原の半分も生きていない自分に抱えきれるのか。束の間、そんな思いもよぎったが、貝原が吐き出す思いを全身で受け止め続けた。

やがて声がやんだ。

貝原は、両手をついて前に突っ伏していた。

少し間を置いてから、貝原さん、とそっと声をかけた。

「娘さんは会いたいといっています。面会を前向きに考えていただけますよね」

「……娘の顔を見たところで、今さら話すことはありません」

「話せないなら、それでもいいじゃないですか。顔を見るだけでもいいんです」

貝原がゆっくりと顔を上げていく。その面相に西門はたじろいだ。顔の真ん中に穴が開いていた。心が浮浪してしまった人間の顔だった。

「私にはそんな資格はありません。会わないほうがいいのです」

声に感情がこもっていない。だが、強い意志だけはたしかに伝わってくる。

かける言葉は、もうなかった。貝原の部屋から離れて、廊下の端で壁に背を預けた。

貝原を縛るものはなくなったはず。それなのに、なぜ……。

西門の唇からは、吐息だけが力なく漏れていった。


事務室に戻って宗片と火石に状況を説明した。

「自分のやったことは逆効果だったんでしょうか」

宗片は肯定も否定もせず、「あまり深く考えすぎるな」といった。

その言葉に「はい」とこたえつつも、一切の感情を捨てたかのような貝原の表情を思い出し、その心を動かす方策はないだろうかと考えた。

「私にひとつ考えがあります」

火石が澄ました顔でいった。「三上に貝原を説得させてみてはどうでしょう」

「どういうことですか」

「レッドゾーンへ移ってからの貝原の様子をずっと見てきましたが、三上にはどこか気を許しているように感じます」

三上はつきっきりで貝原の世話をしている。うわごとで秘密を漏らしてしまったのも、三上の前だった。三上のいうことなら、耳を傾ける可能性はあるかもしれない。

「いいと思いますね」宗片も賛同した。

さっそく三上を面談室に呼んで火石から話をした。

三上は神妙な顔で「わかりました。ただ、私からもお願いがあります」といった。

「何だ、いってみろ」

「貝原さんに私の歌を聴いてほしいのです。貝原さんの前で歌ってもいいですか」

西門は驚いた。三上は歌うことに抵抗があると思っていたからだ。現に、観桜会のとき、受刑者から歌ってほしいとせがまれ、刑務所幹部も了解した場面があった。そこで三上はマイクを受け取ったが、顔面蒼白《そうはく》となり歌うことができなかった。

西門にはあのときの三上の気持ちがなんとなく理解できた。おそらく二つの思いがせめぎ合っていた。ここは刑務所。罪を犯して服役している人間が人前で歌うなど許されるはずがない。その一方で、他人を少しでも勇気づけられるなら、歌をささげたいとの思いもあった。

三上は貝原の前で歌うことで、こうした葛藤を乗り越えるための一歩を踏み出そうとしているのかもしれない。

三上からの請願に、火石はすぐには何の反応も示さなかった。その横顔はいまひとつ冴《さ》えないようにも見える。

火石は三上に厳しい。だめだと却下するのではないかと思った。

そんな空気を察したのか、「お願いします。歌わせてください」と三上が頭を下げた。

数秒、時間が流れた。

「顔を上げろ」といわれて、三上が姿勢を戻す。

真剣な顔の三上に、火石が表情を変えずにいった。

「しっかり歌え」


その日の夕食のあと、三上は貝原の部屋に入った。火石、宗片、西門の三名は扉の外に立っていた。よほどのことがないかぎり、刑務官は受刑者の部屋に入らない決まりになっている。

布団の上で座る貝原を前に、三上が正座をした。

「貝原さん、今から私の歌を聴いてください」

貝原は怪訝《けげん》そうな顔をした。

「せんえつですが、あなたのために歌わせてほしいのです」

貝原が「はあ」とこたえる。

三上は背筋を伸ばして右手を軽く腹に当てた。

ささやくような滑り出しだった。

三上の曲はすべて知っているつもりだった。アルバムは全部持っているし、未収録曲もネット配信で購入していた。だが、この曲は初めて聴くものだった。

わかりやすい日本語の歌詞だった。ゆっくりとしたリズムで、悲しみを表現する言葉がいくつも積み重ねられていく。

やがて一段、二段と声のトーンが少しずつ上がっていった。

途切れることのない心地よい声が果てしなく続く。

いつのまにか三上はひざ立ちになっていた。

左腕を伸ばし、その指先を天井にかざすようにしてリズムをとって歌っている。

ふっとめまいを覚えた。

青と白のコントラストの稜線が見えた。

富山湾だった。

西門が生まれ育った丘の上からの風景だった。

その風景が白くかすんでいく。

人影――。蛭川が目を剝《む》いて倒れていた。葬儀……。納骨……。

罪悪感は不思議となかった。
自分は何になりたかったんだろう。どうしてここにいるのか。
毎日何が不安で眠れないのだろう。
ハッと目が覚めた。
知らずに瞑目《めいもく》していた。歌が終わっていることにさえ、気づかなかった。
廊下はしんと静まり返っていた。
虚言、独り言、叫び声……普段聴こえるはずの声は何ひとつ聞こえなかった。
貝原が宙を見据えていた。その目には光がともったように見えた。
「貝原さん」
三上が沈黙を破った。「――娘さんと会ってください」
貝原は、小さな声で「はい」とこたえた。

10

いよいよ面会の日となった。
本来、ひと月ほどかかる手続きを簡略化して、最短の日数で面会の日を設けた。
車いすを準備したが、貝原は自力で面会室まで行くといい張った。最近は歩くこともままならないが、弱っている姿を見せたくないのかもしれない。

面会予定時刻は午前十一時。時間は三十分である。

面会開始の三十分前から、西門と貝原は面会室の隣の待合室にいた。先に面会している受刑者がいるのでそれが終わるのを待っていた。菜々美のほうは、面会室を挟んで反対側にある外来用の待合室にいる。

時計を見る。あと数分で先の受刑者の面会が終わる。貝原はややうつむき加減でじっとしていた。無表情だが、少し緊張しているのがわかる。

——無理に何も話さなくても、顔を見るだけでいい。それで前に進むはず。

言葉にはしないが、貝原に向かって心のなかで語りかけた。

面会室につながるドアが開いた。前の受刑者と担当の刑務官が出てきた。

「さあ、行きましょう」

しかし、貝原は座ったまま動こうとしなかった。しばらく何かを考えるような目をして、「先生……」と声を発した。

「どうしたんですか。体調が悪いなら、車いすを用意しますが」

「いいえ。そうではありません。……やっぱり、やめておきます」

立ち上がった貝原が待合室の外へ出ようとする。

「待ってください」西門は慌てて、貝原を引き留めた。「もう面会室には、娘さんがいらっしゃってます。会いに行きましょう」

壁一枚の向こう側、面会室には菜々美が座っているはず。

「申し訳ありませんが、会えません」

「なぜですか。顔を見るだけでいいんです。会いたくない理由があるのなら、教えてください」

「……因果です」

「因果？」

「私は、家族と会ってはいけないんです。がんになったのは、因果だと思っています」

「おっしゃっている言葉の意味がわかりません」

「私は人を殺しました」

「殺した？　何をいっているんですか。あれは事故でしょ」

脅してきた男ともみ合いになり、路上に男を投げ飛ばした。不幸にも、相手の男は走行中の車にまともに衝突して二日後に死亡した。無論、貝原にも過失はあったが、まぎれもない事故だった。裁判でもそう認定されている。

貝原が、しばしの間、眉間にしわを寄せて一点を見つめていた。

やがて貝原が口を開いた。「――裁判で話していないことがあります」

「え？」

「死んだ越田に会ったのは、実はあの日が初めてではありません」

「どういうことですか」

「少しの間、うちの会社で働いたことがあったようです。その際、突然首を切られたといっていました。リーマンショックのときでした。景気が急に悪くなって臨時工の数名に契約期間を繰り上げて辞めてもらった時期がありました。あのとき越田がそのなかにいたんです。いわれて思い出しました」

「じゃあ、越田は貝原さんだとわかって、脅してきた？」

「そうです。私は越田に会社も厳しい状況で仕方なかったと説明しました。でも、越田は納得せず執拗に絡んできました。しまいには、おまえの人生を壊してやる、その若い女のことを会社や家族にばらすといわれました」

貝原の両目に暗い影がよぎった。「なんとしても義父の秘密を守らなければいけない。頭に血が上った私は越田につかみかかりました」

「越田ともみ合って路上に出たのは、故意だったってことですか」

「そこのところは……よく覚えていないんです。車が迫っていたことを知っていたかといわれると、私も車に接触したので、記憶があいまいで。ただ、心の底には殺意があったのだと今は思います。だからがんになったのです。末期がんが見つかったのは、人殺しの報いです」

「それが因果ってことですか」

貝原が深くうなずいた。

「先代社長の秘密を守るためとはいえ、ひと一人の人生を終わらせていいわけがない。懲役四年の罰で済む話じゃない。刑の半分を終えたところで、ようやく本当の罰が下されたんです。そんな人間は家族と会ってはいけない。しっかりと罰を受けなくてはいけないんです。死期が迫っているからといって、家族と会おうなんてことになれば、罰が罰ではなくなります。そうなると因果は続きます。今度は私の家族に不幸が及ぶかもしれない。だから因果は、私で断ち切らなくてはいけないんです」

「貝原さん。がんになったのは、罰だからではありません。服役している間、私はずっとあなたを見てきました。あなたは他人に殺意を持つような人には思えません」

貝原は自嘲《じちょう》するように首を横に振った。

「西門先生。私は決まった刑期を過ごせない。そうでしょう?」

「――」

「家族とは会わずに刑務所で死んでいく。それが私の受ける罰であり、償いです。だから……部屋に戻ります。すみませんでした」

「貝原さん、待ってください」

貝原は西門の声を無視して廊下に出ていった。

三上から聞いた話を思い出した。貝原はうわごとの最後に、「断ち切るんだ」とはっきりと口にしたという。そこには因果を断ち切るという秘めた思いが隠されていたのだ。

貝原を連れてくるのをあきらめて、西門は一人で面会室のなかに入った。

アクリル板の向こう側に菜々美がいた。その斜め後ろには火石が立っている。

「父は？」菜々美が立ち上がった。

西門は目を伏せて、首を横に振った。ひと呼吸置いてから、菜々美に貝原の思いを伝えた。

「お父さん……」

菜々美は目に涙をためて、声を詰まらせた。

火石はただじっとしていた。閉じた口元から感情を読み取ることはできない。火石もやれることはここまでだと悟ったのか。

「外までお送りします」

火石が菜々美の肩を抱くようにして、面会室を出て行った。

11

昼食の弁当は半分残した。

宗片から「やることはやった。気にするな」といわれたが、やはり無力感が全身を覆った。昼食のあとは、いつもの眠気に襲われることもなかった。

午後一時に机の電話が鳴った。外線で火石からだった。そういえば部屋に火石はいない。

〈西門さんにお伝えし忘れていたことがあります。木林先生が、今日は早めに仕事をあがりたいとおっしゃっていました〉

病み上がりの木林はまだ本調子ではないのかもしれない。

「レッドゾーンへの巡回診療はどうなりますか。今日は貝原さんの受診する日ですが」

火石が受話器の向こうで、うーんと声を出した。

〈もしよろしければ、西門さんが医務室まで連れて行ってもらえないでしょうか〉

「わかりました。では、今からすぐに」

レッドゾーンに向かった。居室で横になっていた貝原を車いすに乗せ、黙って車いすを押した。もはや貝原にかける言葉はなかった。

医務室が見えてきた。部屋の前で診察を待つ受刑者がいないことにほっとした。車いすに乗せているとはいえ、体の弱っている貝原を待たせたくはなかった。

車いすを押して医務室に入ると、木林は机に足を乗せて居眠りをしていた。医務官という感じはまるでしない。

「木林先生」

「おう」

西門たちに気づいた木林が目を覚まして足を下ろす。いつもの木林だが、火石から話を聞いたせいもあってか、木林の調子もどこかいまひとつに見える。

木林が棚から貝原のカルテを取り出した。さっと目を通してから、貝原と向き合う。

「今日は、どうだ」

木林のいつもの問いかけだった。「あったかいか？　それとも寒いか？」

「……あったかいですね」

「そうか、今日はあったかいか」

木林は貝原の胸と背中に聴診器を当てた。それが終わると、貝原の首に触れたり手のひらを見たりしている。

「はい、もういいよ」

木林は椅子をくるっと動かし、机の上でペンを動かし始めた。

「ああ、そうだ。貝原さん、あんたにちょっと見てほしいものがあるんだ。あれ」

木林がペンで窓のほうを示した。窓辺に古い木製の置物がある。漢字の「健」という字を楷書体で表した木工細工だった。

二本の円柱を枕木にして、健の字が立っている。高さは三十センチほどあってなかなかの迫力だ。だが、年代物らしく、色むらが目立っている。

「部屋のレイアウトを変えたときに、棚の奥から埃《ほこり》まみれで出てきたんだ。昔、受刑者が刑務作業で作ったやつじゃないかな。どうだ、なかなか見事な出来だろ。せっかくだから、広くなった窓枠のところに飾ろうとしたんだけど、隣の山崎女史が、色目が不気味だ、健というより不健康で医務室には不似合いだっていうんだ。たしかにいわれりゃ、そんな気もするし。それで、あんた、たしかシャバでは表面加工のプロだっただろ。こういうのをどうやってきれいにするか、アドバイスしてほしいんだ」

「はあ」

「とりあえず、窓辺にあるのを見てくれないか」

「わかりました。……触ってもいいですか」

「ああ、かまわん」

貝原は車いすから立ち上がると、たしかな足取りで窓のほうへと近づいていく。この手の話になると、貝原には不思議なほど生気が戻る。

貝原が木工細工をさすりながら、上下左右から丁寧に見ている。

「この木目を生かすって手もありますし、思い切って全く違う色にするのもいいですね。たとえば、銀色に塗って金属風に見せることも……」

貝原の言葉が急に止まった。

木工細工から手を離すと、窓辺に手をつき、固まってしまったかのように動かなくなった。

「貝原さん？」

貝原の両肩が小刻みに震えている。

「どうしたんですか、気分でも悪いのですか。木林先生、貝原さんが」

木林は貝原のほうを見ようともせず、書類の上でペンを動かしている。

西門は心配になって貝原の背中に近づいた。貝原は木工細工を見ていなかった。視線は床に落ちていた。

貝原の肩口から外の様子が見えた。すぐ目の前は一面灰色の塀だが、途切れて金網が張ってある箇所がある。その向こう側に人影が映っていた。

その姿を確かめて、西門はアッと声を上げた。

菜々美だった。

貝原が一歩下がろうとした。だが、下がる前に貝原をとっさに受け止めた。

そういうことだったのか――。愛想のない火石の顔が脳裏をかすめる。

よし、それならと頭が回転し始めた。窓のそばから離れようとする貝原を強引に押しとどめ、手を伸ばして窓を開け放った。

「貝原さん、見えますよね？　あそこにいるのは娘さんですよ」

菜々美はこっちを見ている。だが、貝原は顔を背けて気づかないふりをしている。

その姿ににわかに苛立ちを覚える。何が因果だ。そんなの関係ないだろう。

貝原の顔を窓の外に向けさせたかった。貝原の肩にかけた手に思わず力が入ると、貝原が小さくうめき声をあげた。

次の瞬間、耳の奥で別の声が聞こえた。

――おまえだって、一緒じゃないか。

毎晩、西門の眠りを邪魔するあの声だった。

――日々迷いながら過ごすおまえは、貝原と変わらないだろう。そんなおまえに貝原を責める資格があるのか。

肩をつかむ手が緩んだ。貝原の体が西門から離れようとした。

そのときだった。

「あなたっ」

女の叫ぶ声がした。貝原の体がびくっと止まった。

貝原が窓の外に視線を向けた。西門も同じように目を向けた。

菜々美と顔を寄せ合い、こちらを見ている女性がいた。

貝原の元妻、洋子だった。

顔も声も、以前、会社を訪れたときの洋子とはまるで違っていた。長い時間泣きはらしたような表情で貝原をじっと見ている。

洋子が金網に手をついた。

「あなた……。もう、いいの。もう、わかったから」

貝原は何かに耐えるように顔を震わせていた。しかし、もう目を逸らそうとはしなかった。洋子と、長い時間、見つめ合っていた。

「おい、西門」

木林の声で我に返る。

「ぼうっとしてないで面会の準備にとりかかったほうがいいんじゃないか」

「あ、はい」

「それと、ほれ」木林が一枚の紙を差し出した。さっきまでペンを走らせていた書類だ。カルテかと思っていたがそうではなかった。

「刑の執行停止の件、早く進めたほうがいいんだろ。貝原さんの健康状態を書いた上申書だ。すぐ検察へ持ってけ」

貝原をいったん生活棟に連れて行った。

これから面会の準備だ。急ぎ足で廊下を進んでいくと、火石と出くわした。火石はスーツ姿だった。細身の黒いスーツは官服よりも火石の痩躯を一層際立たせていた。

「外出なさっていたのですか」

「ええ」

「例の食堂、ですよね」

「山崎さんに前から誘われていたので、一緒にランチに行ってきました。味はまあまあでしたね」

火石がしれっとこたえる。うらめしい気はしたが、その先は何も訊かないことにした。

面会を拒否する貝原に対して、火石は奥の手を使った。西門は貝原を医務室へ連れて行く役割だった。

果たして火石のたくらみはうまくいった。医務室の窓から見えるわずかな塀の隙間を利用して、家族の再会を実現させた。最後は、洋子の言葉で貝原の心が開いた。

午後、貝原と山内母娘は面会室で二年ぶりに再会した。

「お父さん」

目じりを光らせた菜々美が笑いかけると、貝原の表情に久しぶりに明かりが差したように見えた。

アクリル板越しの洋子は、衰えた元夫の姿を見てずっと泣き続けていた。貝原のほうは、柔らかい表情で妻の様子を見守っていた。

会話らしい会話はほとんどなかった。だが、三十分という面会時間のなかで、家族三人を縛り続けていた緊張感が溶けていくのを、西門はたしかにこの目で見たのだった。

12

面会の五日後、刑の執行停止が承認された。検察庁、保護観察所、加賀刑務所による迅速な対応によって、異例の早さで承認にこぎつけた。

火石、宗片、西門の三人は、刑務所の門の脇で貝原を見送っていた。

車に乗る直前、貝原は、刑務官たちを前にして深く腰を折った。

「西門先生、こんな私のために……」

今日に至るまでの苦労が脳裏をかすめた。だが、そんなことはどうでもよかった。

貝原との別れ、おそらく二度と会うことはない。そう思うと胸がつかえて、声が出せなくなった。

宗片に、自分のかわりに貝原に何か言葉をかけてくれと目で合図を送ろうとした。だが、そのとき――。

「敬礼っ」

火石が号令をかけた。西門は反射的に右手の指先を制帽のひさしの横で止めた。火石と宗片も同じポーズをしている。

敬礼をしていると、不思議と気持ちが収まり、誇らしげな気持ちになった。

刑務官としての仕事をしたまで。特別なことは何もないのだ。火石にそう教えられた気がした。

貝原を乗せた車が刑務所を出発した。

車が視界から見えなくなった。

空を見上げると、薄い曇り空が広がっていた。これで区切りがついた。

貝原を見送ったら、自分も結論を出すつもりだった。

昨晩、兄に電話をしたときのことが頭をよぎる。

「この先のこと、決めたから」

〈そうか、どうするんだ〉

「刑務官を辞めるよ」

〈じゃあ、帰ってくるんだな〉

「うん」

実家に戻って金属加工の勉強をする。ただしその目的は――。

まずは火石と宗片に伝えるつもりだった。話すなら今がいい機会かもしれない。

「火石指導官、宗片統括。こんなところでいうのもなんですが」

西門の改まった様子に、火石と宗片は、どうしたんだ？　という顔をする。

「実は、刑務官を辞めることにしました」

二人はすぐには反応しなかった。

「でも刑務所から離れるわけではありません」

「どういうことだ」

「試験を受けて、法務技官になろうと思います」

法務技官は、刑務作業のときに、受刑者へ技術指導をする専門家だ。受刑者の衣食住すべてに関わる刑務官とは役割が違う。

「自分はもともとモノづくりが好きなんです。貝原さんを見ていたら、自分もモノづくりととことん向き合ってみたいと思うようになって。でも、更生の現場も嫌いじゃない。ここは自分にとっても必要な場所ですし。だから二兎《にと》追うことにしたんです」

実家に帰ってモノづくりの勉強をする。指導員の資格を取ったら、すぐに法務技官の採用試験を受けるつもりだ。

「いいと思いますね」

火石が目を細めた。「しかし、よく決心しましたね」

「背中を押されたんです」

「誰にだ」と宗片が尋ねる。

「三上です。目の前で歌を聴いて……」

あのとき、自分のなかで何かが変わった気がした。

「心が解放されたっていうか」

「貝原の部屋で歌ったあれだろ。三上の歌、たしかにすごかったな」

宗片がうなずく。「しかし、いきなりあんなにしっかりと歌えるものなのか。ずっと歌ってなかったんだろ」

「自分も意外でした」

「火石指導官、三上はどこかで歌の練習でもしているんですか」

「……さあ、私は何も知りません」火石が真顔でこたえる。

「またいつか歌ってほしいな」

「出所したら慰問に来てくれと伝えておきましょうか」

「ぜひ、お願いします。それまでに僕も法務技官になれるようにがんばります」

刑務作業の開始を告げる音楽が工場棟から聞こえてきた。

第五話
お礼参り

刑務所手記『プリズン・ダイアリー（完全版）』

Ｐ１４６ 運命の予備面接

新聞や雑誌でいろいろと書かれてきましたので、ここではくわしく書きませんが、私の服役理由は交際相手を死なせてしまったことです。裁判では私の殺意は否定されましたが、保護責任者遺棄罪が認定されました。一審判決後、弁護士の先生は「被告人がその場にいてもいなくても交際相手は亡くなっていた。被告人に罪はない」と二審で無実を主張して争う気満々でした。しかし私は控訴しませんでした。理由は、私が置き去りにした人間が死んでしまったのは事実だからです。私には罪がないのか、やはりないとはいい切れない。心の奥底ではそんな思いにとらわれていました。

（中略）……刑務所では介護の刑務作業と真剣に向き合いました。歌うことと同じくらいまじめに取り組んだつもりです。累進も４級から始まって２級にまであがりました。ＨＴさんから「そろそろ予備面接を受けられそうだ」といわれたときは本当に嬉しかったです。この予備面接というのは、仮釈放のための面接試験です。保護観察所から来た面接官からいろいろと質問を受けます。そこでは当然真面目な姿勢をＰＲしなくてはいけません。しかし、いくら当人が真面目なつもりでも、面接官の心証を悪くするような言葉を知らずに発してしまうかもしれない。模範回答はどんなだろう？

逆にNGワードはなんだろう？　そんなことを考えて不安ばかりが募りました。誰かに相談しようにも、私の話し相手は介護の受刑者か刑務官のHTさんだけ……。一度、HTさんにどんな受け答えをしたらいいのか尋ねましたが、「思ったとおりに話せばいい」としか教えてくれませんでした。

そしていよいよ予備面接の日が来ました。面接官は三人でした。どこか不機嫌な顔を私に向けています。視線に耐えきれず思わず下を向くと「顔をあげなさいっ」と面接官の一人に叱られました。しょっぱなでびびった私は、そのあと何を問われても、まともにこたえることはできませんでした。今思い出そうとしても、質問も答えもほとんど覚えていません。唯一はっきりと覚えているのは「歌手に戻りたいか」という質問でした。この質問にも私は何もこたえられませんでした。歌いたい気持ちはもちろんありました。ですが人を死なせた自分が人前で歌など歌ってお金をいただいてもいいものなのか。もしここで歌手に戻りたいとこたえたら、「反省が足りない」といわれるのではないか。そんなことを考えているうちに、次の質問に移っていました。結局、最後までぼろぼろの予備面接。これはもうだめだと思っていました。そして数日後、予備面接の結果を知りました。結果はなんと合格！　次の本面接が通れば仮釈放が一気に近くなるとのこと。なぜ？　あんなひどい面接だったのに？　今でもどうして自分が合格だったのかわかりません。実際、予備面接で不合格となり、仮釈放の候補から外れた受刑者もいたようです。

（中略）……次の本面接が終わり、しばらくして私は〝しゃくぜん〟と呼ばれる釈放前教育を受けました。その頃になると、できるならもう一度、歌手として復帰したいという気持ちがはっきりと芽生えていました。仮釈放までおそらくあと数日。ＨＴさんがずっと休みを取っていなかったことを思い出し「私が出所したら、どこかご旅行でも行かれるんですか」と尋ねると「一応は休むんだけど、塀の外でもやることがあって」とおっしゃっていました。それがなんだったのか、今もって知りません。

1

所長室では、週に一度の幹部会が開かれていた。

上座には、所長の久世橋、その両脇には、総務部長の仁部と処遇部長の乙丸が座っている。

乙丸からひとつ席を空けて司会進行とメモ係として総務課長の小田倉が座っていた。

「今日は、重要な議題がふたつあります。ひとつは、二十五班の三上順太郎が昨日仮出所しました」

ようやく終わったと、久世橋は小さく息を吐いた。

三上を少しでも早く仮出所させたい。刑務所トップの久世橋自らが水面下で更生保護委員会に要請してきた。少なからずその効果はあったようだ。

「塀の外もずっと騒がしかったですしな」

乙丸がおおげさに顔をしかめた。

ここ最近は釈放が近いことを予想して、メディアや一般人が塀の外をうろついていた。その恩恵を受けたのが、元所有地にできた食堂で、店は連日にぎわっていた。

「それで議題というのは火石警備指導官の人事です」

「火石のここでの役割は、もうないということか」

「そうなります」

「あいつもいよいよ、お役御免か」

久世橋の言葉に、三人の部下たちは安堵の表情を浮かべた。しかし、それでいて、どこか複雑な表情をのぞかせてもいた。

「どうした。嬉しいんじゃないのか。もしかして、火石がいなくなったら、寂しいとかいうんじゃゃないだろうな」

三人の部下たちは、一斉に苦笑いを浮かべた。

久世橋は冗談めかしていったつもりだが、火石がこれでいなくなると思うと、内心、久世橋も部下たちと似たような思いを宿していることに気づいた。

面倒な刑務官を抱え込んでしまった。火石の赴任直後はそんな思いにとらわれることも多かった。だが、火石はよく働いてくれた。休みもほとんど取っていなかったという。

「火石は何といっている」

「できるなら加賀刑務所に残りたいと」

久世橋の問いに、仁部がこたえた。総務部長の仁部は人事の責任者だ。

「しかし、所長」

乙丸が露骨に眉を寄せた。「本人が希望したとしても、残留はないのでしょう?」

乙丸にとってみれば、上級職採用の部下は扱いにくかったにちがいない。

ただ、扱いにくかった理由はそれだけではない。一番の理由、それはここにいる全員が知っているが、決して口にはしない、あるタブーのことだった。

改めて思う。加賀刑務所に赴任したこと自体が異例だった。残留は無理だ。

「希望しているならここにいさせてやりたいが、これだけは私にもなんともできん」

久世橋の言葉に、乙丸がほっとした表情になった。

「で、火石は今何をしている」

「休暇を取っています。この二年、三上にほとんどつきっきりでしたので、このまま人事異動まで休むんじゃないですか」

「なら、休ませておけ」

三上と火石の件はここまでだった。

「では、次の議題に移ります」

小田倉が話を進めた。「第八班の牛切貢《うしきりみつぐ》の件です。乙丸処遇部長、説明をお願いします」

乙丸が低い声で咳払いをした。

「牛切が来週、満期出所となります」

牛切は金沢市出身で三十三歳。放火による殺人未遂で服役した。服役は二度目で前も放火だった。

「実は」乙丸が話を続ける。「牛切に二度目の心理テストを行いました」

受刑者には、服役中に様々な更生プログラムを受講させている。そのひとつに心理テストがある。受刑者がどのような心理状態であるかを見極める重要なテストで、凶悪犯罪を起こした受刑者には必須の受講メニューとされている。

今回、出所直前の牛切にテストを実施したところ、牛切の評価は、十段階で最低のEマイナス。つまり、犯罪リスクが最も高いという結果だった。

「テストを実施した専門家によれば、これまでの統計上、Eランクの受刑者が出所直後になんらかの罪を犯す可能性は八十パーセントを超えるそうです。特に、出所してからの一週間は、社会に適応できずに、過大なストレスによって、重大犯罪に走る可能性もあると」

テーブルは重い空気に覆われた。所詮は外野の声、判断を下すのは我々——。刑務所では長きにわたり、専門家の意見を軽視する風潮があった。心理分析が事件を解決に導く欧米のテレビドラマのような話に、真剣に耳を傾けることなどなかった。

だが、数年前に関西地方で起きた元受刑者による通り魔殺人事件以降、法務省は受刑者の心理分析に本腰を入れ始めた。専門家の意見を取り入れるよう各刑務所にも通達を出している。

かりに深刻な分析結果が出た場合、放っておくことはできない。何かあっては、役所の不作為が問われる。

「Eランクという結果は今まで聞いた記憶はないが」

「加賀刑務所では初めての結果です」

筆記試験だけではなく、面談も含めての結果だ。機械的に導かれたものではないことはたしかだ。

犯罪リスクの高い牛切が三度、事件を起こせば、刑務所への信頼は大きく揺らぐ。では、それをどう回避するか。

「牛切の体調は回復したのか」

「万全のようです。これが最近の姿です」

小田倉がすっと写真を差し出した。手に取って上半身姿の写真を眺める。

「ずいぶんと痩せているが、大丈夫なのか」

「はい。これでも一時期よりはだいぶマシになったようです」

ここ一年半、牛切は体調を崩して愛知県の医療刑務所にいた。加賀に戻ってきたのはわずか数日前だった。

写真を小田倉に返して、久世橋は腕を組んだ。

心理テストの結果が悪かった者に対して講じる手立てがあるとしたら、監視しかない。だが、刑期を満了してシャバに戻った人間を監視するなんてことが許されるのだろうか。更生をつかさどる刑務所がそれを行うのは自己否定ではないのか。

仮に監視したとしても、どれだけの意味があるのかも甚だ疑問だ。満期出所者の再犯率が高いのは統計上はっきりしている。監視するといっても、結局は、満期出所者が何かしらの罪を犯すのを見届けるだけではないのか。

「警察への監視要請は」

「昨日、いたしました」

「素直にうんとはいわなかっただろ」

表面上、警察とは協力関係を保っているが、暴力団の準構成員だった受刑者を急に連行されて以降、微妙な隔たりがある。

「それが、要請に応じますとあっさり返してきました」

「ほう」意外だった。

「ただ、警察まかせというわけにもいかないと思います。うちからも刑務官を派遣したほうがいいのではないでしょうか」

悪くない提案だと思った。万が一、何か起きたときは、こちらもすぐに情報が欲しい。そのためにも警察と足並みをそろえておく必要がある。

「出所後しばらくは、刑務官を牛切の監視につけておけ。あと、警察に、こう伝えてくれないか。監視に当たっては、刑務官と警官でペアを組ませてくれと」

「わかりました」

その日のうちに、若手の刑務官に業務命令が下された。


そして翌週初め、放火常習犯だった牛切貢が加賀刑務所を出所した。

2

——俺は、こんなにも痩せたのか。

領置箱から取り出したズボンを穿《は》いたときに、まず感じたことだった。

ベルトを締める際、使ったことのない一番深い穴でベルトを締めた。

出所式では、所長の久世橋がずっと目を合わせてくるのが不快だった。だが、視線は逸らさないようにした。逸らしたら怪しまれるような気がしたからだ。

出所式が終わると、外に出て刑務所の所有するトヨタカローラの後部座席に乗りこんだ。担当刑務官の敬礼に見送られて、車は刑務所の門を出た。

広かった道路は、街なかに入ると急に狭くなった。相変わらず金沢の街なかは道が狭い。

兼六園《けんろくえん》下の交差点に近づいてくると、渋滞に巻き込まれた。窓の外を眺めていると、ガラス張りの近未来的なデザインの建物が目に入った。金沢地方裁判所だった。

公判の様子が昨日のことのように思い出された。絶対に忘れない顔が目の前に浮かんでくる。顔にほてりを感じ、体じゅうの血管がぎゅっと縮んだ。

復讐《ふくしゅう》することだけを考えていたが、服役中は何もできなかった。

渋滞から抜け出して、車がスムーズに動くようになった。街を通り抜け、西金沢駅のロータリーで車から降りた。二人の刑務官はともにスーツ姿だった。官服を着ていない彼らは普段とはまるで別人で、威厳もオーラも感じられなかった。顔まで違って見える。

刑務官の一人がトランクから俺の荷物を取り出した。

「では、気をつけて」それだけいうと刑務官は車に戻った。

車が動き出す。官服を脱ぐと、敬礼はしないのか。そんなことを考えながら、車に向かって一応、頭を下げた。

頭を上げると、カローラが視界から消えていた。つい一時間前まで束縛された世界にいたが、あっけないほどに刑に服する時間は終わりを告げた。

自宅に向かって歩き出す。頰に触れる三月の空気はまだ冷たかった。見慣れた光景に出所した実感がわくが、それ以上のものは何もない。

刑務所への迎えは拒否した。咲江《さきえ》を来させたくなかった。もっといえば、咲江のもとへ向かうことにもためらいがあった。だが、いったんは会っておかなくてはいけない。万が一、刑務所や警察に連絡されたら、計画が実行できなくなる。

ある場所まで来たところで、歩を緩めた。まるで歯が抜けたように住宅街のなかで一角だけ空き地となっていた。ほうぼうに雑草が生えている。ずっと手入れはされていないようだ。

以前は、ここに木造住宅があった。建物が全焼するのに一時間もかからなかった。

さらに路地を進んでいくと、ふと人の気配を感じた。

立ち止まって周囲を見渡す。誰もいない。気のせいだろうか。

再び歩を進め、自宅にたどり着いた。

呼び出しのチャイムを鳴らすと、すぐにドアが開いた。

「おかえり」と咲江が顔を出した。

目を伏せて「うん」とこたえて、なかに入った。

狭い廊下を進み、リビングでソファに腰を落とした。ダイニングテーブルには、香ばしい匂いを漂わせた肉料理がずらりと並んでいた。

一息ついてから、テーブルの前に座り、料理を口に運んだ。味の濃い料理が舌から食道にかけてひりりと刺激を与えた。

　腹は満たされたが、料理は半分以上残った。胃袋は小さくなっていた。どおりで痩せるわけだと思った。

「おいしくなかった？」

「そういうわけじゃない」

　出された茶を飲みながら、検察庁から書類が届いていないかと尋ねた。

　咲江がおずおずと書類を出した。取り上げてさっと目を通した。

「頼んでおいたものは」

　咲江が板きれのような薄いスマートフォンを差し出した。

　受け取ろうとしたが、咲江はスマホからすぐに手を放そうとしなかった。

「どうするの」

「すぐにここを出ていく。もう、戻らない」

　咲江が悲しげな顔で俺を見つめる。その瞳は、もうやめてと訴えていた。

　そういうわけにはいかないと咲江の顔を見返す。咲江のほうは、瞬きも忘れるほどの強い目で俺を凝視した。しばらく無言で見つめ合っていたが、やがて咲江の視線が下に落ちて、その細い指がスマホから離れた。

　必要な荷物を持ち、家を出た。西金沢駅でバスに乗り、ウィークリーマンションを扱う不動産屋を訪れた。

不動産屋では四十歳くらいの男性の社員が応対した。

「契約していただければ、今日すぐにでも入居できますよ」

いくつかの書類に名前を書いて契約手続きは終わった。

不動産屋が車でその物件まで連れて行ってくれた。

「失礼ですが、お仕事は」

「今、無職ですが、明日か明後日には仕事を決める予定です」

「そうですか」

運転する不動産屋の顔をちらりと眺めた。無職だと嫌な顔をされるかと思ったが、不動産屋は気にしている様子はなかった。

入居物件に到着した。建物はマンションではなく小さなアパートだった。部屋は二階建ての一階。六畳の和室とキッチンがある。外観は小ぎれいだが、なかはそれなりに古い。家賃相応だ。

不動産屋から鍵を渡され、部屋で一人になった。ブレイカーを上げたら電気が使えた。しばらく使っていない部屋だったのか、小さな虫の死骸があった。あとで殺虫剤を散布したほうがいいかもしれない。

近くにある大型ドラッグストアに行き、最低限の生活用具を買った。寝具は防災用の寝袋を購入した。布団はいらない。目的を果たしたらすぐにここを出る。

薄暗い部屋でぼんやりと壁を眺めた。無地のクロスに自ずと憎い顔が浮かんでくる。判決のときに見たのが最後だ。あのとき被告席と傍聴席の間で、一瞬だけ、互いの視線がぶつかった。

目を閉じた。暗闇のなかで、あいつの顔が炎で燃えているのを想像する。恐怖におびえ、激痛に悲鳴を上げてのたうちまわっている。

その様子を見届ける。そのために俺はシャバに戻ったのだ。

3

〈はい。火石です〉

〈とめましたが無理でした。やはりあの人の意思は固いようです〉

〈そうですか。今はどうされていますか〉

〈家を出ていきました。もう帰ってこないと〉

〈スマホの件は〉

〈火石さんにいわれたとおりに〉

〈では、あとは私のほうで対応します〉

〈ご面倒をおかけしてすみません〉

〈とんでもないです。ご縁があって私のところまで話が来たことをむしろありがたく思っています〉

〈久しぶりのお休みだったとお聞きしましたが〉

〈お気になさらずに。彼が出て行ったのは我々の責任です。出所するまでに更生させられなかったわけですから。あとはこちらで全力を尽くします〉

〈お願いします。……火石さん、ひとつ失礼を承知でお聞きしてもよろしいですか〉

〈なんでしょう〉

〈顔の傷のことなんですが〉

〈はい、それがどうかしましたか〉

〈どうやって、心の持ちようを、傷のことを克服なさったのかなと〉

〈……克服はできていません〉

〈そうなんですか。失礼しました。この前お会いしたとき、あまりに堂々としておられたので〉

〈日によっては気持ちがふさぐこともあります〉

〈やっぱり、そうですよね〉

〈でも仕事でこれが役に立つこともあるのです〉

〈どう役に立つんですか〉

〈顔に箔《はく》がついて見えるのか、今いる刑務所ではなめられずに済んでいます〉

〈そうなんですか〉

〈私と向き合うと相手のほうが目をそらすことが多いです。本当はこっちも怖くて仕方ないんですが〉

〈怖いんですか？　火石さんからそんな言葉が出るとは意外でした〉

〈やっぱり、怖いです〉

〈それが普通ですよね。だって……あ、すみません〉

〈いいです、気にしないでください。それと……怖いときは、無意識のうちにハンカチで指を拭いているんです。なんとかして気持ちを落ち着かせようとしているんですね、きっと〉

4

石川県警金沢中警察署の赤塚誠一《あかつかせいいち》は、覆面パトカーの運転席に座っていた。

助手席にいるのは、刑事ではなく、加賀刑務所の刑務官だ。名前は、伊井《いい》雄亮《ゆうすけ》。ここへ来る前、警察署で初めて顔を合わせた。年齢は聞いていないが、おそらく自分よりも五つほど下、二十代半ばくらいだろう。細面に痩せた体格は、刑務官というより事務職の公務員のほうが似つかわしい印象がした。

監視初日の今日、二人は覆面パトカーから牛切のアパートを見張っていた。

普段の張り込みは、署の刑事が二人一組で行う。だが、今回は刑務所からの要請で、特別に刑務官とコンビを組んで行うことになった。

「警察の方と一緒に組ませてもらえて、ほっとしています。自分一人だったらどうしようかと。こっちは、こっそり監視するなんてしたことありませんから」

「我々のほうこそ、刑務所サンが一緒にとおっしゃってくださったので、心強いです」

適当に話を合わせたが、内心、そんな思いは微塵《みじん》もなかった。牛切が出所したら刑務所の依頼があろうがなかろうが、警察は牛切を監視する予定だった。

そのことを刑務所側へ伝えないのは、警察に借りができたと思わせるため。刑務所をよく思っていない副署長の発案だが、今日の伊井の様子からすると、少しはその目的を果たせたかもしれない。

危険人物と思われる牛切を警察が監視するのは、犯罪防止の観点から当然の役目である。ただ、そこには中警察署としての事情もあった。

「警察のなかで赤塚さんが監視役に選ばれたのはどうしてですか」

「たまたま、手が空いていたからでしょう」

軽くこたえたが、全くの嘘だった。正直に話すとなると、もうひとつの事情まで明らかにしなくてはいけなくなる。

「同じことをうかがいますが、伊井さんはどうして選ばれたのですか」

「顔を知られていないから。ただ、それだけです」

意外なこたえだった。加賀刑務所は全国のなかでも小規模の刑務所だ。刑務官と受刑者はたいてい互いの顔を覚えているのではないか。

「刑務所で牛切と面識はなかったってことですか」

「私が加賀に配属されたときは、すでに牛切は医療刑務所に移送されていました。戻ってきたあとも、遠目で数回見た程度です。だから安心です」

「では、牛切が伊井さんを見て刑務官だと気づく可能性はないわけですね」

刑事の自分はばれないように監視する自信はある。だが、刑務官は素人だ。監視対象に面が割れていないほうがいい。

「万が一、顔を知られていたとしても、このとおり官服じゃありませんから。気づくわけ、ないですよ」

「おっしゃりたいことは、わかります」

「前に受刑者からいわれました。官服を着て制帽を目深にかぶっていると、みんな同じ顔に見えるって」

それは警察も同じだ。交番勤務の頃、よく感じたものだった。市民や犯罪者は警官の顔を見ているわけではない。制服警官という存在自体に畏怖の念を感じている。

「刑務所の心理テストでは、牛切の診断結果は最悪だったとか」

「あんな悪い結果が出たのは加賀刑務所では初めてで。高い確率で犯罪に走るというコメントまでご丁寧についていていました」

「牛切が誰かを恨んでいるような話は聞きませんでしたか」

「警察への恨みを何度も口にしていたようです。でも、それってほかの受刑者でも多いんですよ。気にするレベルの話じゃないと思います」

「そうですね」

顔色を変えずに同意するも、やはりそうかと心の底で納得していた。累犯の牛切は、遠からず三度目の犯罪に走る。刑務所の分析は高度なものではなく、ごく自然な論理の帰結だ。

伊井が腕時計に視線を落とした。赤塚も時間を確認する。夜八時すぎ。朝八時から監視していたので、すでに十二時間が過ぎている。今日の牛切に動きはなかった。

「伊井さん、どうぞあがってください」

「いいですか」

伊井がどこかほっとした表情を浮かべた。どうやら帰りたかったらしい。

「赤塚さんは」

「初日ですので、もう少し見張ってから帰ります」

伊井は、「では、私はこれで。お先に失礼します」といって車を降りた。

一人になって一時間が経過した。赤塚もそろそろ帰ろうかと思ったところで、牛切がアパートから姿を現した。

距離を空けて、車であとをつけた。牛切は両手をポケットに突っ込んでやや前かがみで歩いている。逮捕時よりかなり痩せた印象だ。だが、歳を重ねた風には見えない。年齢不相応に少年のようなあどけなさを残している。

しばらく歩いてたどりついたのは、近くにある大型のドラッグストアだった。

買い物をする牛切を駐車場から見ていた。食品コーナーをうろつき、パンやカップ麺をかごに入れている。ただの腹ごしらえの買い物らしい。

少し安心して、牛切から視線を外した。夜九時をまわっているが、駐車場は三分の一ほど埋まっている。

その駐車場の一角で人影が目に留まった。背の高い痩せた男だった。何をするわけでもなく、たたずんでいる。

気になった。もしかして物盗《ものと》りか。男の視線はドラッグストアへと向いていた。

ずっと男を眺めているわけにもいかず、視線を店内に戻した。牛切がちょうどレジに並んだところだった。

さっきの男——。どこかで見た気がして、再び外に視線を移した。

だが、男はもういなかった。

5

目が覚めた。スマートフォンの画面を見ると六時三十分ちょうど。刑務所の起床時間だった。体に染みついた刑務所生活のリズムはすぐにはとれそうにない。

決行日はまだ決めていなかった。段取りもこれからだ。寝転がったままスマートフォンの画面に指を滑らせる。動画のニュースを見ていると、知った顔が映った。三上順太郎だ。こいつは俺よりも少し早く仮出所した。出所したその日の午後に、違う格好で刑務所に現れたときは、同一人物には思えなかった。伴奏なし、マイクなしで歌ったが、その声は体育館に響き渡った。プロの歌手とはすごいものだと感心した。

朝飯の菓子パンを食べたあと、再びスマホに没頭した。主に見ていたのは、復讐や私刑といった言葉で検索したサイトだった。もちろん、情報集めが目的である。

やはり、スマホがあるとないとでは大違いだ。同室の受刑者が話していた犯罪関係の裏サイトにアクセスしてみたら、様々な犯罪の手口や過去の事例がデータベース化されているのには驚いた。準備の仕方から成功するためのコツまで詳しく書いてある。そのサイトをじっくり読んでいたら、いつのまにか昼を過ぎていた。外は晴れていた。

ここは刑務所ではない、今は自由の身——そう思うと無性に歩きたくなった。とりあえず、家から持ってきたトレーナーを着てジーパンを穿いた。昨日と同じく、上下ともツーサイズほど大きな感じがする。

アパートの周囲を歩いてはみたが、どこか味気なかった。車は通るが、歩道を歩く人がほとんどいないからだ。

久しぶりに雑踏に紛れたいと思った。三十分ほど歩いて北陸一の繁華街、香林坊《こうりんぼう》にたどりついた。通りを人が行き交っている。これを味わいたかったはずなのに、しばらくすると息苦しさを覚えた。

水面から顔を出すように空を見上げて、大きく息を吸っていると、火石という上級刑務官のことをなぜか思い出した。スマホで三上のニュースを見たせいかもしれない。火石は三上の担当刑務官だった。

その火石から何度か講義を受けたことがある。内容は感情のコントロールに関する更生プログラムだった。興味はなかったが、プログラムの受講回数が仮釈放決定の判断目安になると聞いたので受けることにした。

火石は小学校の教師のように、ゆっくりとわかりやすく語りかけてきた。

――怒りの感情がわいたときは、数字を六まで数えると静まります。

――悩みごとは、文章にして書くと心が整理されて落ち着きます。


なかでも印象に残ったのは「心を縛らずに、例えば、そこにいる誰かの気持ちを想像して、近づいてみてください」という言葉だった。

気持ちを想像して、近づいて……。漠としたいいまわしだが、火石が伝えたかったのは、おそらく、罪を犯すに至った胸のうちという意味なのではと思った。

今さらどうでもいい気もする。だが、せっかくの機会だ。法廷でのやり取りを思い出して、試してみるのもいいかもしれない。

昼営業をしている居酒屋の求人募集の張り紙が目に入った。店のドアを押す。午後二時を過ぎて昼の客はほとんどひいていた。

いらっしゃいませの声がして、中年女性の店員が寄ってきた。

「おひとり様ですか」

「客じゃないんです。アルバイト募集の紙を見て」

喜ばれるかと思ったが、中年女性は眉を寄せた。女は店の奥に入って行き、かわりに太った男が出てきた。おそらく俺よりも年下だ。

「ここじゃなんだから、奥に入って」とバックヤードに案内された。

男は「履歴書ある？」と横柄な口調で尋ねた。

「すみません。今日は持ってきていなくて」

「じゃあ、それはまた今度でいいけど。最近まで何をやってた？」

少しだけ迷った。

「もしかして、ずっと無職とか？」

「いえ……服役していました」

男の顔色が変わった。

「申し訳ないけど、うちではちょっと」

「だめですか」

「すみません」

男がひざに手をついて深々と頭を下げた。

男が頭を上げないので、そのままにして店を出た。

見た目の割に気弱な男だった。試しにもう一軒、今度は洋食屋に入った。

「雇っていただけませんか」

今度は少し愛想笑いを浮かべてみた。刑務所では炊事係をしていたとも話した。しかし、刑務所という言葉を聞いた瞬間、店員はうろたえながら、すみませんと謝った。その後も、ラーメン屋二軒、レストラン一軒とまわった。だが、判で押したように店の人間はみな泣きそうな顔をして俺に謝った。

コンビニで缶コーヒーを買い、ビルの壁に寄りかかった。少し頭が重かった。久しぶりにシャバの空気に触れたせいで気疲れしたようだ。

軽く目をつぶると、まぶたの裏に裁判での情景が浮かんできた。

――自分はもうこの世に必要のない人間だと烙印《らくいん》を押された気がしました。街を歩いていても、自分という存在に誰も気づいてくれない。自分は透明人間なのか。ならば、みんなに気づいてもらうために……。

笑いが込み上げそうになった。前科者がこんな扱いを受けるのは当たり前だ。刑務所に入った人間なら、皆わかっていることだ。

なのに、なぜそんな言葉を吐くのか。理由は明白だ。裁判で情状酌量がほしいからだ。弁護士があらかじめ用意したセリフをただ口にするのだ。

結局は、反省なんてしていない。ムショに何度入ろうが同じだ。

体がほてり、脈が乱れた。気づいたら、「くそっ」と声を発していた。

通行人が俺の脇を足早に通り過ぎていく。おかしな奴と思われただろうか。ここで警察に通報されでもしたら、たまらない。

深呼吸を繰り返した。少しずつ頭が冷えていく。通りは行き交う人で溢《あふ》れていた。今日は三連休の初日。ハロウィンでもないのになぜか仮装している人間が多く目についた。

あるビルに「コスプレストリートタテマチ」と書かれた大きな横断幕が垂れ下がっていた。どうやらこの連休期間は、香林坊に隣接する若者向けの商店街、タテマチストリートでコスプレのイベントが行われているようだ。

あてもなく歩いた。奇抜な衣装の人々に紛れて、スーツを着た若い女が路上で何かを配っていた。

女と目が合い、チラシを渡された。透明のビニールシートに入った旅行のチラシだった。少し行くと、今度は赤いベンチコートを羽織った女からフリーペーパーを渡された。

人混みのエスカレーターに流されるように通りを進む。気づいたら、すぐそばで誰かが並んで歩いていた。三十過ぎの背の高い女だった。

「少しの時間、あなたの幸せを祈らせてください」

チラシ配りの女たちよりもしっかりとこちらの顔を見ていた。宗教の勧誘か。こういうのが一番胡散《うさん》臭い。

「いえ、けっこうです」

歩くスピードを上げると、女はもうついてこなかった。

人混みから遠ざかったところで、歩を緩めた。いつのまにか、空が赤く染まり始めていた。飲み屋の看板には、ちらほらと明かりがついている。

顔にペイントをした三人組の若い女がタテマチストリートに向かって歩いていく。コスプレイベントはまだ盛り上がっているようだ。

――場所はタテマチにしよう。そろそろ準備だ。

空を見上げると、夕陽に染まる雲の塊が視界に映った。

目を凝らしていると、その赤い雲はいつのまにか大きな炎へと変化していったのだった。

6

夜九時を過ぎていた。赤塚は車のなかから牛切のアパートを見ていた。

三月といえど、夜になると冷え込んでくる。張り込みに集中していると、赤塚はあまり寒さを感じないが、助手席の伊井はそうでもなさそうだ。日が暮れてから、ときどき肩を震わせている。

「暖房つけましょうか」

「大丈夫です。寒さには慣れていますから。刑務所のなかに比べたら、これくらい……」

そこで伊井が大きなくしゃみをした。「でも、もう少し寒くなったら、つけていただけますか」

風邪をひいて、うつされでもしたら面倒だ。赤塚は、「もうつけましょう」といって、イグニッションをまわし、暖房をオンにした。

牛切の住んでいるアパートの周囲には建物が少ないので、ある程度距離をあけている。エンジンをかけたとしてもアパートまで音は届かないだろうし、近所からのクレームもないだろう。

「あいつ、ほんとにまたやりますかね」

伊井がいぶかしげな声を出して、牛切のアパートに目を向けている。

今日も適当な時間に帰るかと思ったが、伊井はなかなか帰ろうとはしなかった。刑事の自分より今回の任務に重みを感じていないはず。現に昨日も九時前に切り上げて帰ったのは、その表れだと思っていた。

「実は、昨晩、刑務所に戻って累犯受刑者の統計データを見ていたんです」

思わず伊井の顔を見る。昨日、早く帰った理由はそれだったのか。どうやら監視に飽きたわけではなかったらしい。

「何かわかりましたか」

「最近のデータでは、累犯の再犯率は四十パーセントを超えていました。刑務所は更生に力を入れているんですけど、なかなか下がらないんですよね」

「刑務所での更生がうまくいってないってことですか……あ、これは失礼ないい方でした」

「残念ながら、それはあると思います。刑務所では、初犯の受刑者には厳しく接するんですが、二度三度と繰り返し刑務所に入る受刑者には厳しくしませんから」

「どうしてですか。普通は逆じゃないですか」

繰り返し犯罪に走った累犯受刑者にこそ厳しく指導するべきではないのか。

「刑務官になってすぐに上司から理由を聞かされました。初犯の受刑者に厳しくするのは、もう二度とこんな場所には戻りたくないと受刑者に思わせるためなのですが、何度も刑務所に入っている受刑者の場合だと厳しくしても慣れてしまっているので、犯罪抑止の効果がないらしいんです」

反省どころか、自分が悪いとすら思っていない犯罪者はたしかに存在する。警察官をやっていれば、そんな救いようのない人間がいることに嫌でも気づかされる。

牛切を逮捕したときのことを思い出した。手錠をかけようとすると、牛切は暴れた。

意味不明の大声を出したかと思えば、赤塚をにらみつけてこういった。「おまえたちはいいよな」

裁判も傍聴した。裁判官は自分勝手な犯行だと牛切を説諭した。傍聴席からも「反省なんてしてないだろ」との声がとんだ。声の主だった男は、その後も牛切に非難の言葉を浴びせ続けたため、退廷を命じられていた。

あのとき、傍聴席のほうを振り返った牛切と目が合った。すぐに赤塚だと気づいたらしく、牛切はこちらを凝視し、そしてかすかに笑ったように見えた。

「赤塚さん」伊井の声で牛切の顔がかすんだ。「部屋の電気が消えました」

そのまま小一時間ほど監視を続けた。眠りについたのか、牛切が外に出てくることはなかった。

「今日の張り込みはここまでにしましょう。近くまで送ります」

運転しながら、今日の牛切の行動を振り返った。

飲食店に何度か出入りしていた。おそらく求人に応募したのだろう。しかし、店を出てきたときの牛切の様子から察するに、あまりいろよい返事は得られなかったに違いない。奴のストレスは高まっているはずだ。

数年前に関西で通り魔事件があった。犯人の男は出所して七日目に事件を起こした。事件を起こす数日前まで、男は仕事を探し続けていたが、雇ってくれるところはなかった。親戚の仏具店でも断られたあと、街に出た男は、購入したばかりの包丁で三人を刺し殺した。

凄惨な事件だが、どこにでも起こりうる事件だ。出所したはいいが、社会に出て味わう孤独に元受刑者たちは絶望する。

道が狭いので、緩い速度で車を進めていると、道の端から猫が急に飛び出してきた。うわっと伊井が声を出したのと、赤塚がブレーキペダルを踏んだのはほぼ同時だった。

「危なかったなあ」伊井がため息をついた。

ライトに照らされた路上にもう猫はいなかった。

両側を塀に挟まれた狭い道を見ていると、不意に脳がうずきを覚えた。

赤塚は目をつぶった。牛切の裁判を傍聴したときの光景が、再び目の前に映し出されていく。

「どうしたんですか」伊井が怪訝そうな声で尋ねてくる。

脳細胞が記憶をつなぐ作業を始めていた。無意識のうちに大事なことに気づいたのかもしれない。だが、それが何なのか、まだはっきりとは見えてこない。

「赤塚さん――」

伊井がさらに何かいおうとしたのを手で制した。

もう少し。あと少し……。

そのとき、後ろから甲高いクラクションが鳴り響いた。

リセットボタンを押したかのように、記憶がスパっと消えた。

「……何でもないです。失礼しました」

アクセルをゆっくりと踏み、車を前に進めた。

こたえにたどりつけなかった。そのかわり、嫌な直感が芽生えていた。誰かの念が蛇に姿を変えて、背中をざらざらと滑っていくような感触がそこにはあった。

7

明るい間は外に出る気がしなかったので、今日は日が暮れてから部屋を出た。

準備は着々と進んでいた。あいつの住まいはすでに突き止めてある。復讐の段取りで何かしらの抜けがないか、スマートフォンで都度、確認もした。

ドラッグストアで計画に必要な道具を買った。大型店なので、ホームセンター並みにいろんなものがそろっていた。ぶら下げたナイロン袋のなかには小型のバーナーと除菌用のスプレー缶が収まっている。

帰り道、暗い公園に入ってベンチに腰を下ろした。ここで少しイメージトレーニングをしてみる。

　あいつの背後から近づき、顔にスプレーを噴射する。これでもかというくらいに浴びせたあと、バーナーを鼻先に突きつけて点火する。顔面を炎に覆われたあいつはのたうちまわる。

　命までは取られない。ありがたいと思え。感謝など不要だ。なぜなら、これこそが本当の地獄だからだ。顔に消えない大やけどを負い、残りの人生を過ごしていく。死よりもつらい生き地獄が待っている。

　公園を出た。

　歩いているうちに、ふと気づいて立ち止まった。自宅ではなく、いつのまにか、あいつの家の近くまで来ていた。

　そう焦るな、まだだといい聞かせて、きびすを返した。近道をしようと、細い道を行く。車がすれ違うにはぎりぎりの狭い道で、人通りもない。

　道の途中で足を止めた。空気の密度が変わったような気がした。おそらく、これは人の気配だ。しかも濃密な緊張感が漂っている。

　来た道を少し戻って、注意深く周囲を見渡した。

　――あれか。

　廃工場のそばの空き地に一台の車が夜の闇に紛れるようにしてひっそりと停まって

いた。目を凝らしたが、暗闇が邪魔をして車内の様子までは見えなかった。

近づいて確かめようかと思ったが、どこか危険な匂いもする。何かしらのすべはないかと思いを巡らせていると、遠くから車の走る音が聞こえてきた。

通りの向こうから二つのライトがこちらを照らしている。大型のバンだ。狭い道をゆっくりと進んでいる。

チャンスだと思った。壁に寄りかかってバンをやりすごしながら、廃工場の車の様子をうかがった。

いよいよバンが迫ってきた。ライトが空き地を照らした。白い光が車内を通り過ぎる。瞬間、思わず息を止めた。男が二人——。

壁の陰に隠れて頭を働かせた。男の片割れをどこかで見た気がする。おそらくつい最近だ。ここ数日の記憶をたどっていく。そう、あれはドラッグストアだった。

小型バーナーとスプレー缶の入った袋をとっさにリュックに入れた。

復讐は簡単には実行できないかもしれない。その前にやらなくてはいけないことがありそうだ。スマートフォンを使ってもう少し勉強したほうがいい。

俺は足早にアパートに戻った。

8

監視を始めて三日目の夜だった。ここまで何もなかったからといって、気を抜いたわけではなかった。

道を行く牛切と一瞬だけ目があってしまった。

牛切のほうは気づいたようには見えなかった。無表情で狭い道を通り過ぎて行った。

「さっき牛切が手にしていたナイロン袋、あの中身は何だったんでしょうか」

伊井の不安そうな問いかけに、「気になりますね」とだけこたえた。

暗闇だったのではっきりとは見えなかったが、スプレー缶のようにもペットボトルのようにも見えた。

「もしスプレー缶だったら……」

伊井はその先を口にしなかったが、赤塚も同じことを想像していた。ものによってスプレー缶には可燃性のエーテルが含まれている。

「どこかで火をつけるつもりではないでしょうか」

「もう少し様子を見ましょう」

「……はい」

伊井の返事が少し遅れた。胸のうちでは、牛切の部屋に行くべきだと考えているのかもしれない。

「今日は徹夜で監視します」

「私も残ります」

牛切のアパートの窓に明かりがともった。

何か起きるのか。赤塚は牛切の部屋をじっと眺めていた。


午前六時、周囲が明るくなってきた。

徹夜で見張ったが、結局何も起きなかった。

背中が板のように硬くなっていた。無事なほうが、緊張が長く続くせいか、疲労感は大きい。

「赤塚さん、やっぱり」伊井が赤い目をこすった。「隠れて見張るよりも、牛切のところにいって、バカな真似はするなとくぎを刺したほうがいいと思うんですが」

「それでは監視の意味がなくなります」

「そういわれたら、そうですが」伊井はまだ不満顔だ。

「たしか、刑務官が出所した人間に接触するには、相応の理由がないといけないんじゃなかったですか」

「……そのとおりです」

「今はまだ、そのときではないと思います。ここにいる限り、それほど心配する必要はありません。牛切のターゲットもわかっていますから」

思わず口が滑った。徹夜明けで、思考回路が少し判断を誤ったらしい。

「ターゲットもわかっている？　どういうことですか」

伊井の顔から眠気が消えていた。真面目なその顔を見ていると、刑務所に貸しを作るという署の幹部の考えなど、どうでもよくなってきた。

「実は、警察は刑務所の要請を受けなくても牛切を監視するつもりでした」

「えっ、そうなんですか」

「これまで牛切は放火で二度逮捕されていますが、実は、ほかにも牛切の犯行ではないかと思われる放火事件があったんです――」

その事件は警察にとって断じて許しがたいものだった。なぜなら、放火されたのは警官の自宅で、その警官は、牛切の最初の逮捕のときに手錠をかけた捜査員だった。

犯行動機は捜査員へのお礼参り。誰もが牛切の仕業だと確信していた。だが、牛切は、連日連夜の取り調べをものともせず否認を貫き通した。犯行を裏付ける物的証拠も発見されず、結局は逮捕を免れた。

「牛切は今度もまた捜査員の家を狙うはずです。我々としては、次こそは必ず現場を押さえて逮捕する。そのために、出所した牛切を見張ることにしたのです」

「赤塚さん。牛切のターゲットって、まさか」

「二度目の放火事件で逮捕したのは私です。狙われるとしたら」

――次は、おまえじゃないか。

上司にいわれる前から、赤塚もそう考えていた。日々不安を抱えて仕事をするくらいなら、自ら牛切の監視役になると赤塚は志願した。周囲から反対の声もなく、すんなり赤塚に決まった。

「赤塚さんのご家族も狙われる可能性があるのでは」

「二年前に離婚して、今は一人です。子供もいませんし、両親もすでに他界しています」

「そうですか……」

「ですので、このままもう少し様子を見ましょう。お願いします」

「わかりました」

伊井は両頬を二度ほど叩くと、「朝食を買ってきます」といって車を降りていった。

午前中、牛切はドラッグストアに出かけたが、すぐに戻って部屋にこもっていた。

午後二時を過ぎていた。

「……変ですね」と赤塚はつぶやいた。

「変？　何がですか」

「何ていうか、感覚的なものです」

「わかるものですか」

刑事は張り込みが仕事だ。自然と異変を察知する嗅覚が身についてくる。

「近くに行って様子を見ましょう」

外に出て牛切の自宅の周辺を歩きまわった。

「あれ、見てください。換気扇のあたり」

伊井が牛切のアパートを指さした。牛切の部屋の換気扇から薄い煙が上がったように見えた。よく目を凝らす。たしかに煙だ。白い煙が外に流れている。

——まさか、自室で火をつけたのか。

想定外だった。アパートの階段を駆け上がった。全身の血が逆流する。後ろの伊井は早口で一一九番へ通報している。

ドアのノブを引っ張った。鍵はかかっていないがチェーンロックがついている。赤塚はドアを横から思い切り蹴りつけた。ドアが全開になり、部屋の奥から白い煙が吹きつけてくる。

土足で部屋に踏み込んだ。目の前は真っ白で何も見えない。

もしない。

「牛切っ」

霧のような煙が部屋全体を覆っている。変だ。熱さもなければ、何かが燃える匂いもしない。

消火器を手にした伊井が部屋に入ってくる。「どういうことですか。火事ではないのですか」

奥に行き、ベランダのガラス戸を開け放った。煙が外に流れ出て、部屋の中を見渡せるようになった。

台所と六畳一間のアパートに牛切が隠れる場所はない。部屋の四隅には、害虫駆除剤が置いてある。これが白い煙の出所だ。

狭い部屋に四つも置く必要はない。そう思った瞬間、はたと気づいた。

これは監視から逃れるための罠《わな》――。

「牛切は逃げたようです。私はアパートの西側を探します。伊井さんは東側を」

伊井が部屋を飛び出していく。赤塚もそのあとを追うようにして部屋を出た。

9

遠くから消防車のサイレンの音が聞こえてきた。

建物の陰に隠れていると、目の前を人影が通り過ぎた。その姿を見て、思わず小躍りしそうになる。あいつだった。

路上に出て、ばれない程度の距離を保ちながら、慎重に後を追った。この方角からして、向かっている先はおそらく香林坊。予定どおりだ。

アパートでの作戦は成功した。ウィークリーマンションに入居してすぐ、室内に害虫駆除剤を散布して虫をあぶりだした。そのときに思いついた。散布剤の煙が外に流れ出せば、火事と見誤るかもしれない。今回あぶりだしたのは、虫ではなく監視の二人だった。しかも、ただあぶりだすだけではなく、まくこともできた。

前を行く背中を見失わないように追いかけた。

あいつは細い路地を進み、やがて香林坊界隈に入り込んだ。一度、スマホを確認すると、角のマクドナルドで大通りを折れてタテマチストリートに入っていった。ここまでは、仕組んだとおりにうまくいっている。

通りでは今日もイベントが行われていた。派手な衣装やメイクで仮装した人々が行き交っている。若者だけでなく親子連れもいる。アニメや映画のキャラクターの格好が多いが、なかには何をイメージしているのかわからないのもいた。

通りの真ん中あたりに仮設ステージがあった。周囲には人だかりができている。

あいつは足を止めて、ステージを眺めていた。

目の端であいつをとらえながら、通りのベンチに腰かけた。リュックを膝に置き、口を開いてなかを見る。小型バーナー。スプレー缶。たしかに入っている。

これから今日一番の仮装パフォーマンスが始まる。顔から炎を上げる人間は、仮装集団のなかでもひときわ目を引くことになるだろう。観衆たちは喜んでその様子を見るにちがいない。ただし本当に顔が燃えていると気づくまではだ。

突然、大音量でテンポの早いビート音が鳴り始めた。

ステージ上でセーラー服姿の五人組の若い女が長い髪を振り乱して踊っていた。仮装イベントの出演者なのか、プロのユニットなのかはわからない。ステージ最前列では三十代から五十代くらいの男たちがセーラー服の女たちと同じ振り付けで踊っている。

あいつはステージパフォーマンスが気になったのか、俺に背を向けてセーラー服の女たちを見上げていた。

いよいよだ。俺はバッグからスプレー缶と小型のバーナーを取り出した。

途中、遠まわりもしたが、ついにこの日が来た。

これから貴様の顔を焼く。

俺は心のなかであいつの名前を叫んだ。――覚悟しろ、牛切貢。

10

赤塚は牛切を発見できず、いったん現場に戻った。

警察の捜査員と消防署員による現場検証が始まっていた。火事ではなかったと署に伝えたときには、すでに消防車の第一陣は出動していた。集まった消防車両はサイレンを停止し、長く現場にとどまることなく引き返した。今は数台の消防車しか残っていない。

伊井がスマホで加賀刑務所の上司と話をしていた。刑務所は牛切が姿を消したことにかなり動揺しているだろう。

それにしても牛切はどうやって逃げたのだろうか。二階の奥の牛切の部屋を見上げながら、思考を巡らせた。ベランダから飛び降りた？　しかし地面はコンクリートだ。けがをする可能性が高い。ほかに考えられるのは——。

二階の廊下で手すりに肘をついて消防車を見下ろしている男がいた。

夜明け前に、あの男を見た記憶があった。たしか牛切の隣の部屋の住人だ。長髪を後ろで縛り、ひげ面。年齢は読みづらいが、二十代半ばから三十代前半くらいか。スウェットパンツをだらしなく下げて穿いている。

赤塚は、アパートの階段を上がった。男は赤塚の姿に気づくと、部屋に戻ろうとした。スウェットパンツのゴムひもがゆるいのか、ピンクの柄のパンツが顔をのぞかせている。

「待ってくださいっ」

ドアノブに手をかけた男が振り返る。おびえた表情をしていた。こいつは何か知っている。

警察手帳を見せた。「最近、隣の男性を見かけませんでしたか」

「い、いえ」

表札にちらりと目をやる。苗字は「清田《きよた》」だ。

「知っていることを話してください」赤塚は清田をねめつけた。「時間がないんです」

体をびくっとさせた清田は、「わかりました。ちょっとだけ待ってください」といって、いったん部屋に入ると、紙切れを持って戻ってきた。

「深夜、仕事から帰ってきたら、一階の集中ポストにこれが入っていたんです」

赤塚は紙を受け取り、書いてある内容に目を通した。癖のある男の字だった。

『簡単なアルバイトです。お願いしたいことは二つ。ひとつは、隣の二〇一号室の住人に、同封の手紙を渡してください。もうひとつは、今日の午後にベランダの非常用の戸から二〇一号室の住人を部屋に入れてあげてください。報酬は三万円です。お願いします』

「メモを見つけたのは何時ごろの話ですか」

「深夜の三時過ぎだったと思います」

帰宅した清田を見かけたのは、たしかにそれくらいだった。

「ここに書いてあることを引き受けたんですか」

思わず強くなった口調に、清田の顔がひきつる。

「どうせ日中は部屋で寝ているだけなんで。こんなことで金がもらえるならと思って書いてあるとおりにしました。前金で、金も封筒に入ってたし」

「手紙はどうやって渡したのですか」

「ドアのポストに入れました」

「いつごろですか」

「寝る直前だったから、たしか今朝の五時ごろだったと思います。回覧板と一緒に」

明け方、清田が一度外に出て、隣の部屋のドアのポストに回覧板らしきものを入れていた。あのときに手紙も入れたのか。

清田の話では、今から二時間ほど前に牛切がベランダから部屋にやってきて、しばらくして玄関口から出て行ったという。赤塚と伊井が部屋に踏み込んだタイミングを狙って外に出たのだろう。

「変な話だと思いませんでしたか」

「借金の取り立てから逃げようとしてるんじゃないかって思いました。自分も似たような経験があったんで」

「でも、こんなことで三万円も出すアルバイトなんておかしいでしょう」

清田が悪いわけではないが、自然と責める口調になってしまう。

「そういわれりゃ、そうですね」清田が頭をかいて、へへっと笑った。

牛切は受け取った手紙を読み、話に乗ることにした。手紙の内容に従って準備をして行動に移したと見ていいだろう。

――牛切に手紙を書いたのは誰だ。

思考が走り始めていた。放火。傍聴席。ドラッグストアの男……浮遊していた記憶の断片が、つながりをなそうとしていた。

脳内を閃光が走り、顔に包帯を巻いた女が浮かび上がった。

名前は憶えていた。そこをたどれば……。

急いで覆面パトカーに戻り、署に身分照会を依頼した。

「なにかわかったんですか」

刑務所への報告を終えた伊井が近づいてくる。

「どうやら我々以外にも、牛切を監視していた人間がいたようです」

「えっ」伊井が目を開く。「誰なのか目星はついているんですか」

「顔は思い出せたのですが、名前まではわからなくて。今、大至急、署で調べてもらっています」

話しているうちに無線が入った。すぐに調べがついたようだ。

〈……名前は貞弘栄心《さだひろえいしん》、三十二歳……〉

「それ、本当ですか」伊井の声が裏返った。

「伊井さん、ご存知なんですか」

「貞弘は、つい最近まで加賀刑務所で服役していました。しかし、出所したばかりの貞弘がどうして牛切を監視するのですか」

「牛切への報復を画策していたと思われます」

「報復？」

「これも一種のお礼参りといえるかもしれません」

貞弘は放火事件で被害に遭った女性と交際していた。被害女性の名前は水野《みずの》咲江。

「咲江の住んでいたアパートに牛切の放った火が飛び火したんです。逃げ遅れた咲江は、顔にやけどを負いました。皮膚の移植手術ができないほどの大けがだったそうです」

裁判を傍聴していた際、反省の色が見られない被告席の牛切に対して、怒りをあらわにしていた男がいた。それが貞弘だった。貞弘は、被告だった牛切に何度も暴言を吐いて、退廷させられた。

あのときの光景……怒る貞弘の姿が記憶の端に残っていた。なのに、ドラッグストアの外で見かけた男が貞弘だと思い出せなかった。外見があまりに変わっていたからだ。

傍聴席で見たときは、浅黒い肌に顎ひげを蓄えていた。ラグビーか格闘技の経験でもあるのか、固太りした体格だった。ところが、服役生活を経た貞弘は、色白で細身の姿に変貌していた。

無線からさらに詳しい情報が届いた。貞弘の罪状は恐喝と傷害。発端は、詐欺まがいの話に首を突っ込んで、トラブルを起こしたという。

「伊井さん、服役中の貞弘の印象を聞かせてください」

「服役態度はよかったと思います。仮出所がついたくらいでしたから。ただ、いつも暗い目をしていた気がします」

暗い目——。ある考えが脳を突き上げてきた。

「加賀刑務所のことで、ひとつうかがいたいのですが、最近の受刑者の入所率はどれくらいですか」

「八割を超えたことはありませんね。十年くらい前までは、定員オーバーになることもあったらしいですが、私が任官してからは、ずっと定員を下回っています」

「では、石川県在住の男性が重い刑事事件を起こした場合、加賀刑務所に入る可能性が高いということですか」

「一概にはいえませんが、審査で特に気になる点がなければ、加賀に入る可能性は高いでしょうね。一応、審査の手順を説明しますと、刑が確定したあと、受刑者との面談で希望の刑務所があるかを確かめて、さらに、経歴や人間関係を調べた上で、入所先を決めることになります。それが、どうかしましたか」

「貞弘は、加賀刑務所に入るためにわざと事件を起こしたのかもしれません」

「もしかして、刑務所で牛切に報復するためですか」

「そうです。しかし、刑務所では復讐を実行することはできなかった。理由は、わかりますよね」

「重い摂食障害を患っていた牛切は加賀刑務所を離れて、愛知県にある医療刑務所に移されていました」

　復讐のために刑務所に入ったのに牛切がいない。貞弘は、さぞや臍《ほぞ》を噛む思いだったにちがいない。しかも牛切はいつ病気から回復して、加賀刑務所に戻ってくるのかもわからない。

　二度目の服役の牛切は、満期出所の見込み。もし、刑期満了の直前まで医療刑務所にいたとしたら、加賀に戻った牛切はそのまますぐに出所となる。牛切に接触する機会はない。考えた貞弘は、先に出所して牛切の出所を待つことにした。

服役態度が良好だった貞弘には仮出所がついた。仮出所したのは、牛切が満期出所する一週間前。出所後の貞弘は復讐の準備にとりかかった——。

「貞弘はどうやって牛切の出所情報を知ったのでしょう」と伊井が首をかしげる。

「加害者の情報を被害者へ通知する制度があります。それで知ったのだと思います」

この制度は、出所後の加害者が事件関係者へお礼参りするのを防止する目的で作られたものだ。殺人事件の被害者遺族や全治一か月以上の怪我を負わされた被害者が希望すれば、受刑者の服役中の情報や出所日などが伝えられる。

大けがをした咲江は制度の被害者に該当した。咲江の交際相手の貞弘は、検察庁から送られる牛切の情報を見て、そこから出所日を知ったのだろう。

「検察からの情報で加害者を狙うなんて、制度を逆手に取ったんですね。しかし、貞弘はどんな手段を用いて牛切をおびき出したのでしょうか」

「おそらくネットでしょう。隣の部屋の住人が牛切へ渡した手紙に、メールアドレスかSNSでの連絡方法が書いてあったのではと考えられます。二人はそれで連絡を取り合ったはずです。当然、貞弘は自分の素性を隠してでしょうが」

「牛切を誘い出した貞弘は、どこかで報復しようと考えているってことですか」

「間違いないと思います。二人を探さなくてはいけません」

「どこに行ったんでしょうかね」

「おびき出したときに使った口実がわかれば、およその見当はつくと思うのですが」

貞弘はどんな釣り文句を考えたのか。牛切が興味を示すとしたらなんだ。

浮かんだのは金か女だった。もし女なら、若い女を装って近づくやり方が考えられる。だが、逮捕当時の牛切を知っている赤塚としては、牛切が見ず知らずの女に簡単にひっかかるとは思えない。

「やっぱり、お礼参りじゃないですかね」と伊井が口にした。

その険しい視線から、何を想像しているのか、赤塚にもわかった。

「逮捕した警官の住所を教える。貞弘は牛切にそう伝えたということですか」

「はい」

ありうる話だ。その情報であれば、お礼参りを実行するかどうかは別としても、牛切が食いつくことは十分考えられる。だが――。

赤塚はしばし思惟《しい》を巡らせた。警官の住所は厳秘だ。貞弘が一介の警官の個人情報を知っているとは思えない。

「伊井さん。貞弘の職歴について、知っていたら教えてください」

「刑務所に入る直前は、たしか宅配のドライバーだったはずです。元々は長距離トラックに乗っていたのを転職したと聞いた記憶があります」

宅配業者か。昨年、管内で起きた事件を思い出した。宅配の運転手だった男が地方局の女子アナウンサーにストーカー行為を繰り返していた。配達中に住所を知ったのがきっかけだったという。

各家に荷物を配送する運転手は住民の情報に詳しい。可能性はゼロじゃない。数秒迷ったが、「念のため、行ってみましょう」と伊井に告げた。

サイレンを鳴らして覆面パトカーを飛ばした。途中、署にも応援を要請した。助手席の伊井も刑務所に電話で状況を報告している。

十五分後、金沢市郊外の赤塚のマンションに到着した。

建物の周囲を見てまわったが、それらしき人影は見当たらない。無線で周辺の捜査員に確認するも、貞弘と牛切を見つけたという情報はなかった。

空振りか。

ぼやぼやしてはいられない。次はどこが考えられる？　赤塚が脳を叱咤《しった》しようとしたとき、短い電子音が鳴った。伊井のスマホだった。

「これはっ」スマホを見る伊井のあごが落ちている。

「どうかしましたか」

「ある刑務官から、貞弘と牛切の画像が送られてきました」

「なんですって。二人を見つけたってことですか」

ありえない。伊井が刑務所へ牛切の失踪を伝えてから一時間以上が経過していたが、警察よりも早く刑務官が捜査対象を発見するなど、奇跡としか思えない。

「メール本文には『今、二人を監視中。場所は香林坊』と書いてあります。これです」

スマホの画面をのぞき込む。メールに二枚の画像が添付してある。一枚は牛切の画像でもう一枚は貞弘だった。二人のいる場所は人混みだ。メールに書かれてあるとおり、香林坊で間違いはなさそうだ。貞弘は、夜、ドラッグストアの外に立って店内を眺めていたときと同じ服装をしていた。やはりあれは貞弘だったのだ。

「メールを送ってきた刑務官のお名前は」

「火石といいます」

「至急、状況を確認したいので、火石刑務官と電話で話させてください」

「はい」伊井がスマホを操作する。「……だめです。出ません」

「とりあえず我々も香林坊に」

牛切と貞弘の居場所を無線で署に連絡し、車を香林坊へと向かわせた。うまくいけば十分ほどでたどり着く。

目の前の車を一台また一台と追い抜いていくうちに、ふと疑問が浮かんだ。どうして貞弘は牛切を香林坊へ行かせたのか。そして、もうひとつ——。

「伊井さん。火石さんという刑務官は、なぜ牛切たちの居場所をすぐに知ることができたのでしょうか」

「わかりません。火石はたしか長期の休みを取っていたはずですし」

「火石さんとは、どんな方ですか」

「上級職でしかも最近まで――」

〈こちら情報通信センター〉

急に無線が飛び込んできた。赤塚はつまみをまわしてボリュームを上げた。県警本部の情報通信センターは、県下全域の公共防犯カメラの映像を管理している。

〈タテマチストリートの防犯カメラ映像で貞弘と牛切らしき人物を確認……〉

タテマチストリートは、若者向けの店が多く集まる通りで、イベントがある週末は歩行者天国になる。たしかこの三連休はイベントが行われている。

赤塚は奥歯をかみしめた。貞弘が牛切を街なかへ向かわせたのは、群衆のなかで復讐を果たすためではないのか。元犯罪者同士のトラブルに一般市民を巻き込むことは絶対に避けなければならない。

無線が飛び交うなか、地域課の警官がタテマチストリートに到着したとの報告が入った。

〈……現場、聞こえるか〉

別回線で野太い声が入った。中署の刑事課長の声だ。

〈状況を報告せよ〉

〈貞弘はベンチに座っています。牛切は中央の仮設ステージの付近にいます〉

〈現場の警官は今、何名だ〉

〈二名です〉

〈距離を詰めることはできるか〉

〈現在、イベントにより、通りは人で埋まっています。前に進むのは容易ではありません〉

　無線から刑事課長の大きな舌打ちが響いた。

　赤塚はアクセルをさらに踏み込んだ。今は一分一秒でも早く着きたい。

〈パニックが起きないよう慎重に近づけ。くれぐれも大声を出したり――〉

〈こちら情報通信センター〉

　早口の声に、刑事課長の声がかき消された。

〈貞弘がバッグから何か取り出しました。右手にはスプレー缶のようなもの、左手には細長い、おそらく小型のバーナーを持っています〉

　無線が一気に騒がしくなる。いくつもの声が重なって内容が聞き取れない。

――貞弘、やめろ。

鼓動が胸を何度も強く打ちつける。

怒号が飛び交うなか、センターの担当者の声が一段と大きくなった。

〈貞弘がステージのほうへ動き出しました〉

刑務所手記『プリズン・ダイアリー（完全版）』

P156 歌うことしかできない

忘れられない思い出がひとつあります。仮出所式で証書を受け取った直後のことでした。HTさんから「ひとつ頼みがある」といわれました。

「いつかこの刑務所に戻って来てほしい」

「もう戻りません。私は二度と罪を犯しませんから」

「違う。受刑者ではなく歌手としてだ。ぜひとも慰問に来てくれ。おまえの歌には力がある。あのときのKさん、おまえがいなかったら、刑の執行停止はなかったかもしれない」

受刑者のなかにKさんという昭和の映画スターのような渋くてカッコイイ方がいらっしゃいました。HTさんと同じくらい刑務所生活で忘れられない方です。私は介護棟でKさんの世話係をしていました。Kさんは重い病気を患っていただけでなく、心にも重いものを抱えているようでした。私はそんなKさんの前で歌いたいと思いました。

あるときHTさんの了解を得てKさんの居室で歌うことになりました。入浴場以外の場所で初めて歌いました。私の歌を通じてKさんの心に何か変化が起きているのを感じました。これこそが歌う喜び。久しぶりにそう実感しました。観桜会では大勢の受刑者の前で歌うことができなかった私ですが、Kさんの前で歌ったのがきっかけで、私はもう一度人前で歌いたいと思うようになりました。

仮出所の日の話に戻ります。HTさんから慰問に来てほしいといわれた私はこういいました。「今から歌わせてもらえますか」

服役中、私には厳しい表情を崩さなかったHTさんの頬が初めて緩んだように見えました。

「わかった。幹部にかけ合ってすぐに了解を取ってくる」

私のほうも別の部屋で待っていたマネージャーに話をしました。あとで知りましたが、私がなかなか刑務所から出てこないので、メディアは仮出所日に何かあったのかと騒ぎ立てたようですが、出所が遅れた真相は実はこれでした。

さて、その日の午後、急きょ慰問コンサートという形で受刑者に体育館に集まってもらいました。時間の制約があるため、歌う曲はひとつだけ。Kさんの前で歌った曲です。急なセッティングなので楽器もなければ演奏者もいませんが、その曲に伴奏は必要ありませんでした。なぜなら服役中に考えて、入浴中にアカペラで歌っていた曲だからです。

私は久しぶりにメイクをして、ステージ映えする衣装に着替えました。壇上に立ってまずは自己紹介から始めました。

「みなさん、こんにちは。ミカミ・ジュンです」

11

俺は、スプレー缶とバーナーを握りしめてジャンパーのポケットに突っ込んでいた。

視線の先に牛切がいた。

咲江の顔には一生消えない傷が残っている。なのに、あいつは……。年齢不相応につるりとした牛切の顔を見ていると、強い怒りがわきあがってくる。

もう人前には出られない――。火事でやけどを負った咲江は、退院して包帯がとれたあと、鏡を見て悲嘆した。

咲江は、ヨガのインストラクターの仕事を辞め、一切外に出なくなった。口数は極端に少なくなり、たまに口を開いても悲観的な言葉しか発しなくなった。

毎晩、深夜になると声を殺して泣いていた。ときに抑えがきかなくなるのか叫び声をあげることもあった。俺は寝ないで咲江に寄り添った。気づいたら朝を迎えていることも少なくなかった。

徹夜をしても、朝になれば、当然、仕事には行く。そんな日々が続くと、俺の心身も異常をきたし始めた。睡眠不足でつねにぼんやりとした状態となり、眠りについても、見るのは牛切の夢ばかりだった。

夢のなかでは牛切を何度も殴り倒した。やがてそうした妄想を妄想だけでとどめることができなくなり、俺は牛切のいる刑務所へ乗り込むことを決意した。

服役しているのは最寄りの加賀刑務所。しかし、全国各地に刑務所があるなかで、どうやったら、加賀刑務所に服役できるのかが問題だった。

しかし、調べてみると、さほど難しくないことがわかった。犯罪の検挙数はここ十年、減少傾向にある。地方刑務所のほとんどが定員に達していないことを知った。特別の事情がない限りは、量刑に見合う、受刑者の住所から近い刑務所に収監される可能性が高いという。

そこでいう特別な事情とは、受刑者同士の人間関係だ。暴力団関係者であれば、抗争中、あるいは同じ組織の人間は同じ刑務所に収監しない。自身や親族が関係する刑事事件の加害者、被害者がいる場合も、同じ刑務所には収監しない方針を取っている。

俺は暴力団関係者ではないし、その筋に知り合いもいなかった。だが、咲江を介して俺と牛切の関係を役所が把握していたら、加賀が収監先から外されるのではとの不安もあった。

これについて詳しく調べてみると、どうやら心配する必要はなさそうだった。刑事事件の関係者同士をなるべく同じ刑務所に収監しないというのは建前上そうなっているが、現実的には難しいらしい。膨大な数の刑事事件から加害者と被害者だけでなく、親族一人一人までの関係性を精査するには無理がある。現に、収監されたあと、受刑者当人からの申告や喧嘩などのトラブルが発生して初めて事件の関係者だったと判明することも多いらしい。まして俺は親族ではない。であれば、俺自身が事前の面談で何も申告しなければ、加賀が収監先の第一候補から外れる可能性は低いはずだった。

あとは、収監されるためにどんな罪を犯すかだった。加賀刑務所は重い初犯か犯罪傾向の進んだ累犯しかいない。交通事故程度では加賀への入所はない。かといって重罪を犯すことにはためらいがあった。

悩んでいたある日、咲江がプリントアウトしたウェブの広告が目に入った。そこにアフィリエイトという文字を見つけた。アフィリエイトとは、サイトやブログに広告を掲載して、その成果に応じて報酬を得るネットビジネスのようだ。在宅で仕事をする方法を咲江が探しているときに見つけたものらしい。

広告の中身について調べてみると、実用性のない情報商材を高い値段で売りつける悪質商法が多いことを知った。

これは使えると思った。悪質商法への恨みを綴るブログをネットで読みあさり、大損した人間を見つけ出して接触を図った。その際、「成功報酬だけでかまわない」と持ちかけて、あくどい金儲《かねもう》けをしていた会社へ金の返還を求める仕事を引き受けた。

体力にもケンカの腕にも自信があった。交渉の途中にカッとなったふりをして、ひと暴れするつもりで会社に乗り込んだ。

会社の社長は契約書を盾に、法的責任はないし騙《だま》すつもりもなかったと繰り返した。ヤンキー上がりにしか見えない若い社長の態度はひどく横柄だった。俺は罪の意識もなく社長を怒鳴りつけ、さらには殴りつけてねじ伏せた。

恐喝と傷害の容疑で逮捕された。二十代のときに、窃盗で執行猶予判決を受けていたので、今回執行猶予はつかなかった。

懲役一年六か月。加賀刑務所での服役が決まった。

これが牛切への復讐の第一歩となるはず。ところが、思うようにことは進まなかった。

加賀刑務所に牛切はいなかった。なぜいないのか、周囲の受刑者に探りを入れてみた。刑務所でいじめの対象となっていた牛切は精神的なダメージが蓄積し、食事がとれなくなった。八十キロを超えていた体重は半分の四十キロ台にまで落ちたという。摂食障害は生命の危機に関わることもある。危険な病状と判断した加賀刑務所は牛切を愛知県の医療刑務所へ移送した。

数か月で戻ってくるかとも期待したが、半年たっても牛切が戻ってくることはなかった。刑務所に牛切がいないという事実は俺をひどく打ちのめした。いったい何のために塀のなかに入ったのか。ここまで費やしてきたものは何だったのか。叫びたくなるような衝動をなんとか抑え込み、無為な服役生活を送った。

時間どおりに決められたことをただ繰り返す日々……ところが、こうした単調な生活が意外にも気持ちを切り替える役割を果たしてくれた。俺は別の手を考えるようになった。作戦は変更、復讐は外で実行する。一日でも早く仮釈放を得るために、真面目に服役した。

牛切ほどではないが、俺の体重も二十キロほど落ちた。食生活がガラリと変わったことによるものだ。逮捕前は脂っこい料理が好きで高カロリーの食生活だったが、刑務所に入って小学校の給食のような食事になった。おかげで刑務所の健康診断を受けたときは、シャバにいたころよりもいい結果だった。

やがて、俺には三か月の仮出所がつき、一年三か月で出所した。

咲江のところに届いていた検察の調書によると、牛切の出所は俺の一週間後となっていた。完璧といってもいいタイミングだった。

咲江とは、少しの間も一緒にいないほうがいいと思った。一緒にいれば牛切への復讐を完遂させたとき、咲江に共犯の疑いがかかるおそれがある。俺は最低限の荷物を持ってすぐにアパートを立ち去ることにした。

咲江は出ていこうとする俺を止めた。俺のほうも咲江に未練がなかったわけではない。だが復讐をやり遂げたい思いのほうが強かった。その思いは咲江にも伝わったのか、悲しげな表情を浮かべながらも最後は止めるのをあきらめた。

出ていく際、咲江からスマートフォンを受け取った。必要なので準備してくれと頼んでおいたもので、咲江が自分の名義で契約してくれた。

スマホさえあれば、テレビのないアパートでもニュースを見ることができたし、なにより復讐の準備をするためのさまざまな情報が簡単に手に入った。

ネットでは出所した三上順太郎のニュースが連日アップされていた。元タレントが出所したのがそんなに面白いニュースなのか不思議だった。その三上といえば、担当だった刑務官をおのずと思い出す。そう、火石だ。

更生プログラムで火石が語った言葉が頭をよぎった。

――心を縛らずに、例えば、そこにいる誰かの気持ちを想像して、近づいてみてください。

最初の服役のあと、牛切は職を探したが断られ続けたという。孤独感に陥っていた自分の存在に気づいてほしかった、そんな思いで放火したと裁判のときに語っていた。

牛切の気持ちに近づけば、少しでもあいつを許せるのか、復讐をあきらめることができるのか。一瞬だけ、脳裏をかすめたこともあった。

俺は仕事を探すふりをして飲食店を訪れた。どこへいっても門前払いだった。だが、俺の心には何の変化もなかった。火をつけようとする牛切の気持ちなど理解できなかった。

いや、ちがう。本心を知るという意味では、牛切の気持ちに近づけたのかもしれない。理由などない。あいつは火をつける、あとづけの理由が欲しかっただけ。牛切が単なる犯罪享楽者だと改めて知った。

だからこそ思う。牛切には罰が足りない。犯した罪に見合う分を追加しなくてはいけないのだ。


大音響が消え、セーラー服のステージパフォーマンスが終わっていた。人混みのなかで、牛切がスマホ片手に周囲を見渡していた。

ズボンのポケットのスマホが振動した。おそらく牛切だろう。だが、もう返事を出す必要はない。

夜、牛切のアパートの近くを通ったとき、牛切を監視する二人組の男がいることに気づいた。男たちは邪魔になると思った。計画を実行するにあたっては、牛切から彼らを引き離す必要があった。

考えた末、牛切の住むアパートの隣人経由で牛切に連絡を取ることにした。うまくいくか不安はあった。接触を試みても、警戒するかもしれない。むしろ、警戒するほうが自然である。

どうすれば牛切の興味をひくことができるか。興味があるとしたらなんだ。女？　趣味？　あるいは犯罪？　どれも短絡的な感じは否めなかった。

同じ短絡的なら、まだ金儲けの誘いのほうが興味を示すのではないか。そう考えると、あるカタカナ言葉が頭のなかで唐突に浮かんだ。

アフィリエイト。刑務所に入るために、以前、調べたネットビジネスのひとつだ。

スマホで調べると、そのたぐいのサイトは今も山のように存在していた。すぐに図書館に出向いて、これは使えると思ったサイトのページをプリントアウトした。

その紙に、牛切あてに添え書きをして、メールアドレスも付した。

『――資質、能力に長けた、選ばれた方しかお誘いしていません。初回の授業料は無料です。まずはためしに、会ってお話だけでも聞いていただけないでしょうか』

ひっかかる確率は半分以下だと思った。だめなら、スマホの知恵を借りて次の方策を練らなければと覚悟していた。

やがて牛切からメールが来た。興味がある、とりあえず話を聞きたいとの内容だった。

文面を見たときは、思わず笑いが漏れた。事件を起こすために得たアフィリエイトの知識が、まさかこんな場面で役に立つとは思わなかった。

牛切は暇だったらしく、レスポンスよくメールを送ってきた。短い時間のなかで、メールのやり取りを繰り返し、会う手はずとなった。

ただ、次の一手が肝心だった。牛切を監視する人間をしっかりと排除しておかなければならない。

『アパートの近くまで行きましたが、何者かに監視されているようです』

メールでそう伝えると、牛切は不安と驚きを隠そうとしなかった。そんな牛切に『何とか監視の目を振り切って会いましょう。そのためには――』とひとつの方法を提案した。

牛切は素直に従った。方法はうまくいき、邪魔な人間を遠ざけることができた。

今、ステージの近くに牛切の頭が見える。

いよいよ、仕上げのときだ。

気持ちの高ぶりを抑えられなくなった。少し冷静にならなければと目をつぶった。

これからやるべき手順を想像した。牛切に背後から近づき、顔にスプレーを噴射する。入念に液体をかけたあと、あいつの顔にバーナーの炎を当てる。顔を押さえて牛切はのたうちまわる。火のついた顔は、どの仮装よりもインパクトは大きい。仮装したほかの人間たちは逃げまわり、瞬時にして、通りはパニックに陥るだろう。

よし、もういい。

目を開けて通りを見渡した。どこを見ても仮装した人間だらけだ。これだけ仮装した人間が多いと、そうではない人間のほうが逆に目立つ。チラシやフリーペーパーを配る女たちは今日もいる。

ベンチから立ち上がった。ポケットのなかのスプレー缶のノズルボタンに指をかける。牛切のほうへ向かって、なるべく人混みを避けながらゆっくりと歩き出した。

歩を進めるうちに、集中力が増していった。時間の感覚はもはやない。

突然、目の前を黒い人影が遮った。黒装束のドラキュラ男が両腕を広げている。

数秒、ドラキュラ男とにらみ合った。白く塗りたくった男の顔に徐々に恥じらいがにじんでいく。やがて男は小さな声で「すみません」といって走り去っていった。

その後も、視界はなかなか広がらなかった。牛切との距離は縮まっているが、少しずつしか前には進めない。

牛切まであと十メートルというところで、またも人影が立ちはだかった。

「あ、すみません」

女だった。見覚えがある。たしか宗教勧誘の女だ。

「あなたの幸せを少しの間、祈らせてください」と微笑みかけてくる。

つい、むっとした表情が出てしまう。ここまで来たら早く計画を実行したい。だが、女を無理やり押しのけるわけにもいかない。実行前に騒ぎを起こしたくなかった。

どうしていいかわからず立ち尽くしていると、女が「六秒だけです」といい、急に俺を抱きしめた。

六秒？　反射的に体を動かそうとしたが、女の腕に力がこもった。

動けない。女は意外に力が強かった。

「六秒という時間には意味があります」

女が話し続ける。「この時間が過ぎれば、怒りの感情がコントロールできる範囲にまで小さくなります」

この声――。心臓が止まりそうになる。

まさか、という思いに体が硬直した。

「数を数えてください」女の手が俺の背中に触れる。

耳元で聞き覚えのある歌声が聞こえてきた。三上だ。三上が仮出所した午後に、体育館で歌っていた曲だ。

女は俺の背中をたたき続ける。ゆっくりとしたリズムだった。

女の体が離れた。とっくに六秒は過ぎていた。自分よりも少し低い位置にある女の顔を見下ろした。その瞳から笑みが抜け落ちていた。

俺は声にならない声を漏らした。

形のいい鼻の上で、残酷なくらい水平に走る傷跡。化粧で目立たないようにしていても、これだけ近くで見ればさすがに気づく。こんな傷を持つ女は一人しか知らない。

「火石先生」

　制帽と官服を着けていないと、こんなにも気づかないものなのか。刑務所では、制帽のつばの下では瞳までしか見えない。まゆげも隠れている。みんな同じ刑務官の顔だ。たとえそれが女性であっても。

　眉や髪が見えると、刑務官ではなくただの女だった。長めのベージュのスカートに若草色のカーディガン。俺に限らず、おそらく誰一人として目の前にいる女が火石だと気づかないだろう。

「まだ復讐を果たしたい気持ちが強いですか」

　言葉を返すことができなかった。目の前の女が火石だった衝撃に、心も体もすぐにはついていけなかった。

　その火石は、なぜかハンカチで指先をぬぐっている。

「……先生にいわれたように」

　かすれた声がようやく喉の奥から出てきた。「相手の気持ちに近づこうとしました。だけど、できなかった。俺は……あいつを許せなかった」

「間違っています」火石が首を横に振る。「あなたが考えるべきは、牛切のことじゃない。傷ついたパートナーのことです」

「――」

「あなたのパートナーが望んでいるのは復讐ですか」

「もう咲江がどうとかじゃないんです。俺の気が済まないんです」

「もしそうであるならば――」

火石はハンカチをたたんでカーディガンのポケットに入れると、強い視線を向けてきた。

「スプレーを私に向けて噴射して、火をつけてください」

火石の瞳に、さらに力がこもる。

「貞弘さん。あなたは刑期を全うした。しかし、もし更生していないのなら、その責任の一端は、更生をつかさどる加賀刑務所にあります。気持ちが抑えきれないのなら、牛切ではなく刑務官である私に復讐してください。さあ」

気圧された俺は思わず半歩後ろに下がった。

誰かと背中がぶつかってよろけそうになり、踏みとどまって火石の顔を見た。

筋の通った鼻梁を上下に割くような傷が走っていた。

その傷を負うに至った経緯は知らないが、つらい時間を過ごしたに違いない。傷跡の裏側には、怒り、悲しみ、憎しみが張りついているはず。それは今も続いているのではないか。

そう思って、更生プログラムのときに火石に質問した。

──先生は、辛くはないのですか。

顔の傷跡のことだといわなくても、伝わると思った。もしも、伝わらなければそれでもいいと思った。

火石はすぐには何もこたえてくれなかった。

少し考えてから、「心を縛らずに、例えば、そこにいる誰かの気持ちを想像して、近づいてみてください」とつぶやくようにいった。

想像したのは、加害者の気持ちだった。

服役中、牛切のことばかり考えていたせいかもしれない。鉄のように冷たく硬い怒りに支配されていた俺は、火石のいいたかったことを正しく理解する余裕などなかった。

しかし、あのときなぜ火石は咲江のことを……。

ハッとした。俺と咲江の関係を、内に秘めていた俺の目的を知っていたのではないか。だからこそ、伝えようとした。牛切への復讐ではなく──。

「咲江さんのことを考えてください」

火石が俺を見据えていた。

「あなたがやろうとしていることを止められないのは、顔を焼かれるよりも辛いと思います」

出所後、アパートでスマートフォンを受け取ろうとしたとき、咲江の細い指はすぐには離れなかった。あのとき、咲江はどんな思いだったのか。

「貞弘さん。両手のなかにあるものを渡していただけますか」

三上の歌声も、雑踏の声も消えていた。

気づいたら、スプレー缶と小型バーナーを火石に差し出していた。

12

赤塚は署の自席でパソコンに見入っていた。画面にはタテマチストリートの録画映像が流れている。

貞弘と牛切を追跡した日から数日経過していた。

あの日、署に戻ると、監視の任務はこれで終わりにする、あとは生活安全課に引き継ぐと上司から告げられた。

刑事課には優先順位の高い業務がほかにいくつもある。上層部はもうお礼参りはないと判断したようだ。赤塚もその結論は妥当と思えた。

牛切も貞弘も逮捕には至らなかった。牛切のアパートの煙は害虫駆除剤によるものだったし、イベント会場付近では結局、何も起きなかった。

映像を見ていると、張り詰めたあの時間の記憶が脳裏によみがえってくる。

急いで現場へ向かったが間に合わなかった。アクセルを踏みながら無線の声に聞き入り、現場の状況を想像した。

一般人らしき女が貞弘の犯行を止めたと聞こえたときは、何かの間違いだと思った。だが、それは事実だった。その女こそが火石だった。

火石の詳しい経歴を伊井から聞いた。異色なのは国家公務員の上級職採用という肩書だけではなかった。火石は、男性受刑者の刑務所で勤務する唯一の女性刑務官だった。

「男性用刑務所に女性の刑務官が配置されることはあるのですか」

「配置が制限されているわけではありませんが、実際のところ、女性の刑務官が男性用刑務所の現場に配置されることはありません。現場勤務は火石が初めてです」

「火石刑務官はどうして配置されたのですか」

伊井は一瞬ためらうようなそぶりを見せたが、「もうテレビでも報道されていますしね」と笑い、「ミカミ・ジュンが服役していたからです」とこたえた。

ミカミ・ジュン――そのプロフィールを改めてネットで検索した。

女性歌手のミカミ・ジュンは、十代の頃から作詞、作曲、さらにビデオ制作も自らこなし、ＪＵＮとしてソロ活動を行っていた。ファンタジィアニメのような物語性のある楽曲を無料動画で配信し、若いユーザーを中心に人気を博していた。

やがて再生回数が一千万回を超えるほどの人気となり、音楽制作会社と契約。ミカミ・ジュンとしてメジャーデビューを果たした。デビュー以降も、テレビ番組には出演せず、ネットのみの活動を続け、秘匿性、神秘性でさらに人気は高まり、ついには三年前の紅白歌合戦に初出場、テレビに初出演することとなった。

しかし、その大晦日《おおみそか》に例の事件が起きた。

交際中の男性がミカミのマンションで変死した。原因は薬物中毒だった。明け方、錯乱状態の男はミカミに暴力をふるい、刃物を振り回した。身の危険を感じたミカミは男をマンションの一室に閉じ込めた。

しばらくすると部屋が静かになった。気になってのぞいてみたら、男がベッドの上で口から泡を吹いていた。以前も同じようなことがあったが、何もしなくても回復したので、今回も助けが必要とまでは思わなかった。しかも紅白の集合時間も迫っていた。ミカミはとりあえず外から鍵をしめて会場へと向かった。ところが、紅白歌合戦が終わりマンションに帰宅すると、心停止している男を発見することとなった。

ミカミ・ジュンは保護責任者遺棄罪で逮捕された。人気歌手の逮捕は衝撃が走ったが、それ以上に世間に驚きを与えたのは、ミカミ・ジュンが実は男性という事実だった。

本名、三上順太郎。人気の若手アーティストが女性ではなく、ニューハーフだと初めて世間に知れ渡った。

逮捕当時、二十八歳。ミカミ・ジュンこと三上順太郎には懲役二年三か月の刑がい い渡された。

性転換手術を受け、戸籍を男性から女性へ変更していた場合、女子刑務所に入ることになる。しかし、三上は性転換手術を受けていたものの、戸籍の変更手続きは行っておらず、戸籍上はいまだ男性だった。その場合、男性刑務所に入るのが通例だった。三上の弁護士は、三上の服役先を女子刑務所にするべきと法務省に強く求めた。メディアはこれを報じ、ミカミと親交のある芸能人や文化人も三上側に加勢した。

性的マイノリティ、いわゆるＬＧＢＴの人権保護の声が高まる昨今、刑務所の上部機関である法務省は難しい対応を迫られた。しかし、最終的に法務省は特例を認めず、三上は予定通り男性用の加賀刑務所へ入所することとなった。

収監された三上は介護係についていたという。

「三上の女性的な介護は、評判がよかったんです」

家族との関係が冷えていた末期がんの受刑者は、三上の力もあってか、家族との関係が改善したという。この受刑者に関しては、加賀刑務所で八年ぶりに刑の執行停止が承認され、家族のもとで病気療養できることにもなった。

上級刑務官である火石は、三上の担当という職務にとどまらず、警備指導官として受刑者全体の更生と刑務官の執務向上という役割でその力を発揮していた。

映像で見る限り、背は高いが華奢《きやしや》な女だった。体格は刑務官のそれではない。髪は肩にかからない程度の長さ。カーディガンに長めのスカート姿はどこにでもいる普通の女にしか見えなかった。

赤塚は画面に目を凝らした。火石と貞弘が向き合っている場面だった。

火石は一言二言貞弘に話しかけると、貞弘に抱きついた。貞弘のほうはされるがままだった。長い時間、火石は貞弘を抱きしめていた。

二人の体が離れた。火石が再び貞弘に話しかける。貞弘のほうも言葉を返している。しばらくすると、貞弘は上着のポケットからスプレー缶と小型バーナーを取り出し、火石に預けた。

現場の状況を無線で聞いていたときは、「どうなっているんだ」と思わず声を上げた。隣にいた伊井は、「出た！　火石マジック」とガッツポーズをして叫んでいた。

火石はスマートフォンのGPS機能から貞弘の居場所を把握していたという。スマートフォンは、咲江が貞弘に渡したもので、火石の指示によりGPS機能があらかじめオンに設定されていた。

その話を聞いたとき、疑問が浮かんだ。火石は貞弘の動きを把握していたというが、貞弘が復讐しようとしていたことをなぜ知っていたのか。さらにもうひとつ、知っていたのなら、火石はなぜ警察へ相談しなかったのか。

後者のこたえだけはわかった。元受刑者同士のトラブルの未然防止に警察は簡単には動かない。山積みの仕事のなか、優先するべき仕事がほかにあるからだ。今回、牛切の監視をしたのは、警察が狙われていると考えたから。警官へのお礼参りの可能性があるなら、仕事の優先順位はがぜん高くなる。

その牛切は、被害者の交際相手である貞弘に狙われていた。牛切を監視するという任務は、見方によっては牛切の警護でもあったと考えられる。つまりは、貞弘の監視役が火石で、牛切の警護役が赤塚と伊井というお礼参り防止の二重の構えが張られていたことになる。

ここからは赤塚の憶測だ。刑務所が牛切を監視したのは、心理テストの結果が最悪だったからだと聞いた。

監視していたときの牛切の様子を思い返してみる。心理テストの結果が最悪と判定されるほど、牛切は危険な状態には見えなかった。更生したかどうかは別としても、お礼参りの意思はなかったのではないか。

では、なぜ心理テストの結果は最悪だったのか。誰かが結果に手を加えた？　もしも、そんなことができるとすれば、おそらく火石という上級刑務官ではないか。

赤塚は動画のアプリケーションを閉じた。憶測はここまでだ。この事件は終わった。もう次の仕事が待っている。

13

『火石先生　お元気でしょうか。

お世話になった保護司の先生から、こういうときはメールよりも手紙がいいと教わり、手紙を書くことにしました。貞弘によれば、火石先生は刑務所で手紙の書き方を教えているとのこと。へたくそな文章ですが、お礼の気持ちとして手紙をしたためましたので、しばらくの間、お付き合いください。

まずは本当にありがとうございました。あの晩、家に帰ってきた貞弘は、私の顔を見るなり、「いろいろすまなかった」といいました。

謝ってほしいなんて思ったことはありませんでした。そもそもあの人は何も悪くないのですから。でも、あの人の言葉を聞いて涙が出ました。やっと終わった。そんな気持ちになったのはたしかです。

貞弘が牛切に復讐しようとしていることはだいぶ前からわかっていました。だけど止めることはできませんでした。もしかしたら、私自身、心のどこかで復讐を望んでいたのかもしれません。

ですが、あの人に復讐なんてさせてはいけない。その気持ちのほうが強かったのはたしかです。復讐は何も生まない。たとえ果たしても、私とあの人が今よりも幸せになるなんてことはないと思っていました。

しかし、貞弘の決意は私が思う以上に、固かったようです。貞弘が刑務所に入ったと知ったときは、牛切を追いかけていったのだと気づいて、衝撃を受けました。

不幸中の幸いだったのは、牛切が加賀刑務所にいなかったことです。貞弘が入所してすぐに、検察庁から私のところへ牛切の近況連絡があり、医療刑務所へ移ったと聞きました。これで貞弘は復讐できなくなったと私は安心しました。

貞弘の服役中、私は面会に行きませんでした。あの頃は外に出るのが怖くて仕方なかったというのもありましたが、行かなかった本当の理由は別にありました。貞弘が傷を負った私の顔を見れば、復讐の気持ちを再び強く持つのではと思ったからです。

何度もめげそうになりましたが、私も自分と戦いました。今の自分を受け入れて生きていこう。時間はかかりましたが、少しずつそんな気持ちを持てるようになりました。もちろん貞弘にもそうあってほしい。貞弘が出所したら、復讐という呪縛からなんとか解放してあげたいとも思いました。

そのためにはどうしたらいいか悩みました。警察への相談は選択肢にはありませんでした。理由は前にお話ししたとおり、やけどを負ったとき、被害者なのに警察から受けた聴取でひどく傷ついたからです。

どうしていいかわからず行き詰まっていたころ、昔、お世話になった保護司の先生から連絡をもらいました。先生は保護司会の集まりで私が大けがをしたことを知り、心配で連絡をくれたとのことでした。

その先生は、女子刑務所の刑務官を長く務めていた方で、十代の頃、私が荒れていたときに、女子少年院で更生のために向き合ってくれた方でした。今思えば、これが私にとって幸運でした。

私は貞弘のことを先生に話しました。先生は加賀刑務所にいる刑務官に相談するとおっしゃってくれました。ですが、初めに先生の言葉を聞いたときは、正直、あまり期待していませんでした。なぜなら、私の顔に傷を負わせた牛切は放火を繰り返していました。刑務所が牛切をきちんと更生してくれなかったから、私はこんな目に遭った。そんな思いがあったからです。

しかし、火石先生とお会いして、私の気持ちは変わりました。同じように顔に傷を負っていたというのが私の心を楽にしたのかもしれません。

火石先生は何とかするとおっしゃってくれました。私も先生に頼ることにしました。

結局、貞弘は復讐をやめました。どこで何があったのか、どうして復讐をやめようとしたのか、帰ってきた晩から今に至るまで何も話してくれません。

ただ、一度だけこういうことがありました。帰ってきて数日たった頃、テレビでミカミ・ジュンが歌う映像が流れていました。それを見ていた貞弘が「火石先生とミカミのおかげだ」とつぶやくのが聞こえました。

どんなことがあったのか知りませんが、そこには火石先生のお力があったのだろうと思っています。本当にありがとうございました。

ここまで長々書きましたが、読み直すとお礼の手紙として書いたはずが、いつのまにか私の思いをただ書き綴っていることに気づきました。手紙というのはどういう締めかたで終わるのかよくわかりませんので、このへんにしておきたいと思います。

では、先生お元気で。私たちのために、せっかくの長期休暇を使わせてしまい申し訳ありませんでした。そして本当にありがとうございました。刑務官は激務だとうかがっております。お体を大切になさってください。

追伸
貞弘とようやく籍を入れました。

貞弘　咲江』

手紙を読み終えると、火石の席に内線電話がかかってきた。

電話の相手はわかっている。

〈久世橋だ。ちょっと部屋まで来てくれ〉

今日の午後三時に人事異動の内示がある。その時間は席にいるようにと総務部長の仁部からいわれていた。

時計の針は三時十分を指している。予定よりも十分遅れていた。

席を立ち、所長室に向かった。事務室でも廊下でも刑務官の視線が自分に集中している。

笑みを浮かべている者、表情を変えない者、顔をしかめている者、いろいろだ。一人一人、今は違えど、もともと彼らの胸にあった思いは同じだった。

男社会に入り込んだ異分子。加賀刑務所ではこれまで女性刑務官が配置されたことはなかった。火石司という存在に、この二年あまり、男性刑務官たちは異物感を覚えていたに違いない。

だが、彼らはその異物感からようやく解放される。

ノックして所長室に入った。

デスクから立ち上がった久世橋に、ソファを勧められた。

向かい合って座る。久世橋の表情が心なしか硬い。

「火石警備指導官。有名タレントで性的マイノリティという、これまで類を見ない受刑者の更生にずっと取り組んできたこと、心から労をねぎらいます」

久世橋はいつもと違ってどこか改まった口調だった。「ここ最近の長期休暇のときも、塀の外でひと仕事なさったようですし。本当にご苦労でした」

火石は黙って頭を下げた。

貞弘の件は、久世橋へ事後報告する形となった。単独行動をとったことに嫌味のひとつも覚悟したが、県警の幹部から久世橋に謝意を伝える連絡があったらしく、久世橋の機嫌を損ねることにはならなかった。

「それでは、火石指導官に配置転換の内示です。今後は、処遇部次長として引き続き、加賀刑務所で力を発揮していただきたい」

「――」

すぐに言葉が出なかった。

「つまり、これは昇進の内示だ」頬を緩めた久世橋がいつもの口調に変わる。

「ほかの刑務所へ……どこかの女子刑務所への配置転換ではないのですか」

「私もそう思っていた。ところが、矯正局の人事担当から、残留させることになったと連絡があった。矯正局がいうには、性的マイノリティは増える傾向にある。男性用刑務所で女性刑務官が必要な場面は今後もありうる。だから、当面このままでいいということらしい」

久世橋がソファに背を預けた。

「ここからは私の推測になるが、ミカミ・ジュンのニュースでワイドショーがにぎわっている。このタイミングではおまえを動かしにくいのだろう」

一理あると思った。塀の外に出てしまえば、口に戸は立てられない。仮出所した三上順太郎こと、ミカミ・ジュンは、各メディアからのインタビューで刑務所生活について語った。三上が獄中で書いた手紙の〝完全版〟が出所後に発売されベストセラーにもなっている。

過去にも有名人や芸能人が書いた獄中の手記はいくつもある。だが、〝男性から女性に性転換した〟受刑者が、男性刑務所で過ごした日々を書き綴った手記は例がなく、世間の関心は高いものとなっていた。

手記のなかで、三上は加賀刑務所唯一の女性刑務官について何度も触れていた。手記の言葉を借りれば、同性でも惚れてしまう〝ザ・刑務官〟。

メディアは〝ミカミ・ジュンの更生に尽力したたった一人の女性刑務官〟として取り上げ、火石の表情にモザイクを入れた画像がテレビや週刊誌で流れた。

「まあ、そういうことだ。次長というのはこれまでよりも一段階上の仕事になる。思う存分、処遇部で力を発揮してくれ。乙丸とうまくやりながらな」

「はい」

「あと、ひとつ聞いておきたいことがある。矯正局の人事担当から聞いた話だが、三上の服役前から、おまえはずっと加賀刑務所勤務の希望をしていたらしいな」

「――そうです」

久世橋のまなざしがにわかに鋭くなった。

「何か理由があるのか」

「出身地なのでここで働きたいと」

「そうか」

久世橋は納得していないようだが、それ以上、尋ねてこなかった。

「まあ、いい。以上だ」

火石は立ち上がった。一礼して部屋を出ようとした。

「ああ、もうひとつだけ。これはアドバイスでも命令でもないが」

久世橋が首のうしろを指先で掻《か》いた。

「なんでしょう」

「……化粧のことなんだがな」

久世橋はどこかいいにくそうにしている。

「化粧がどうかしましたか」

「今後、するしないは、おまえの判断に任せる」

急にどうして。一瞬、思考が停止するも、これまでの経緯を思い返した。すべては三上順太郎を加賀刑務所に収監するところから始まったのだ。

有名タレントといえど、一受刑者の処遇に表向きは沈黙を保っていた法務省だが、実際のところは、三上の弁護士に内々の伝達を行っていた。その内容は、三上を他の受刑者と極力隔離する、担当として女性刑務官を配置するというものだった。

だが、これで済んだわけではなかった。加賀刑務所にとっては、ここからが始まりだった。

法務省は、加賀刑務所で異例の対応をとることの悪影響を危惧した。本来、矯正施設において例外措置はあってはならない。例外は規律を乱す。目に見えるところ、見えないところで刑務官、受刑者に影響が及び、ひいては刑務所の統治機能が揺らぐと考えた。

すでに公然の秘密、しかし――。

秩序を維持するため、加賀刑務所には二つのタブーが生まれた。

特殊な受刑者が収監され、女性刑務官が配置されたことには触れるな。

その女性刑務官を女とみなすな、女であることにも触れるな。

いまだにどのルートからの指示だったのかは定かではない。

火石自身にも加賀へ異動となる辞令が発令されたとき、「決して目立つな。女性的要素の一切を排除して勤務せよ」との指示が下った。男性受刑者たちから性的な興味の対象とならないように、極力、努力せよという意味だった。

命令に従い、化粧はしなかった。日焼け止めクリームも塗らなかった。化粧をしていればそれなりに隠せるはずの、顔の傷をさらして仕事をした。

刑務所長の記者会見の場では、上級刑務官でありながら、その場に同席せず、会場の外で待機したこともあった。顔の傷を見られたくないからではない。女性刑務官という自分の存在が目立つことのないよう常に気を配っていた。

今さら化粧をしてもいいだなんて……しかも、ここに残るのに。

「本省は……矯正局は、何といってるんですか」

「矯正局とは話はついている。役所っていうのは、昔っからこういうとき面倒なもんでな。ちょっと根回しが必要だった」

「もしかして、所長室に呼ばれる時間が、予定よりも遅れたのは、そのことで時間がかかっていたからですか」

「そのあたりは想像に任せるが、これだけはいっておく。無理に化粧しろといっているわけじゃないからな。する、しないはあくまで自由意志だ」

ハラスメントに異常なほどナーバスな今の時代、久世橋は慎重に言葉を選んで話している。だが、言葉の端々から伝わってきたのは、久世橋の優しさだった。顔の傷をずっと気にかけてくれていた。

「とにかく、禁止ではない。伝えたいのはそれだけだ」

「ありがとうございます。私も女ですから、化粧をしたいときはしますし、したくないときはしません」

「それでいいんじゃないか」

「ですので、ここにいるときは、しません」

「そうなのか」久世橋が、意外という顔をした。

「この顔の傷のおかげで、なんとかやってこれたのかもしれません。これは私の――」

火石は指先でそっと傷をなぞった。「お守りみたいなものです」


所長室を出ると、廊下に薬剤師の山崎美里が立っていた。

「あれ。山崎さん、どうしたの」

「どうしたじゃないわよっ」

美里が火石の肩のあたりをつつく。「で、どこの刑務所に行くの」

「どこにも行きませんよ」

「え？　どういうこと」

所長の呼び出しが昇進の内示だったことを美里に話した。美里は「よかった」といって両手を胸の前で合わせた。

性転換した三上順太郎を別にすれば、加賀刑務所では常に男に囲まれていた。気の置けない関係で話ができるのは美里だけだった。

「加賀に残れるんなら、つかちんのファンたちも喜ぶわね」

「なにそれ。初めて聞いたわ」

「え、知らなかった？　大勢いるわよ。あれを見てよ」

美里があごをしゃくった。廊下の奥で官服の男たちがこっちを見ている。処遇部の宗片、伊井、総務部の小田倉……ほかにも何人もの刑務官が集まっていた。

「みんなあなたのことを気にしてたの。ミカミ・ジュンが出所しても、つかちんには残ってほしいって。薬剤室でよく話してたわ」

胸がじんわり熱くなった。ようやく加賀刑務所の刑務官になれた気がした。

少しでも距離を縮めたい。そのためにはどうしたらいいか。この二年、心のなかではいつも男性刑務官との距離感に悩んでいた。

ここにはいない及川にいわれたことをふと思い出した。

――指導官。自分がいうのもなんですが、上下関係がはっきりわかる形で話すほうが、距離が近くなることもこの世界ではあるように思います。

廊下の奥にいる彼らのところへ向かった。

遠慮することはない。

彼らの前で立ち止まって、一人一人の顔を見渡す。そして小さく息を吸った。

「今度、処遇部の次長になる。これからもよろしく頼む」

刑務官たちが口元を緩めた。

少しだけ心の垣根は低くなったかもしれない。

ハンカチで指先を拭きながら、火石はそんなことを考えていた。

刑務所手記『プリズン・ダイアリー（完全版）』

P188 最後に

全部をお話しできたわけではありませんが、刑務所生活で印象に残ったお話を書かせていただきました。最後に、この本には付録としてCDをつけました。仮出所日に受刑者の前で歌ったアカペラの曲に伴奏をつけたものです。

タイトルはこの本と同じ「プリズン・ダイアリー」です。

今の自分は不幸せかもしれないけど、人生は決してダメダメってわけじゃない。楽しいこともそこそこあるはず。とりあえず今は待ってみよう。そんな想いを込めて歌っています。気に入ってもらえたら嬉しいです。

本書は、二〇一九年十二月に小社より単行本として刊行した『看守の流儀』を文庫化したものです。この物語はフィクションです。作中に同一の名称があった場合でも、実在する人物、団体等とは一切関係ありません。

〈参考文献〉

『刑務所改革　社会的コストの視点から』　沢登文治　集英社新書
『刑務所しか居場所がない人たち』　山本譲司　大月書店
『刑務所で死ぬということ　無期懲役囚の独白』　美達大和　中央公論新社
『刑務所の経済学』　中島隆信　ＰＨＰ研究所
『刑務所わず。塀の中では言えないホントの話』　堀江貴文　文藝春秋
『決定版　刑務所の事典』　安土茂　二見書房
『雑学3分間ビジュアル図解シリーズ　刑務所』　坂本敏夫　ＰＨＰ研究所
『受刑者処遇読本　明らかにされる刑務所生活』　鴨下守孝　小学館集英社プロダクション
『図解牢獄・脱獄』　牢獄研究会　新紀元社
『「懲役」を知っていますか？　有罪判決がもたらすもの』　本間龍　学習研究社
『入門　犯罪心理学』　原田隆之　ちくま新書
『パリ・サンテ刑務所 主任女医7年間の記録』　ヴェロニック・ヴァスール　集英社
『犯罪はなぜくり返されるのか』　藤本哲也　ミネルヴァ書房
『犯罪白書』　法務省

〈解説〉読んで損することは絶対にない。必読である

池上冬樹（文芸評論家）

いやあ面白い！　二年ぶりの再読になったが、実によく出来ている。見事だ。緻密《ちみつ》な犯罪ドラマに感涙の場面をいれて、熱い感動を覚えさせるのである。ここまでミステリ的な謎解きをもたせ、同時に激しい人間ドラマを作りあげるのには、驚きの一言。誰もが筆力に圧倒されるのではないか。親本の帯に、横山秀夫《よこやまひでお》が「いやぁ、これは久しぶりのドストライクだった」と賛辞を寄せるのも納得である。

物語の舞台は石川県金沢《かなざわ》市にある加賀《かが》刑務所で、刑務官と囚人たちの物語が五つ収録されている。

まず、冒頭の第一話は「ヨンピン」。ヨンピンとは、服役期間の残り四分の一を残して仮出所することで、傷害罪で服役した源田《げんだ》が真面目な服役生活を評価され、仮出所する。だがその源田が厚生施設から姿を消してしまい、副看守長の宗片《むなかた》は行方を調べ始める。同時に受

刑者が薬を呑《の》み込んで昏睡《こんすい》状態になる事件も起きて、事故なのか自殺なのかの背景も探らなくてはいけなくなる。一つだけでなく、もうひとつの事件も抱え、不祥事の公表という記者会見を避けるために、決められた時間内に事件の収拾をつけなくてはならない。緊迫した状況のなかで、必死に駆けずりまわるうちに、予想外の真相に辿り着く。

第二話は「Gとれ」。これは暴力団から足を洗う隠語で、刑務所内には「Gとれプログラム」という更生プログラムがあったが、なかなか足を洗えない。おりしも加賀刑務所で印刷を請け負っている大学の入試問題が、暴力団によって売りさばかれている事件が発生して、看守部長の及川《おいかわ》は入手経路と犯人を特定しようとする。「ヨンピン」が何故姿をくらましたのか、何故薬を呑んだのかという動機探し（ホワイダニット）なら、「Gとれ」は、入手にいたる方法は何なのか、そして誰が情報を流しているのかというハウダニットとフーダニットで、これまたよく練られている。

第三話「レッドゾーン」は、総務部で管理していた受刑者の健康診断記録とレントゲンフィルムの消失事件を総務部課長の小田倉《おだくら》が追及する話で、小田倉がそれまで総務部と対立している処遇部にいたことが確執を深める。総務部と処遇部は長年対立を深めていて、小田倉が処遇部の仕業と睨《にら》んだことが拍車をかけた。消失事件の謎解きもさることながら、刑務所内での部署の対立と確執というテーマだけで十二分に緊張感のある人間ドラマを仕立てていて、実に読ませる。

第四話「ガラ受け」は、本書の中でもっとも泣かせる一篇だろう。膵臓癌《すいぞうがん》で倒れた受刑者・

貝原《かいばら》が、かたくなに刑務所内での療養を希望する。だが、刑務官の西門《にしかど》は、貝原のために刑の執行停止を求め、貝原の家族に会いに行き、ガラ受け（受刑者が仮出所するときに家族や後見人が身柄を引き受けること）をお願いするのだが、断られる。何故なのか。家族の確執の裏を探る過程がスリリングだし、隠された思いがあらわになる終盤はひたすらに胸をうつ。嗚咽《おえつ》をこらえながら読む者もいるのではないか。

第五話「お礼参り」は、満期出所した放火犯・牛切《うしきり》を警察と共同で監視して再犯を防ごうとする話だが、牛切は姿をくらましてしまい、必死で行方を追うことになる。この作品は随所にツイストをきかせているので、何か所かで驚きの声をあげるだろう。技巧をこらしたダイナミックな作品だ。

五篇ともひねりのある練達のプロットで読ませるが、ミステリ的にみるなら巧妙なトリックと意外な犯人で「Gとれ」、タイムリミット的サスペンスで「レッドゾーン」、巧みな叙述で読者を幻惑させる点で「お礼参り」となるだろうか。謎解きと人間ドラマの融合として見事なのが「ヨンピン」と「ガラ受け」である。とくに「ガラ受け」は本書のなかでももっとも完成度が高い傑作ではないかと思う。

だが、本書は、個々の作品の出来を云々《うんぬん》するだけでは終わらない。なぜなら主人公となる五人の刑務官と五つの物語の冒頭に、歌手の刑務所手記を置き、脇役として登場する（ときに事件を解決へと導く）警備指導官火石司《ひいしつかさ》の物語を潜行させているからで、ここに大きな仕掛けがある。具体的にいうなら、第五話「お礼参り」の終盤で一気に、歌手と火石の秘められた肖像を明らかにして、衝撃を与えるからである。第一話から語られていた警備指導官火石への違和感が、なるほどそういうことだったのか！　と納得する形で明らかになる。すべての伏線が回収され、驚きの結末を迎えるのだが、そこでもまた読む者の胸をはげしくうつ場面が用意されているからたまらない。ともかく、無駄は一切なく、すべての場面が有機的に連繫《れんけい》し、最後の最後まで楽しませる連作ミステリの傑作なのだ。読んで損することは絶対にない。必読である。

こんな傑作を書いた城山真一の新作が気になるのだが、『看守の流儀』からおよそ二年後の二〇二一年十一月に、『ダブルバインド』を発表した。刑務所小説ではなく警察小説で、物語の舞台は今回もまた石川県金沢市。主人公は金沢東部署刑事課長の比留《ひる》で、いきなり彼は窮地にたたされる。部下がアポ電強盗犯を取り逃してしまい、その責任を負って左遷人事がほぼ確定。私生活では、妻を病気で亡くし、高校生の娘は父親が別にいるという出生の秘密を知ってしまい家出。これ以上休むと高校も中退せざるをえないぎりぎりの状況で、父子と教員の面談で何とかおさめたいと思っても、娘からの連絡がない。さらに人事異動内示日に（しかもその日は面談の日でもあった）、管内の駐在所員が撲殺される事件が起き、そこにアポ電強盗犯人が関わっていることを探り出してしまうが、比留を目の敵にする因縁の上司が、彼の前にたちふさがる。

「正義か？　出世か？　愛娘《まなむすめ》か？　がんじがらめの刑事、極限の選択」と帯にあるが、まさにがんじがらめ。事件を探っていくと警察内部の不正も浮かび上がり、正義を追求しようとすればするほど確執が深まることになり、何を選択していいのかわからなくなる。

この小説の面白さは、本書『看守の流儀』もそうだったが、対外的な事件と内的な葛藤《かっとう》が両方描かれてあるからだろう。警察小説というと、刑事たちが謎解きマシーンの歯車になって、外側にある事件だけを追及していくだけのものが多いが（せいぜい刑事たちの私生活が簡単にふれられる程度だが）、城山真一は、事件追及と刑事個人の信条を密接に絡ませて、節々で軋《きし》みをあげさせて、劇的に展開させていくのだ。過去に因縁のある上司との対峙《たいじ》を持ち込み、最初から最後まで驚きと緊迫感を与え続ける。サービス精神があふれすぎて、三つの事件を絡ませすぎて、終盤がやや劇画的になってしまったのが惜しまれるが、その劇画的展開を喜ぶ読者も多いだろう。シリーズ化を期待したい出色の作品だ。

シリーズ化といえば、嬉《うれ》しいことに『看守の流儀』の続篇『看守の信念』（宝島社）が二月下旬に出るという。本書と同じく連作で独立して楽しめる構成とのことだが（また大胆な仕掛けもあるようだ）、城山真一は「前作をさらに超えたいという思い」で書き上げたというから期待大だろう。火石も出てくるというから（でもどのような形で？）早く読みたいものである。

二〇二一年十一月

宝島社
文庫

看守の流儀
（かんしゅのりゅうぎ）

2022年1月22日　第1刷発行
2024年1月 2 日　第7刷発行

著　者　城山真一
発行人　蓮見清一
発行所　株式会社 宝島社
〒102-8388　東京都千代田区一番町25番地
電話：営業 03(3234)4621／編集 03(3239)0599
https://tkj.jp
印刷・製本　中央精版印刷株式会社

First published 2019 by Takarajimasha, Inc.
ISBN 978-4-299-02526-5